इस्मत चुग़ताई

जन्म : 21 जुलाई, 1915, बदायूँ (उत्तर प्रदेश)।

इस्मत ने निम्न मध्यवर्गीय मुस्लिम तबक़े की दबी- कुचली-सकुचाई और कुम्हलाई लेकिन जवान होती लड़कियों की मनोदशा को उर्दू कहानियों व उपन्यासों में पूरी सच्चाई से बयान किया है।

इस्मत चुग़ताई पर उनकी मशहूर कहानी लिहाफ़ के लिए लाहौर हाईकोर्ट में मुक़दमा चला, लेकिन ख़ारिज हो गया। गेन्दा उनको पहली कहानी थी जो 1949 में उर्दू साहित्य की सर्वोत्कृष्ट साहित्यिक पत्रिका 'साक़ी' में छपी। उनका पहला उपन्यास ज़िद्दी 1941 में प्रकाशित हुआ। मासूमा, सैदाई, जंगली कबूतर, टेढ़ी लकीर, दिल की दुनिया, अजीब आदमी, एक क़तरा ख़ून और बाँदी उनके अन्य उपन्यास हैं। कलियाँ, चोटें, एक रात, छुई-मुई, दो हाथ, दोज़ख़ी, शैतान आदि कहानी-संग्रह हैं। हिन्दी में कुँवारी व अन्य कई कहानी-संग्रह तथा अंग्रेजी में उनकी कहानियों के तीन संग्रह प्रकाशित हैं जिनमें काली काफ़ी मशहूर हुआ। कई फ़िल्में लिखीं और जुनून में एक रोल भी किया। 1943 में उनकी पहली फ़िल्म छेड़-छाड़ थी। कुल 13 फ़िल्मों से वे जुड़ी रहीं। उनकी आख़िरी फ़िल्म गर्म हवा (1973) को कई अवार्ड मिले।

'साहित्य अकादेमी पुरस्कार' के अलावा उन्हें 'इक़बाल सम्मान', 'मख़दूम अवार्ड' और 'नेहरू अवार्ड' भी मिले। अदबी दुनिया में 'इस्मत आपा' के नाम से विख्यात इस लेखिका का निधन 24 अक्टूबर, 1991 को हुआ। उनकी वसीयत के अनुसार मुम्बई के चन्दनबाड़ी में उन्हें अग्नि को समर्पित किया गया।

मासूमा

इस्मत चुग़ताई

सम्पादन
अब्दुल मुग़नी

लिप्यंतरण
शबनम रिज़वी

राजकमल पेपरबैक्स

राजकमल पेपरबैक्स में
पहला संस्करण : 2009
आठवाँ संस्करण : 2024

राजकमल पेपरबैक्स : उत्कृष्ट साहित्य के जनसुलभ संस्करण

राजकमल प्रकाशन प्रा.लि.
1-बी, नेताजी सुभाष मार्ग, दरियागंज
नई दिल्ली-110 002
द्वारा प्रकाशित

शाखाएँ : अशोक राजपथ, साइंस कॉलेज के सामने, पटना-800 006
पहली मंजिल, दरबारी बिल्डिंग, महात्मा गांधी मार्ग, प्रयागराज-211 001
1, अनमोल सोराबजी संतुक लेन, धोबी तलाव, मरीन लाइंस, मुम्बई-400 002

वेबसाइट : www.rajkamalprakashan.com
ई-मेल : info@rajkamalprakashan.com

बी.के. ऑफसेट
नवीन शाहदरा, दिल्ली-110 032
द्वारा मुद्रित

मूल्य : ₹199

MASOOMA
Novel by Ismat Chughtai

ISBN : 978-81-267-1815-3

मासूमा

पेश लफ़्ज़

चार महीने का मकान का किराया
नौकरों की तनूख़्वाह—बनिये का क़र्ज़
बिजली का बिल—धोबी की धुलाई
बच्चों की फ़ीस—पानी सर से गुज़र जाता है
मैं डूबते-डूबते उभरकर देखती हूँ
मेरी सोलह बरस की जीती-जागती बेटी
नौ-उम्र सहेलियों के साथ रस्सी कूद रही है।

इस्मत चुग़ताई

1

जी हाँ! यह चर्च गेट है। जी हाँ! यहाँ चर्च तो आस पास कोई नहीं, हाँ, गेट बहुत से हैं। अगर आप लोकल ट्रेन से उतरकर नाक की सीध में चलते चले जाएँ तो वज़न करने की मशीन के पास से गुज़रकर बर्फ़ के पियाऊ को पार करेंगे। दाएँ हाथ को बाहर निकलने की चकरियाँ नज़र आएँगी। ये फंदे उन बेटिकट सफ़र करने वालों के लिए हैं जो एकदम बच्चों और औरतों के रेले के साथ सटक लेते हैं। इन चकरियों में से ज़रा क़ायदे से निकलिएगा वरना घुटने की चपनी पर वह मज़ेदार चोट लगेगी कि कई दिन तक लंगड़ाना पड़ेगा। यहाँ आपको दोनों कोनों पर दो उकताए हुए टिकट चेकर खड़े बातें करते नज़र आएँगे। आप चाहें तो कोई पुराना टिकट उन्हें थमा दें या वज़न का टिकट ही पकड़ाकर झप से निकल आएँ, ये बिल्कुल बेतवज्जुह आपके आर-पार एक-दूसरे से बातें करते नज़र आएँगे। ज़रा देख के भाई! ऐन सीढ़ियों के नीचे पान की पीक घुली हुई कीचड़ बह रही है। आप चाहे कितनी खोज लगाएँ, ये पता नहीं चला सकते कि इस कीचड़ का निकास कहाँ से होता है? आसमान से टपकती है या ज़मीन से सोता फूटता है? कोई ओर-छोर नज़र नहीं आता। दाएँ हाथ पर दीवार की तरफ़ मुँह किए आपको नुची हुई मुर्ग़ी की सूरत की एक श्रीमती जी नज़र आएँगी। जब तक सूरज या सड़क के खम्बे की रौशनी रहती है, ये बड़ी एह्तियात[1] से टटोलकर अपने छिदरे खिचड़ी बालों में से जुएँ और लीखें सूँतकर पहले तो ग़ौर से उन्हें परखती हैं, उस वक़्त उनके झुर्रियोंदार चेहरे पर फ़तूहमन्दी[2] के आसार छा जाते हैं, जैसे ग़ोताख़ोर अपनी जान की बाज़ी लगाकर पानी की तह से मोती निकालकर लाया हो, फिर वह उस नाहंजार[3] जूँ को बाएँ हाथ के अँगूठे के नाख़ुन पर लिटाकर दाएँ हाथ के नाख़ुन से क़त्ल कर

1. सावधानी, 2. विजय प्राप्ति, 3. कमीनी।

देती हैं। अगर आप उन्हें जूँ मारते देखें तो यही समझेंगे कि वह बड़ी कारीगरी से किसी नाज़ुक-सी अँगूठी में कोई अनमोल नगीना जड़ रही हैं। जूँ को ठिकाने लगाकर उनकी आँखों की भड़कती हुई इन्तिक़ाम[1] की आग दम भर को ठंडी पड़ जाती है, जैसे उन्होंने एक मोटी-सी जूँ नहीं किसी सूदख़ोर[2] तोंदवाले का सफ़ाया कर दिया है। नाख़ून पर जब बहुत-सी लाशें चिपक जाती हैं तो वह सामने दीवार पर नाख़ून रगड़कर छुड़ा देती हैं, फिर नए सिरे से नए शिकार के पीछे उँगलियों के घोड़े छोड़ देती है। ज़रा देवी जी के चीथड़ों और सामान से बचकर निकलिएगा, वरना आप को ऐसे घूरेंगी जैसे किसी पर्दानशीन दोशीज़ा[3] की ख़्वाबगाह[4] में आप बेमहाबा[5] दर्रा कर घुस आए हों।

ज़रा दोनों तरफ़ आती-जाती गाड़ियों से बचकर फ़ुटपाथ पर आ जाइए ना! नाई की कुहनी में घुटना न लगे बिरादर[6] वरना सर मुँडाने वाले के सिर पर वाक़ई ओले बरस जाएँगे। ये सड़े हुए केले जो बेच रही है ना। इसके पास पान-बीड़ी का ख़ोंचा है, ज़रा एहतियात से फलाँगिये—शाबाश!

सत्कार होटल से निकलते हुए बासी इडली डोसे के भभके से नाक समेटते एक ओर पुरअसरार[7] कीचड़ लाँघकर भेल पूरी वाले की बाल्टी फलाँगिए—बिल्कुल ठीक! अब ज़रा दीवार पर बैठे जुए नीलम फ़िल्म स्टार के लेपालक[8] बच्चों की लातों के वार ख़ाली देते, बजरी के ढेर से कावा काटकर सीधे आर.ए. मलिक की डिब्बानुमा दुकान से टकरा जाइए। ठीक! ख़ैर कोई बात नहीं। ये ए. रोड है। यहाँ दो-चार गोमड़े तो आए दिन पड़ते ही रहते हैं। बस जी कड़ा कर के चले आइए, केले के छिलकों में रपटते—कुत्तों की डोरियों में उलझते—बास्स!

जयहिन्द कॉलेज के बिल्कुल सामने जिस बिल्डिंग के अहाते पर सबसे ज़्यादा बच्चे लदे हुए नज़र आएँ, वही इंडस कोर्ट है। बीच के फाटक के एक बाज़ू दीवार पर आपको अध-कचरी लड़कियाँ बैठी नज़र आएँगी और दूसरे तरफ़ औंगे-बौंगे बढ़ते हुए लड़के। इन लड़कियों में आपको मार्लिन मुनरो, ब्रिजित बार्दो और सैंड्रा डी की झलकियाँ नज़र आएँगी और लड़के एलविस प्रेसले, जिमी डीन और रिकी नेल्सन की परछाइयाँ मालूम होंगे। यह दीवार इंडस कोर्ट में रहने वालों के लिए निहायत अहमीयत रखती है : यहीं बैठकर इश्क़ किए जाते हैं, मंगनियाँ तै होती हैं, शादियाँ होती हैं और इस दीवार पर जड़ने के लिए नगीने पैदा होते हैं। इस आवागवन के सिलसिले से बेनियाज़[9]

---

1. बदला, 2. ब्याज खानेवाला, 3. पर्दे में रहनेवाली कुमारी, 4. सोने का कमरा, 5. बिना संकोच, 6. भाई, 7. रहस्यमय, 8. दत्तक, 9. बेखबर।

यह दीवार पान की पीकों और वोट माँगने वालों के प्रोपेगैण्डे का बेज़बान शिकार बनी रहती हैं।

इंडस कोर्ट के ग्राउण्ड-फ़्लोर पर गुरु ग्रन्थ जी का स्थान है। भोली-सी शक्ल का गुदगुदा-सा पुजारी मैली-सी बनियान और तहमद पहने सीढ़ियों पर खड़ा जमाहियाँ लिया करता है। उसकी गुद्दी पर नीबू के बराबर लटका हुआ बालों का जूड़ा हमेशा तेल में भीगा रहता है। वैसे दिन भर नीचे रॉक ऐंड रोल के फ़िल्मी रिकॉर्ड बजा करते हैं, लेकिन शाम को ख़ूब लोबान जलाकर भजन गाए जाते हैं। मगर इन भजनों में दिल नहीं लगता, इसलिए वह उमूमन फ़िल्मी धुनों में भजन की ट्यून बना लेता है और रात गए तक ढोल पीटा करता है, और जब गुरु ग्रन्थ के स्थान से "लाल लाल गाल और रेशमी शलवार" सुनाई देता है तो इनसान ख़्वाहमख़्वाह[1] ख़ुदा की ज़ाते-बा-बरकात[2] का क़ायल हो जाता है। उसकी शान निराली है। वह चाहे तो पत्थर पर फूल खिला दे और मन्दिरों-मस्जिदों में रॉक ऐंड रोल बजवा दे।

यहाँ पहले माले पर मेरा घर है।

अगर बाल्कनी में क़िब्ले[3] की तरफ़ मुँह करके खड़े हों और नेक नीयत बाँधकर चालीस डिगरी का ज़ाविया[4] बनाकर देखें तो आपको नीलोफ़र का फ़्लैट साफ़ नज़र आएगा। जी वही सामने, जो सबसे ज़्यादा भड़कदार फ़्लैट है, जिसके कमरे गहरे फ़ीरोज़ी और गुलाबी रंगे हुए हैं, जहाँ नियोन लाइट की रौशनी में पर्दे झिलमिला रहे हैं। जी वही बिल्डिंग जिसके सामने तगड़ी-तगड़ी मोटरें डटी हुई हैं। ये मोटरें यहाँ सरे-शाम ही आ जाती हैं और रतजगा मनाकर सुबह चली जाती हैं। उनके ड्राइवर क़रीब की इमारतों की आया लोग के साथ और मालिक सामने के जगमगाते हुए फ़्लैट में दाद-ए-ऐश[5] दिया करते हैं। पास ही स्मगल की हुई शराब का अड्डा है।

वह जो रसगुल्ले जैसे भरे-भरे जिस्म वाली लचकदार हसीना है, वही उस फ़्लैट की अन्नदाता है। उस फ़्लैट तक लाने के लिए ही तो मैंने आपको इतनी ज़हमतें[6] दीं और इतनी तफ़सीलें[7] बताईं कि कहीं आप उस तरफ़ न भटक जाएँ जिधर रॉक एंड रोल की धुन में भजन गाए जा रहे हैं। नीलोफ़र जब पैदा हुई थी तो क़ुरान शरीफ़ में देखकर उसका नाम मासूमा बानो रखा गया था। तीन

1. बिना कारण, 2. अपरम्पार महिमा, 3. पूरब जिधर मुँह करके नमाज़ पढ़ी जाती है, 4. कोण, 5. भोग-विलास, 6. परेशानियाँ, 7. विवरण।

बेटों पर बेटी जो पैदा हुई तो जी भर के लाड-प्यार हुए। ख़ाला जानी और छोटे मामूँ में झगड़ा हो गया था। दोनों ही अपने-अपने बेटे के लिए उसे माँगने पर अड़े हुए थे। नीलोफ़र की पीठ पर जुबैदा और हलीमा पैदा हुईं और जब पेट की खुरचन सबसे छोटा बच्चा साल भर का था तो क़यामत टूट पड़ी।

मम्लुकते-खुदादाद[1] में क़ासिम रिज़वी की कमांड में दिल्ली के क़िले पर झंडे गाड़ने के मंसूबे बाँधे जा रहे थे। मासूमा उर्फ़ नीलोफ़र के वालिदे-माजिद[2] इस फ़ौज के रुक्ने-ख़ास[3] थे और ख़तरे की घंटी बजते ही अपने बड़े बेटों के साथ रुपया पैसा, क़ीमती ज़ेवरात और मकानों के काग़ज़ात लेकर उड़ गए। सिर्फ़ गोद का बच्चा सलीम और तीनों लड़कियाँ बेगम के साथ रह गए। इरादा था कि वहाँ पैर जम जाएँगे तो सबको बुला लेंगे।

मगर न जाने क्या हो गया उन्हें वहाँ जाकर कि लौटकर ख़बर ही न ली। बड़े लड़कों ने शादियाँ कर लीं। बड़े-बड़े ओहदों[4] पर जम गए। मकानात और ज़मीनें भी एलॉट करा लीं। तब कहीं जाकर माँ और बहनें याद आईं।

और तो और बड़े मियाँ ने भी एक उन्नीस बरस की लौंडिया से ब्याह रचा लिया। बेगम साहिबा न बेटों की शादियों की ख़बर पर हँसीं न सौत आने पर रोईं। जो कुछ मियाँ छोड़ गए थे वह कुछ दिन काम आया। फिर बचे-खुचे ज़ेवर से काम चलाया। कुछ दिन हाथों की चूड़ियाँ चबाईं। फिर जुगनू, चम्पाकली और नौधरियाँ निकलीं। फिर बाजूबंद और बच्चों के ज़ेवर भी पेट की खत्ती में उतर गए। कौन तफ़सील में जाए? कुछ हुआ ही होगा की वह बिस्तर-बोरिया समेटकर बम्बई आ गईं।

लोगों का ख़याल है कि बम्बई इसलिए आईं कि यहाँ हर माल की अच्छी क़ीमत मिलती है। बम्बई शहर दिलवाले मतवालों की बस्ती है। यहाँ हर शै के क़द्रदान[5] दिल खोलकर दाम देते हैं। चाहे वह पुरानी मोटरें या आला-हज़रत[6] की दाश्ताओं[7] के ज़ेवरात हों या कमाऊ बेटे या लचकदार बेटियाँ हों, निस्बतन[8] दूसरे शहरों से बम्बई में महँगे बिकते हैं।

पहले तो आकर वह एक जान-पहचानवाले के यहाँ रहीं। उनकी बीवी ने जब दाँत निकोसे तो उन्होंने अज़राहे-मेहरबानी[9] दादर में एक कमरा दिलवा दिया। बेचारे ख़ुद ही किराया भी दे दिया करते और कुछ उधार भी। काम चलता रहा।

---

1. पाकिस्तान, 2. पूज्य पिता, 3. प्रमुख अधिकारी, 4. पदों, 5. गुण-ग्राहक, 6. निज़ाम हैदराबाद, 7. रखैलों, 8. तुलना में, 9. कृपा करके।

इन इनायतों के बदले में कभी कुछ न माँगा। एहसान बस सरे-शाम से आकर बैठ जाते। बच्चों के साथ हँस-बोलकर बारह एक बजे चले जाते। बेगम ने असली घी खाया था, फिर भी अब बालों में कहीं-कहीं चाँदी झलकने लगी थी। पहले तो उन्होंने निकाह पर ज़िद्द की मगर जब आठ दिन के लिए मेहरबान दोस्त किसी ज़रूरी काम की वजह से न आ सके तो नवें दिन उनकी सूरत देखकर बेगम की नरगिसी आँखों में मोती झलकने लगे।

दो साल इसी तरह गुज़र गए। सलीम मियाँ के स्कूल का ख़र्च और लड़कियों की ज़रूरियाते-ज़िन्दगी तंगी-तुर्शी से पूरी होती रहीं। ताँबे के कुछ बर्तन हैदराबाद पड़े थे, बेगम को उन्हें बेचने की ग़रज़ से जाना पड़ा। हफ़्ता भर लग गया।

वापस लौटीं तो बच्चे जुहू गए हुए थे। वापस लौटे तो न जाने क्यों बेगम को ऐसा लगा, मासूमा बहुत जवान हो गई है। उसकी शादी की फ़िक्र बर्छी बनकर कलेजे में उतर गई। नहाकर मासूमा एक फूलदार हाउस कोट पहने तौलिये से बाल पोंछती निकली तो उन्हें बड़ा तअज्जुब हुआ। यह नया क़ीमती तौलिया, यह फूलदार हाउस कोट—यह तो शायद पहले नहीं था।

और फिर तूफ़ान फट पड़ा। उनका बस चलता तो मासूमा का क़ीमा करके कुत्तों को खिला देतीं, मगर उसने क़समें खाकर यक़ीन दिलाना चाहा कि एहसान साहब ने सैरें कराईं; पाउडर, लिपिस्टिक दिलवाई, ड्रेसिंग गाऊन लेकर दिया। इसके अलावा कुछ बात नहीं थी। बेगम के आँसू शायद कभी के जल गए थे। वह रात भर करवटें बदलती रहीं, आहें भरती रहीं।

दूसरे दिन जब एहसान साहब आए तो वह उनकी जान को झाड़ का काँटा बनकर चिमट गईं।

''बेकार परेशान हो रही हो। मेरी बेटियाँ हैं। अगर कुछ दिला भी दिया तो क्या ग़ज़ब हो गया? क्या आमिना, फ़रीदा को नहीं दिला देता?''

''मगर मासूमा ही आपकी लाडली बेटी है? ज़ुबैदा और हलीमा सौतेली हैं? सलीम तो ख़ैरात का है। इसी कुतिया को सारी चीज़ें दिला दीं।''

''भई तुम तो जान को आ जाती हो—अब तुम से बात की जाए तो कैसे? दरअसल वह अहमद भाई मेरे दोस्त हैं ना...उन्होंने...उनका जनरल स्टोर है...माने ही नहीं...सलीम मियाँ को हॉकी स्टिक और मकैनो का सेट पसन्द आया।''

''कौन अहमद भाई?''

''जनरल मर्चेंट...बांद्रा में रहते हैं, लखपति हैं...एक स्टोर मार्किट में है एक कोलाबा में, बांद्रा में फ़र्नीचर की दुकान है। बड़े आदमी हैं।''

बेगम सन्नाटे में रह गईं।

''ऐ है...मुझसे कहा भी नहीं...''

''हिम्मत नहीं पड़ती थी आपसे कहने की।''

''लड़कियों के वाली[1] आप ही हैं...इनका इन्तिज़ाम हो जाए तो...मगर मेरे पास लेने-देने को कुछ नहीं।''

''हाँ हाँ...इसकी फ़िक्र न करो।'' वह कुछ ख़जिल[2]-से हो गए। ''फ़्लैट अभी ख़रीदा है उन्होंने दादर में...ओनरशिप पर...''

बेगम के दिल से दुआओं के जमघट निकल पड़े। बच्चे सो गए। वह एहसान साहब के पास बैठी गिलौरियाँ बना-बनाकर अपने हाथ से मुँह में देती रहीं।

''उन्हें लाइए ना एक दिन।''

''तुम्हारे पीछे तो कई दफ़ा आए। भई मैंने सोचा, यह मौक़ा हाथ से न जाए तो अच्छा है।''

''ख़ैर आप घर के मालिक हैं। मगर कल उन्हें खाने पर बुलाइए।''

अहमद भाई सूरतवाला दूसरे दिन आए। कोई पैंतालीस बरस के, पाजामा, कत्थई अचकन, रूमी टोपी पहने। उन्हें देखकर बेगम धक् से रह गईं! सोचा :

''बजाय मेहँदी के अल्लाह का बंदा ख़िज़ाब लगाए तो इतना भोंडा न लगे।''

अहमद भाई एक नेकलेस लाए थे, जो उन्होंने मासूमा को दे दिया।

''ऊँ...हम नहीं लेते।'' मासूमा ठिनकने लगी।

''क्यों जी?'' अहमद भाई पान भरे दाँत निकोसकर बोले।

''क्यों लें? हमें अच्छा नहीं लगता।''

''नहीं अच्छा लगता तो दूसरा लाएगा बाबा।''

''हम दूसरा भी नहीं लेंगे।'' मासूमा खिलखिलाकर हँसी और कमरे से बाहर भाग गई। अहमद भाई इस अदा पर लोट-पोट हो गए।

''आज छोकरी को जुहू ले जावे? ज़रा तुम बोलो ना।'' उन्होंने ठिनक कर एहसान भाई के कान में कहा।

''अमाँ ज़रा निगाहें दाब के...हाँ! वरना सारा मामला चौपट हो जाएगा।''

---

1. संरक्षक, 2. लज्जित।

''साला पैसा जासती माँगता तो कोई वाँदा नहीं...हम देगा बाबा...'' अहमद भाई बिलबिलाए।

''ए यार पैसा की बात नहीं...ऊँचे घराने की लौंडिया है। सलोना बरस लगा है। किसी ने आज तक इसका आँचल भी नहीं देखा। इतनी उतावली नहीं चलेगी। जल्दी का काम शैतान का।'' एहसान ने समझाया।

मगर जब बेगम को एहसान मियाँ की दलाली का पता चला तो उनकी सूखी आँखों में शोले भड़क उठे।

''सूरत तो देखो झड़ूस की! मेरी नाज़ुक़ बच्ची को बस ये कीड़ों भरा कबाब ही रह गया है? कल की लौंडिया से शादी करके दाढ़ी को कालिख लगवाएगा।''

बड़ी मीठी आवाज़ में एहसान मियाँ ने समझाया कि अहमद भाई ऐसे कमीने नहीं जो निकाह करने की गुस्ताख़ी करें। निकाह तो वह कर भी नहीं सकते। उनके ससुर बा-रुसूख[1] आदमी हैं, चंदिया पर एक बाल भी नहीं छोड़ेंगे।

फिर तो बेगम शिताबा[2] बन गईं। हर तरफ़ चिनगारियाँ बरसने लगीं। उन्होंने इतना तकल्लुफ़ किया कि एहसान मियाँ को निकालते वक़्त जूते नहीं लगवाए।

अहमद भाई की आँखों में आँसू थे।

''तुम हमको उल्लू का पट्ठा समझता है साला...पहले बोला छोकरी मिलता फिर बोला नईं मिलता...ये क्या लफ़ड़ा है?''

''धीरज का काम है सेठ। पक्का फल कितने दिन डाल पर अटका रहेगा? तुम मेरे पर भरोसा रखो। ऊँचा माल फ़ुटपाथ पर नहीं मिलता। सब्र तो करो कुछ दिन।''

''अच्छा बाबा...सबर करेगा। पन कितना रोज?'' अहमद भाई आशिक़े-सादिक़[3] की तरह आह भरकर बोले।

''रीटा के बाल बच्चा होने वाला है सेठ। वह साली दंगा मचाएगी। पहले उसका मामला ज़रा ठंडा पड़ जाने दो।''

''तुम क्या बात करता? साली रीटा का हम अक्खा खरच देता है और फिर भी देगा। तुम्हारे को इसका क्या वरी करने का। कोछ लफ़ड़ा नहीं करेगा।

---

1. पहुँच वाले, 2. एक प्रकार की आतशबाज़ी, 3. सच्चे आशिक़।

हम पीर भाई से बात भी किया...वह साला फ़्लैट का एडवांस भी ले लिया हमने!"

"सान्ताक्रुज़ वाला फ़्लैट आप बेच रहे हैं?"

"नहीं बेचे तो क्या करे? अपना फ़ादर-इन-लॉ बोत बूमाबूम करता। साला छोकरी एक दम बदमाश!"

"कौन-सी छोकरी?" अहमद भाई की बात समझना हँसी-ठट्ठा नहीं।

असली बात ये थी कि रीटा से उनका दिल भर चुका था। बड़ी खिट-खिट करती है। बहुत दिन से सेठ को शिकायत थी कि उनकी सगी बीवी इतनी सौतिया डाह में नहीं जलती जितनी रीटा सुलगती थी। उसने उनके पीछे जासूस लगा रखे थे। पीर भाई अर्से से उसके मद्दाहों[1] में से थे। उनसे मरासिम[2] बढ़े और अहमद भाई ने बड़ी खुशी से मकान के सामान के साथ रीटा को उन्हें थमा दिया। अब उसके बच्चा होने वाला था, जिसका इल्ज़ाम दोनों अपने ऊपर नहीं लेना चाहते थे। रीटा का एक दोस्त आया करता था जिसे वह अपना भाई बताती थी, मगर बाद में मालूम हुआ वह किसी ज़माने में इसका फ़ियांसे था। कुछ लोगों का ख़याल था, उसी ने रीटा का नास मारा था। छह साल तक ग़ायब रहा। अब वापस लौटा तो फिर चालू हो गया। होने वाला बच्चा असल में उसी का था। अहमद भाई इधर कई माह से उससे मिले ही नहीं थे। एकदम उससे जी ऊब गया। सूरत देखकर बुख़ार-सा चढ़ने लगा था। पीर भाई बिल्कुल दीमकज़दा मालूम होते थे। मगर अपनी जायदाद के ख़ुद मालिक थे। बीवी मर चुकी थी। वह तो शादी करने को भी तैयार थे मगर रीटा ही टाल गई। शादी हो गई तो बेचारे पीर भाई को दूसरी कोई रखना पड़ेगी!

"फिर भी सेठ, ऐसी लड़की आसानी से नहीं मिला करती है। मेरे ऊपर भरोसा रखो। मैंने कड़ियाँ कसनी शुरू कर दी हैं। बस कोई दम में तुम्हारा काम बन जाएगा।"

मगर अहमद भाई कबीदा-ख़ातिर[3] ही रहे।

"साला रूपचन्द को कितना छोकरी से इन्ट्रोड्यूस कराता है लालजी उसका असिस्टेंट फ़िल्म वाला। यह साला सोशल फ़िल्म वाला एकदम कंडम होता है। हमको रूपचन्द बोला, हमारे साथ आ जाओ। वह लोग खंडाला जाता लोकेशन देखने को। अक्खा छोकरी-बेकरी लेकर। हमको दो केस बीयर और व्हिस्की को

---

1. चाहने वालों, 2. मेल-जोल, 3. अप्रसन्न।

बोला...हम बोला भाई काजू मिलेगा...व्हिस्की अगले हफ़्ते देगा। क्या दमादम छोकरी है साला।" अहमद भाई ने लड़कियाँ और बोतलें उलझा दीं।

"रूपचन्द एक चोर है। लालजी सर पीट रहा था कि मुझे कहीं का नहीं रखा। हुण्डी पे हुण्डी लिखाता जा रहा है, पैसा निकालता नहीं। सात दिन से सैट खड़ा है और साइड हीरोइन ग़ायब! बोलो तो कहता है दूसरी ले लो। अब भला बताइए बीच पिक्चर से दूसरी ले लो।"

"दूसरी तो लेना ही पड़ेंगा। हैं-हैं-हैं।" अहमद भाई हँसे।

साइड हीरोइन रूपचन्द से बहुत जल्दी ब्याह करने वाली थी। मगर एहसान भाई को मालूम था, रूपचन्द दूसरी शादी नहीं कर सकता।

अहमद भाई को समझा-बुझाकर एहसान साहब ने कड़ियाँ कसने का नया प्रोग्राम बनाया और उस पर शिद्दत से अमल दरआमद करने लगे!

बेगम कमर-कमर दलदल में फँसी हाथ-पैर मारने की कोशिश कर रही थीं, मगर हल्की-सी जुम्बिश भी उन्हें और नीचे खींच रही थी। अज़दहे का दहाना चौड़ा होता जा रहा था। छह-सात महीने का किराया नहीं दिया था। बावर्ची रोज़ गुर्राता। कम्बख़्त नमक की डली में से भी अपना हिस्सा निकाल लेता था। गोश्त लाता जैसे छीछड़े, कूड़े पर से तरकारी उठा लाता और उनसे पूरे दाम लेता। मार्किट में सड़ी-गली तरकारी के ढेर का लोग ठेका ले लेते! ये तरकारी टोकरों में भरकर होटलों वग़ैरा में पहुँचा दी जाती है या ग़रीब लोग औने-पौने ख़रीद लेते हैं। इसमें बाज़ वक़्त अच्छे ख़ासे तरकारी के टुकड़े भी मिल जाते हैं। बेगम जानती थीं कि बावर्ची अपनी तनूख़्वाह के पैसे तो निकाल ही लेता है। फिर भी कुछ कहने की हिम्मत नहीं थी। वह एहसान साहब ही से कुछ दबता था। अब एहसान साहब भी कुछ चुप-चुप से नज़र आ रहे थे इसलिए वह शेर होता जा रहा था। लड़कियों ने भी दो चार बार शिकायत की कि वह वक़्त-बे-वक़्त उन्हें ताका करता है। दरवाज़ों के शीशों पर सफ़ेद वार्निश की हुई थी, वह दो एक जगह से किसी ने खुरचकर बाक़ायदा एक आँख से झाँकने का इन्तिज़ाम कर लिया था, और उमूमन जब लड़कियाँ कपड़े बदलती होतीं तो उन खुरचे हुए हिस्सों में कालौंच भर जाया करती थी।

बच्चों की फ़ीसें नहीं गई थीं और नाम कटने की धमकियाँ आ रही थीं। डॉक्टर का बिल तो साल भर का चढ़ गया था। एहसान साहब ने उन्हीं के लिए खाता खुलवा दिया था। आहिस्ता-आहिस्ता बिल बढ़ता रहा, ख़बर ही न

हुई। दूध वाले ने तो खड़े-खड़े पैसे रखवा लिए। एहसान साहब बहुत चीं-ब-जबीं[1] हुए।

"मेरे पास क़ारुन का ख़ज़ाना तो नहीं...मैं भी बाल-बच्चों वाला आदमी हूँ।" उन्होंने बड़े मजबूर लहजे में कहा।

मगर बेगम की कमान न झुकी। उन्हीं दिनों किसी ने राय दी थी कि लड़कियों को फ़िल्म में डालो, बड़ी कामयाब रहेंगी। उस ज़माने में शिवाजी पार्क और दादर में कई प्रोड्यूसर रहते थे। बारी-बारी वह सब ही से.मिलीं। रंजीत स्टूडियो की ख़ाक छानी। एक दोस्त के साथ मुझसे भी मिलने आईं। मगर हमारी फ़िल्म की कास्टिंग हो चुकी थी। दूसरे उस वक़्त जिस अन्दाज़ से उन्होंने अपनी आला-नसबी[2] की डींगें मारीं, उससे जी जल उठा। ऐसा मालूम होता था वो मासूमा बानो को फ़िल्मी दुनिया में लाकर फ़िल्म लाइन पर ही नहीं मेरी सात पुश्तों पर एहसान कर रही हैं। दूसरे वह समझती थीं कि बस फ़ौरन ही कान्ट्रेक्ट हो जाएगा और पेशगी मिल जाएगी। मगर हफ़्ता भर तक तो प्रोड्यूसर से मिलने की नौबत न आई। रोज़ जाकर स्टूडियो में बैठी सूखा करतीं, मुलाक़ात तो दरकिनार, कोई नज़र उठाकर भी न देखता। फिर झाबड़-झिल्ले कपड़े पहने, शर्माई-लजाई मासूमा को कौन ग़ौर से देखता।

बेगम के तीहे[3] ने और काम बिगाड़ दिया। वह हर शख़्स पर अपना बेगमाती रोब जमाना शुरू कर देतीं। अनाड़ी नायिका भला क्या मासूमा जैसी अल्हड़ लड़की को बना पाती। अन्जामकार क़र्ज़ बढ़ता गया। एहसान बिल्कुल रुठ गए। मकान वाले ने दांत निकोस-निकोसकर तक़ाज़े शुरू कर दिए। बच्चों के नाम स्कूल से कट गए। पैदल स्टूडियो की ख़ाक लेते-लेते जूते घिस गए। किसी ने ग़ौर से मासूमा को देखा तक नहीं मगर जिस चीज़ ने बेगम की कमर तोड़ी, वह शौहर के ब्याह की ख़बर थी। बड़े मियाँ ने एक उन्नीस बरस की कोमल-सी लौंडिया से निकाह पढ़वा लिया और बेगम को वक़्ते-ज़रूरत तलाक़ देने का पक्का वादा कर लिया।

उस दिन पहले तो वह कमरा बन्द करके रोती रहीं, फिर उठकर मुँह-हाथ धोया, चोटी की और ख़ानसामाँ को एहसान साहब के पास भेजा। ख़ानसामाँ कुछ अकड़फ़ूँ दिखाने लगा तो उन्होंने वह ज़ोर की डाँट बताई कि भागा बेचारा। उसे क्या मालूम चन्द घंटों में बेगम कहाँ से कहाँ पहुँच चुकी हैं!

---

1. अप्रसन्न, 2. ऊँचा ख़ानदान, 3. स्वभाव।

एहसान आए तो बेगम माथे पर कुहनी का छज्जा बनाए लेटी थीं।

"अल्लाह क्या दिमाग़ हो गए हैं हज़्ज़त...बुलावे भेजने पड़ते हैं। मैं तो अब इन्विटेशन कार्ड छपवाकर रखूँगी। वक़्त-बे-वक़्त भेजना पड़ जाए तो।"

एहसान साहब ने ठंडी साँस भरी और वहीं क़दमों पर ढेर हो गए। उस दिन बेगम की ख़ानदानी झिझक ने दम तोड़ दिया। उन्होंने हामी भर ली, फ़्लैट बच्ची के नाम होगा। एक हज़ार का बंधा ख़र्च है। लड़की बग़ैर उनकी मर्ज़ी से रात को बाहर नहीं रहेगी। शायद इस तरह उन्होंने अपने शौहर से बदला ले लिया। उधर वह किसी की उन्नीस बरस की कोंपल को खरल कर रहे थे इधर उनकी इसी उम्र की बेटी के दाम लग रहे थे। बड़े मियाँ को ख़बर मिलेगी कि साहबज़ादी ने धंधा शुरू कर लिया तो मज़ा आ जाएगा।

"आज? नहीं नहीं...मुहलत चाहिए।" वह एहसान की तजवीज़ पर भड़कीं।

"तुम्हारी मुहलत ने तो मेरा तख़्ता कर दिया।" वह झल्लाकर बोले, "हरामज़ादा साइनिंग मनी तक देने को तैयार नहीं। कहता है मेरा कुछ इन्फ़्लुएंस ही नहीं। ऐसे आदमी का क्या भरोसा?"

जब डॉक्टर ज़ख़्म छेड़ने के लिए नश्तर बढ़ाता है तो मरीज़ गिड़गिड़ाकर उसका हाथ थाम लेता है : "ज़रा ठहर जाइए।...बस ज़रा..."

मगर ऑप्रेशन तो होना ही है। डॉक्टर कितने दिन ज़रा ठहर सकता है?

"लड़की की तबीअत ज़रा कसलमन्द[1] है।" उन्होंने अहमद भाई को बहलाया।

"अरे हटाओ साली को...हम आज पूना जाता है।"

"फिर कब लौटेंगे?"

"रेस का सीज़न उधर ही रहेगा। हम सोचता है उधर नवयुग स्टूडियो मिलता है, सो ले लेवे।"

"अरे हटाइये भी। नवयुग में क्या धरा है? कूड़ा फिंकवाने में ही आधा पैसा उड़ जाएगा। और वह साली मिसेज़ मिचल आपको उल्लू बना रही है। घुना हुआ माल है, क़त्तामा[2] के पास। घिसी-पिटी गोरों की झूटन एंग्लोइण्डियन छोकरियाँ। और फिर सेठ साझे का माल तुम्हें हज़म नहीं होगा।"

अहमद भाई आबाई[3] डरपोक थे, कुछ सहम गए।

ऐसी भी क्या उतावली है सेठ? सनीचर को छोकरी चालू हो जाएगी।" आँख मारी!

---

1. क्लान्त, 2. छिनाल, 3. जन्म से।

"मख़ौल[1] करता है।" अहमद भाई मुस्कुराए।

"तुम्हारे सर की क़सम। अच्छा चलो मुझे सामान तो दिलवा दो! सैट कल तक खड़ा हो जाएगा।"

ये सेठ समझते हैं, अक़्ल का ठेका बस इन्हीं के पास है। हर शै[2] पर निगाह रखेंगे। हर सामान ख़ुद जाकर अपनी आँखों के सामने ख़रीदेंगे ताकि प्रोड्यूसर ठग न ले मगर प्रोड्यूसर भी एक घाघ होते हैं; वैसे तो कह देते हैं कि जब तक फ़िल्म की बिज़नेस नहीं हो जाती वह ख़ुद कौड़ी नहीं लेंगे, बस प्रोडक्शन पर जो ख़र्च होगा वही फ़ाइनांसिअर को देना पड़ेगा।

सैट के लिए बीस हज़ार की लकड़ी आनी थी। पहले तो अहमद भाई ने ख़ुद अपने आपको ठगा यानी पन्द्रह हज़ार की लकड़ी ख़रीदी और रसीद बीस हज़ार की बनवाई। अब वह पन्द्रह हज़ार की लकड़ी जब एहसान साहब वुसूल करने गए तो उन्होंने दस हज़ार की लकड़ी लदवाई, बाक़ी पाँच हज़ार की लकड़ी चार हज़ार में वापस कर दी। एक हज़ार दुकानदार को बचे। ये लकड़ी स्टूडियो लाई गई। अब मालूम किया गया कि किस-किस को लकड़ी चाहिए। चुपके-चुपके वह दस हज़ार की लकड़ी इधर-उधर बारह हज़ार में खपा दी गई। सैट के लिए थोड़ी-सी रख ली गई। अहमद भाई चेक करने आए तो जिसका भी काम चालू हुआ, वही दिखा दिया। मिस्त्री ने भी हाँ में हाँ मिला दी।

यही कास्ट्यूम के मामले में हुआ करता है। चार दोस्तों से कपड़ों के कैश मेमो जमा कर लिए और दिखा दिए सेठ को। यही फिर इन्कमटैक्स में काम आएँगे। वैसे सेठ ज़्यादा चालाक हो तो दुकानदार से मामला फ़िट करना पड़ता है। तीन हज़ार के कपड़े का बिल वह चार हज़ार का बना देगा। पाँच सौ उसके और पाँच सौ आपके। बाज़ सेठ बड़ा चालाक होता है, वह इस बात पर मुसिर[3] होता है कि सारा कपड़ा उसके चाचा की दुकान से ख़रीदा जाए और मामा की दुकान से सिलवाया जाए, ताकि बेईमानी की गुंजाइश ही न रहे। अब अगर सेठ फँस चुका है और उसका रुपया लग गया है तो बस हर कपड़े को कैमरामैन से मिलकर रद्द करवा दीजिए।

"नहीं साहब, ये नहीं चलेगा...चाकी हो जाएगा।" कैमरामैन कह दे तो सेठ बेबस हो जाएगा। हालाँकि चालीस फ़ीसदी सूद ले रहा है फिर भी सेठ चाहता है, जितना पैसा दिया जाए वही उसका मुनाफ़ा है। वह उस फ़िल्म की गर्दन में

---

1. मज़ाक़, 2. वस्तु, 3. हठ करना।

हर ख़र्च बाँधना चाहता है। अपने नौकरों की तनूख़्वाहें, बाल बच्चों का ख़र्चा, घर में ऑफ़िस के बहाने किराया। सैर-ओ-तफ़रीह का सारा ख़र्च, अपनी दाश्ताओं के लाड-प्यार का ख़र्च।

इधर प्रोड्यूसर भी इसी चक्कर में है कि जो हाथ आ जाए, फिर कौन देता है? डिस्ट्रीब्यूटर तो सिवाए हिट के किसी फ़िल्म में मुनाफ़ा नहीं दिखाता। ज़ाहिर है, जब एक फ़िल्म पर इतने गिद्ध मंडला रहे हों तो वह किस क़िस्म की बनेगी। रिलीज़ होकर पहले हफ़्ते में ठप्प हो जाएगी, साथ-साथ प्रोड्यूसर और फ़ाइनांसिअर भी ठप्प।

बड़ी मुश्किल से घंटों सर खपाने के बाद अहमद भाई को शीशे में उतार लिया गया। तय हुआ कि इधर वह दो गाने रिकॉर्ड करवाएँ उधर मासूमा उनकी।

ये दोनों गाने क्रेडिट पर रिकॉर्ड हो रहे थे। आशा भोंसले के हाथ पैर जोड़े तो वह इस शर्त पर तैयार हो गई कि बम्बई की टैरीटरी से अदायगी हो जाएगी। स्टूडियो और ख़ाम माल तीस फ़ीसदी सूद पर मिला ही हुआ था। म्यूज़ीशियन भी क्रेडिट देने पर तैयार हो गए। लीजिए गाने रिकॉर्ड हो गए।

बेगम सारी रात बाल्कनी में टहलती रहीं। हामी तो भर ली मगर होगा कैसे? बराहे-रास्त[1] मासूमा से धड़ से कह दें? मुँह नहीं पड़ता। कई बार चाहा, उसे जगाकर सीने से लगाएँ और समझाएँ—मगर क्या समझाएँ? सारी उम्र तो यही तलक़ीन[2] की : "बेटी! औरत का ज़ेवर उसकी इज़्ज़त है। जान जाए पर इस्मत[3] पर बाल न पड़े।" आज उससे क्योंकर कहें कि अब तेरे सिवा ज़िन्दगी का कोई सहारा नहीं? तुझे क़ुर्बानी देनी होगी। छोटे बहन-भाइयों की नाव पार लगाने के लिए पतवार बनना होगा।

नहीं, यह उनसे न होगा। रोते-रोते सुबह हो गई। दूर कृष्णा मिल का फाटक खुल रहा था और रात पाली के मज़दूर चूसी हुई गन्डेरियों के फ़ोक की तरह मरे क़दमों से निकल रहे थे। ताज़ा दम बूढ़े, जवान लाँग कसे और औरतों के हँसते हुए ग़ोल फाटक में दाख़िल हो रहे थे। सुबह की सफ़ेद रौशनी में स्याह सड़क पर पड़े हुए चाट के काग़ज़ और पत्ते कोढ़ के दाग़ों की तरह उभर रहे थे। एक छिला हुआ कसेरू जैसा कुत्ता खम्बे पर टाँग उठाकर मूत रहा था।

वह पलटकर कमरे में आ गईं। मासूमा पर बेइख़्तियार नज़रें जम गईं : क्या

---

1. सीधा, 2. शिक्षा, 3. सतीत्व।

बेसुध मीठी नींद में ग़र्क़[1] थी। उलझे हुए बालों से आधा मुँह ढका था। गुलाबी होंटों के दरमियान आगे के दो दाँत चमक रहे थे। क़मीज़ का घेर पहलू तले दबकर गला खिंच रहा था। झुककर उन्होंने उसके गिरेबान के बटन खोल दिए, एक दो तीन, सफ़ेद-सफ़ेद भोला-भोला कुँआरा सीना न जाने किन प्यार भरे सपनों की धड़कन से लरज़ रहा था!

वह पट्टी से लगकर खड़ी धारों-धार रोती रहीं। बम्बई का जल्दबाज़ सूरज खिड़की से झाँका। खिड़की में पड़ा हुआ चीथड़ा हिला और जैसे दूध पर कौड़ियाला साँप लहराने लगा। सहमकर उन्होंने बच्ची को चादर से ढक दिया।

---

1. डूबी हुई।

2

क्या धूम धाम थी। तीन बेटों पर बेटी हुई थी। नाजुक-सी। पेट में थी तब ही अन्दाज़ा हो गया था, क्योंकि पेट बेटों की दफ़ा छाती तक चढ़ आता था। मासूमा नाज़ुक चिड़िया-सी पेट में मालूम भी तो न होती थी। ज़रा सा दूध पीकर पेट भर जाता था। हुआ भी अलग़ारों दूध था। जो माँ के दूध ज़्यादा उतरे तो कहते हैं कि बच्चा बड़ा खुशनसीब होता है। रुपए की इफ़रात[1] रहती है। नुजूमी[2] ने पेशानी देखकर कहा था : बड़ी तालिवर[3] बच्ची है। बड़ी बरकत लाएगी। दरवाज़े पर हाथी झूमेगा—हाथी! अहमद भाई तो बिल्कुल ख़च्चर थे!

तेरहवें बरस से फूल पहने, तभी से पैग़ाम बरसने लगे। बड़े-बड़े नवाबों के पैग़ाम। ''ऊँह, ये नवाब बड़े निकम्मे होते हैं। किसी आई.सी.एस. से करेंगे इसका ब्याह।'' मुबारक तो साबित हुई निगोड़ी : उसी महीने तरक़्क़ी हुई। साल भर की थी तो ख़िताब[4] मिल गया। फ़ौज की कमान मिल गई। हुज़ूर सरकार की इनायात[5] की बारिश होने लगी।

नौ दिन पहले नौबत रखवाऊँगी। बिल्कुल पुरानी शान से शादी होगी। नौ दिन माँझे बिठाई जाएगी। दिल्ली का उबटन मशहूर है। मेहँदी घर की झाड़ी से निकलेगी। दादा अब्बा ने पोती के सुहाग के लिए क़लम लगाई थी। अब तो सारे बरामदे के नीचे फैल गई थी। ईद-बक़रईद को लड़कियाँ-बालियाँ मेहँदी सूँतने लगतीं तो जी डरता था कि मुर्दियाँ कहीं जड़ न हिला दें। बड़ों के हाथ की लगाई हुई मेहँदी है, शादी तक रह जाए तो जानो।

मगर पुलिस ऐक्शन के ज़माने में जब तन-बदन की सुध न रही तो सारे ही पेड़ सूख गए। कोठी तीन महीने ढंडार पड़ी रही। जड़ों में दीमक लग गई। जब पुराना सामान निकालने गईं तो जहाँ मेहँदी लहराया करती थी उधर गुस्लख़ाने[6]

---

1. बहुतात, 2. ज्योतिषी, 3. भाग्यवान्, 4. उपाधि, 5. कृपाओं, 6. स्नानगृह।

की नींव पड़ रही थी। मेहँदी का सूखा झाड़ कूड़े पर षड़ा था। हाथ लगाते ही पत्तियाँ झर-झर बिखर गईं। जी धक् से हो गया। ऐसी अरमानों की मेहँदी जल जाए, यह कोई अच्छा शगुन नहीं। शादी में बारात को सात खाने देने का इरादा था। पुलाव, क़ोरमा, तन्दूरी मुर्ग़, शिकमपूर, शाही टकड़े, सीख़ कबाब—और—और—उन्हें खानों के गर्म-गर्म भभके आने लगे। शाम को सबने मसका-पाव के साथ चाए पी ली थी। माल की पक्की वुसूली से पहले एहसान साहब कौड़ी का एतिबार करने को तैयार न थे। वह तो ईरानी रेस्तोराँ का मालिक अब तक मेहरबान था। क़र्ज़ सूद के साथ एक दिन वुसूल हो जाएगा। जब किसी पेड़ में पक्के-पक्के फल झूल रहे हों तो पास पड़ौस वाले लोटा भर पानी से उसकी जड़ें सींच देने में तकल्लुफ़ नहीं करते।

बकरे की माँ कब तक ख़ैर मना सकती थी? आख़िरी दिन भी आ ही गया। स्कीम के मुताबिक़ सलीम और दोनों लड़कियों को सरे-शाम ही से एहसान साहब के यहाँ भेज दिया था, जहाँ एहसान साहब की राय के मुताबिक़ उनकी बेटियों ने रात में उन्हें रोक लिया। मासूमा भी जाने की ज़िद्द करने लगी, मगर बेगम ने जलकर उसे डाँट दिया। सारा वाक़िआ[1] इत्तिफ़ाक़[2] मालूम हो इसलिए मासूमा से अच्छे कपड़े पहनने को भी न कहा गया। वैसे क़ायदे से लोग क़ुर्बानी के बकरे को भी हार फूल पहनाते हैं। शाम को जब एहसान, अहमद भाई के साथ दाख़िल हुए तो बेगम को पसीने छूट गए, जैसे बेटी के बजाय ख़ुद उनकी इज़्ज़त पर शह पड़ रही हो।

थोड़ी देर इधर-उधर की गप-शप होती रही : "इन्डस्ट्री का पाटिया गुल हो रहा है। एक प्रोड्यूसर को एक्स्ट्रा आर्टिस्टों ने मारते-मारते छोड़ा। कास्ट्यूम इन्चार्ज ने कपड़े चुराकर बेच दिए, उसका साल भर का पैसा मार लिया था! अब तो सिवाय हीरो-हीरोइन के या उनके चेले-चपाटों के किसी की दाल फ़िल्म लाइन में नहीं गलती। अब तो डिस्ट्रीब्यूशन भी यही लोग संभालते जा रहे हैं। फिर एक दिन ऐसा आएगा जब सिनेमा हाल भी यही ख़रीद लेंगे।"

"फिर हॉल में फ़िल्म भी यही लोग देखेंगे।" बेगम ने बात में बात जोड़ी।

"हाँ साहब यही होगा।"

मगर अहमद भाई, आमदम-बर-सरे-मतलब[3], के मुंतज़िर बैठे पहलू बदल रहे थे। उन्हें इस टाल-मटोल से झल्लाहट चढ़ रही थी। ख़ूब पिये हुए थे, उस

1. घटना, 2. संयोग, 3. अब मैं मतलब की बात बताता हूँ।

पर भी बार-बार जेब से फ़्लास्क निकालकर, पीठ मोड़कर, चुस्की लगाए जा रहे थे। मासूमा 'ट्रू स्टोरी' का एक पुराना पर्चा लिए धुँधले बल्ब की रौशनी में औंधी पड़ी थी। कभी गुद्दी खुजाते, कभी मूँछें टटोलते, कभी रानों में सलसलाहट होने लगती। उनकी आँखों की पुतलियाँ ठोकरें खा रही थीं। बेगम एक-एक सेकेंड टाल रही थीं, जैसे डॉक्टर का नश्तर उन पलों में कुंद ही तो हो जाएगा, या कहीं आसमान से उनके सारे दुखों की दवा टपकने लगेगी। मगर कब तक? अहमद भाई ज़ोर-ज़ोर से एहसान साहब की पसलियों में कुहनियाँ मार रहे थे। वह ठंडी साँस भरकर उठीं। एक बार जी चाहा उसके मुँह पर थूक दें : "हरामज़ादे, तेरी भी तो कुँआरी बेटियाँ हैं, जा उन पर एक नज़र डाल आ। वह जिनके दहेज़ के लिए तूने अलमारियाँ भर रखी हैं। क्या ये रुपया उन्हीं अलमारियों से निकालकर मेरी मासूमा को ख़रीदने आया है? जैसे वह भी आटे की बोरी है या घी का कनस्तर है।" मगर पानी सिर से गुज़र चुका था। डूबते-डूबते उभरकर उन्होंने कह दिया :

"मैं अभी आई...ज़रा लक्ष्मी बाई से थोड़े से पापड़ ले आऊँ।" बावर्ची को पहले ही छुट्टी दे दी थी। मासूमा को शुब्ह भी न हुआ और वह चली गईं।

"भई मेरी रिकॉर्डिंग की डेट है, कोई घंटा भर में आ जाऊँगा।" उन्होंने मासूमा को सुनाने के लिए ऊँची आवाज़ से कहा, "अहमद भाई तुम बैठो। लड़की अकेली है, बेगम आ जाएँ तो तुम भी आ जाना। ज़रा डाँस का गाना सुनना। क्या शमशाद ने गाया है। क़सम से नौशाद की ट्यून कुछ भी नहीं उसके आगे। बड़ी धाँसू ट्यून है। थीम सौंग है। जब हीरो मोटर कार से ज़ख़्मी हो जाता है तो यही ट्यून सैड हो जाती है। फिर ड्रीम सौंग में उसी ट्यून को वाल्ज़ में बनवा रहा हूँ, दुगाने के लिए। फिर कमाल देखिए, यही ट्यून जब हीरोइन के बच्चे को बुख़ार आ जाता है तो लोरी की तरह..."

"हाँ-हाँ जानता है बाबा। जाओ ना! अब बेनाहक को खोटी करता है।" अहमद भाई बेक़रार होकर बोले।

"अच्छा-अच्छा।" एहसान भाई पर ओस पड़ गई। वह भी चले गए।

फिर ऐसा मालूम हुआ जैसे घर में कोई नहीं। पूरे मुहल्ले में कोई नहीं। बम्बई में कोई नहीं। दुनिया में कोई नहीं! सिर्फ़ धुँधले, मक्खियों के गू में सने हुए बल्ब की रौशनी में झुकी हुई बेख़बर मासूमा और ख़ारिश-ज़दा[1] अहमद भाई।

---

1. खुजली का रोगी।

दूर कहीं किसी ज़ख़्मी पिल्ले के किसी ने ठोकर मारी और वह ट्याऊँ-ट्याऊँ करता गटर में घुस गया। बेगम सर झुकाए तेज़-तेज़ बस स्टैंड की तरफ़ जा रही थीं। उनकी आँखों से आँसू उबलकर रास्ता अनजान बना रहे थे। किसी ने अँधेरे में उनके आँसू न देखे।

बस से उतरकर बेगम देर तक दादर की छोटी-छोटी दुकानों पर चुटपुट ख़रीदती रहीं। फिर ख़ुदादाद सर्किल के दो चार चक्कर लगाए। सोचा : ब्रॉडवे सिनेमा में शो ही देख डालें। मगर एकदम ऐसी वहश्त हुई कि फिर लौट पड़ीं। शिवाजी पार्क में लातादाद जोड़े टहल रहे थे...सामने केडल कोर्ट के आगे कुछ गुंडे ढोल की थाप पर पवाड़ा गा रहे थे। वह सीधी समंदर की रेत पर निकली चली गईं। ठंडी रेत पर बैठकर न जाने क्यों वह फूट-फूटकर रोने लगीं।

सामने समंदर सिसकियाँ भर रहा था। पानी धीरे-धीरे लौट रहा था। वह रोती रहीं। आसपास लोग हौले-हौले बातें करते टहल रहे थे। कभी कोई रुपहला क़हक़हा फ़िज़ा में छनककर किसी भारी आवाज़ में डूब जाता। उन्होंने दोनों मुट्ठियों में रेत भींचकर चीख़ों को घोंट दिया।

वह कितनी अकेली थीं? दुनिया में किसी को भी एहसास न था कि वह अकेली हैं। दुनिया उनको भूल चुकी थी। नवाब साहब ने किन अरमानों से हाथ-पाँव जोड़ कर अब्बा से उन्हें माँगा था। कभी दुखी बात न की, सचमुच फूलों में तोलकर रखा। क्या गर्मा-गर्म प्यार था! कितनी हसीन जवानी थी! मीठी मीठी नींद आँखों में खटक रही है और जगाए चले जाते हैं। सिर की क़समें दी जा रही हैं। आज जब मासूमा की क़िस्मत का फ़ैसला हो रहा है, वह शायद कमसिन दुल्हन को पहलू में दबाए सो रहे होंगे।

एकदम ग़ुस्से का तूफ़ान उनके सीने में जाग उठा। बटुवे में नोट सरसराने लगे। लानत हो निकाह पर! क्या धरा है निकाह में? उनका निकाह भी तो बड़े क़ाज़ी साहब ने पढ़ाया था, जो एक बूढ़े रईस के लातादाद निकाह पढ़ा चुके थे। आज वह निकाह रेत के ज़र्रों से भी ज़्यादा बेहक़ीक़त हो चुका था।

लोग आहिस्ता-आहिस्ता जा रहे थे; दो चार मवाली देर से उनके इर्द-गिर्द मंडला रहे थे। एकदम से कलेजा धक् से हो गया। ये क्या हिमाक़त[1] की उन्होंने! रुपये साथ लिए फिर रही हैं। एक दो नहीं पूरे पाँच हज़ार। उन्होंने हथेलियों पर

1. बेवक़ूफ़ी।

से रेत झाड़ी और घर की तरफ़ हो लीं। जब घर पहुँची तो सारी बिल्डिंग में अँधेरा हो चुका था। फ़ुटपाथ पर नंगी टाँगों की क़तारों को फलाँगती वह तेज़ क़दम चलीं।

हल्की-सी चीख़ की आवाज़ सुनाई दी और अँधेरे से मासूमा निकलकर उनसे चिमट गई।

"अम्मी! अम्मी जान! मेरी अम्मी जान!" उसने काँपते हुए जिस्म का सारा बोझ उनके हाथों में सौंप दिया। सितारों की मलगजी रौशनी में उन्होंने देखा : मासूमा का गिरेबान तार-तार था। साड़ी में भंबाक़े हो रहे थे। बाल नुचे हुए थे। उसकी सफ़ेद रेशमी गर्दन पर खरोंचों के निशान थे। एक कान की लौ से ख़ून बहकर जम गया था, जैसे उसे भूके कुत्तों ने भँभोड़ा हो। वह उसे कलेजे से लगाकर सूखी-सूखी हो गईं। अपने सारे मँसूबे[1] भूल गईं। उन्होंने सोचा था, वह उसे डाँटेंगी, गालियाँ देंगी, बदमाश और लफ़ंगी कहेंगी ताकि वह अपनी शराफ़त का भरम रख सकें, अपने जुर्म पर पर्दा डाल सकें। बात हादसा बन जाए। मगर उन्हें कुछ भी न याद रहा। जब अन्दर पहुँचकर उन्हें मालूम हुआ कि मासूमा साफ़ बच निकली, उसने अहमद भाई का भुरता निकाल दिया तो वह सन्नाटे में रह गईं।

सारे फ़्लैट में ऐसा मालूम हो रहा था कि घोड़े दौड़ गए हैं। पानी के सारे घड़े चकनाचूर थे। ग्लास लुढ़के पड़े थे, चाय का सेट चूरा हो चुका था। अलगनी के कपड़े कीचड़ में पड़े थे। खिड़कियों के शीशे कर्ची कर्ची।

मारे ग़ुस्से के उनकी आँखों में ख़ून उतर आया। एक ज़ोर का तमाचा उन्होंने मासूमा के गाल पर मारा।

"चुड़ैल! कुतिया।"

"अम्मी...वह बदमाश..." मासूमा की समझ में कुछ नहीं आ रहा था।

"चुप, बदमाश की बच्ची...ग़ज़ब ख़ुदा का! घरवा करके रख दिया। अब तेरे बावा भरेंगे!" उन्होंने बटुवा दोनों हाथों से कलेजे से लगा लिया।

"या परवरदिगार मुझे मौत क्यों नहीं देता? ये चार-चार मैयितें[2] मेरी छाती पर धरी हैं! ऊपर से करतूत[3] तो देखो। हरामज़ादी—छिनाल—" वह मासूमा पर टूट पड़ीं। वह माँ जिसने घड़ी भर पहले अपनी बच्ची की सलामती पर उसे कलेजे से लगाया था, नोटों की सरसराहट से सहम गई। कल रुपये वापस करने होंगे।

---

1. योजनाएँ, 2. शव, 3. बुरे काम।

उन्होंने मासूमा का कोई उज्र[1] न सुना। वही फटे-पुराने-भीगे चीथड़े पहने वह चटाई पर झुकी हुई सिसकियाँ भर रही थी।

सुबह तड़के वह एहसान साहब को देखकर ऐसे लरज़ीं जैसे क़साई को देखकर बकरा। मगर वह बड़े प्यार से मुस्कराकर पास बैठ गए।

''अभी अहमद भाई के पास से आ रहा हूँ। अजीब उल्लू का पट्ठा है। साले को मैने बड़ी डाँट पिलाई।''

चुपचाप बेगम ने नोटों की गड्डी निकालकर एहसान साहब के पास फेंक दी। ''अरे ये क्या?'' वह बड़ी नर्मी से बोले और रुपये गिनने लगे। ''अब इसमें हमारा क्या क़ुसूर है? साला बिल्कुल ही अनाड़ी है। असल में बहुत पी गया था। मैंने ससुरे को बहुत डाँटा। वह तो कहो अपना फ़्लैट पिछली तरफ़ है और पास वाले फ़्लैट वाले नासिक गए हुए हैं। अगर किसी को ख़बर हो जाती तो कम्बख़्त जेल में धरा होता।'' वह रुपयों को सहलाने लगे, फिर रुपये उनकी तरफ़ खिसका दिए : ''परेशान होने की कोई बात नहीं। नासमझ है अभी। राहे-रास्त[2] पर आ जाएगी। तुम माँ हो, समझा-बुझा सकती हो।''

गला न भर आया होता तो बेगम कहतीं कि क्या समझाऊँ?

''ख़ुदा क़सम रो क्यों रही हो? मकान वाले से मैंने कह दिया है। वह दोपहर को आएगा किराया लेने। दो चार कपड़े-लत्ते तो बनवा दो। ऐसा करो मार्किट चली जाओ, मूलचन्द के यहाँ मेरा एकाउंट खुला हुआ है।''

तो अहमद भाई नराज़ नहीं। बल्कि उन्हें तो छोकरी की ये अदा बेहद भाई।

''कसम से क्या दंगाई छोकरी है।'' उन्होंने अपनी सूजी हुई नाक पर बर्फ़ का टुकड़ा रगड़कर कहा। उनके भी सारे कपड़े तार-तार हो चुके थे फिर भी उनकी बाछें खिली जा रही थीं। ''क्या साली एक दम हिरनी का माफ़िक है।''

''पर सेठ, इतना पीकर बच्ची को हलकान करना कहाँ की इन्सानियत है?''

अहमद भाई हें-हें करने लगे।

''आज जुहू ले जावे? बाबा उस फ़्लैट में अपने को एकदम नहीं चलेगा।''

''आज नहीं।''

''काइको?''

''बस ऐसे ही।''

---

1. आपत्ति, विवशता, 2. सीधा रास्ता।

"क्या बात करता है तुम? साला पाँच हज़ार लिया—और..."

"मेरे खाते में डाल दो।"

"तुम्हारा खाता में?"

"हाँ—परसों तक सूरजमल से दिलवा दूँगा। क्या समझते हो सारे बम्बई में तुम ही एक लखपति हो?"

"अरे वे तुम क्या बंडल मारता—हम कब बोला?"

"सेठ सच्ची बात सुनोगे?"

"बोलो।"

"यह लौंडिया जो है ना।"

"हाँ।"

"वह तुम्हारे बस की नहीं।"

"काइको?"

"अमाँ गाउदी हो निरे। छटाँक भर की लौंडिया ने मार-मार के भूसा भर दिया।"

"नईं नईं, ऐसा बात नईं। बाबा हम नीट पियेला था। एकदम नीट। हमारे को कुछ दिखाई नहीं पड़ा। और छोकरी साला इतना मस्त कि क्या बोले तुम से। हम ज़रा हाथ लगाया कि मारा-मारी करने लगी।"

"सोच लो।"

"बस आज जुहू।"

"अमाँ क्या उल्लू का पट्ठापन किए जा रहे हो?"

"काइको?"

"एकसाँ तोते की तरह जुहू की रट लगा रखी है। अच्छा ऐसा करो, वह फ़्लोरी है ना।"

"हमसे साला फ़्लोरी की बात मत करो। क्या थर्ड क्लास छोकरी। तुम क्या समझता है हमारे को।"

"अच्छा बाबा बिगड़ते क्यों हो?"

"बिगड़े काहे को नहीं, पाँच हजार दिया। कोई कमती है?"

"अमाँ तो अब मैं क्या करूँ? लौंडिया के हाथ-पैर बाँधकर पकड़ा दूँ।"

"नईं ऐसा कब बोला हम। पन जरा बोलो ना छोकरी को। ऐसा मारा-मारी एकदम नईं चलेगा।"

"फिर वही मुर्ग़ की एक टाँग।"

"मुर्गा? कौन-सा मुर्गा?"

"तुम्हारा बाप!" एहसान भाई ने चिढ़कर दो चार मोटी-मोटी गालियाँ लगाईं।

"सुनो।" अहमद भाई बड़े लाड से बोले।

"क्या?"

"तुम्हारे को कुक्कू का डाँस माँगता है पिच्चर में?"

"कुक्कू का डाँस होगा तो पिक्चर शर्तिया हिट समझो।"

"तो फिर ऐसा करो तुम ल्यो साला डाँस। एक नहीं दो ल्यो।"

"मतलब?"

"अरे मतलब क्या? कुछ भी नहीं। हम क्या बोला?" सेठ हँसे।

"जुहू?"

सेठ ने दाँत निकोसे।

"हूँ।" एहसान मियाँ लापरवाही से सिगरेट सुलगाने लगे। मगर अहमद भाई पर तो मासूमा का भूत सवार था।

"बात करूँगा आज।"

"क्या साला तुम इतना दिन से बात करता, बात करता..." अहमद भाई चिराग़-पा[1] हो गए, "एकदम चार सौ बीस है तुम।"

"देखो सेठ!"

"क्या?"

"जूते खाने की बातें तो करो मत।" जब से सेठ पर मासूमा का इश्क़ सवार हुआ था, एहसान साहब बड़े गुस्ताख़ हो गए थे। उन्हें मालूम था सेठ बड़ा चुग़द है। एक बात की धुन हो जाए तो फिर इधर की दुनिया उधर हो जाए, किसी तरह नहीं टलेगा।

"हाँ ख़ूब याद आया। वह मगनलाल ड्रेस वाला का बिल पड़ा है।"

"कोई वांदा नहीं—कल देगा चैक—हम नाँ कब बोला?"

"वह मूलचन्द को फ़ोन कर दीजिएगा।"

"मूलचन्द? हम कल उसको चैक दिया। बाबा तुम हमारे को खलास कर देगा, हम..."

"उफ़्फ़ोह—किस चुग़द से पाला पड़ा है। अमां यार पिक्चर के लिए नहीं। बेगम कह रहीं थीं कि लड़कियों के पास कपड़े नहीं। मैंने बान्द्रा में बँगले का इन्तिज़ाम भी कर लिया है।"

---

1. गुस्सा होना, 2. मूर्ख।

"अच्छा तो ऐसा बोलो ना।" सेठ हिनहिनाए, "हम शाम को साड़ी पहुँचा देगा और मूलचन्द को भी फ़ोन कर देगा–पन जुहू।"

"अच्छा बाबा जुहू भी जाएगा।"

बेगम ने नोटों का बंडल वापस उठाया तो कुछ हल्का लगा। गिना तो तीन हज़ार।

"अगले हफ़्ते दे दूँगा। फ़िल्म की डिलीवरी देनी है।" एहसान साहब मुस्कुराए, मगर बेगम समझ गईं कि वह अपना कमीशन ले गए।

"मगर..."

"क्यों घबराती हो?" उन्होंने बिल्कुल शौहराना अन्दाज़ में कहा, "शाम को साड़ियों वाला आ रहा है।"

"आपको साड़ियों की पड़ी है। यहाँ हज़ार ख़र्च जान को लगे हैं।"

"तुम देखती जाओ–अल्लाह कार-साज़ है, सब कुछ हो जाएगा। हाँ भाई वह बँगले का मैं आज तय कर आऊँगा, कब तक शिफ़्ट कर सकोगी?"

"मुझे कौन-से सामान समेटने हैं। नया सेट वहीं जाकर ख़रीदना पड़ेगा।"

"मगर..."

"क्यों ख़रीदती हो? मेरे पिछले महल वाले सेट का पूरा फ़र्नीचर पड़ा हुआ है। अलट्रा मॉडर्न है। सेठ से कह दूँगा, वह यहाँ लाकर जमा देगा।"

"मगर..."

"क्या मगर?"

"मासूमा!"

"नासमझ है, रसानीयत[1] से समझाना होगा।"

समझाना होगा? वह कैसे समझाएंगी? लड़की बालिग़[2] हुई तो मारे शर्म के उन्होंने बात भी न की। बाक़री बुआ से कहा। उन्हींने पाला था, उन्हींने समझा दिया।

बाक़री बुआ! उफ़! अच्छा हुआ जो आँखें मुँद गईं। हर वक़्त पीछे पड़ी रहती थीं :

"अरे पाशा, दुपट्टा सिर को डालो, यूँ नँगे सिर फिरते शरीफ़ बहु-बेटियाँ?"

क्या मजाल जो कोई लड़की ऊँची आवाज़ से बोल जाए।

"हाए पाशा ग़ैर मर्दां[3] को कानाँ में आवाज़ जाता। चुपका बोलो बेटे।"

वह होतीं तो? नहीं, बाक़री बुआ नहीं–नवाबी शान नहीं–कुछ नहीं–कोई नहीं!

---

1. धीरे से, प्यार से, 2. वयस्क, 3. पर पुरुष।

मासूमा बानो मुँह फुलाए बैठी दाएँ हाथ की छुंगली से नाख़ुन पर से क्यूटेक्स खुरच रही थी। अहमद भाई दो-चार दिन के लिए सूरत गए हुए थे। वहाँ से लौटे तो आँख की सूजन उतर चुकी थी। नाक पर भी खुरंड आ गया था और वह उस वक़्त अम्मी के पास बैठे फ़र्नीचर की फ़ेहरिस्त बना रहे थे। उसे देखकर उन्होंने निहायत बेहयाई से दाँत निकोस दिए। वह भिन्नाई हुई दुसरे कमरे में चली आई। ट्रक आया तो घर का कूड़ा-करकट लादा गया। अहमद भाई की मोटर में सब बैठे। उन्होंने उसे आगे अपने पास बिठाना चाहा, मगर वह तिनक कर दूर जा खड़ी हुई। बेगम हँस पड़ीं और सलीम को आगे भेजकर उसे पास बिठा लिया।

"क्या बदतमीज़ी है?" उन्होंने प्यार से उसकी लट सँवारते हुए कहा।

"ऊँह।" आजिज़ होकर उसने उनका हाथ झटक दिया।

"क़सम ख़ुदा की ऐसा तमाँचा मारा होगा कि दाँत झड़ जाएँगे। सिर पर ही चढ़ी जाती है सूअरनी।"

बंगले में सामान उतर रहा था तो मासूमा एक तरफ़ बे-तअल्लुक़[1] सी खड़ी हो गई।

"भूल हुई बाबा—माफ़ कर दो।" अहमद भाई पास आकर बोले।

"हुँह!" मासूमा ने नाक सिकोड़ी।

"बोलो तो उट्ठक-बैठक करे। नाक पकड़ कर तीन सलाम करे। हमारे से गलती हो गया। लो कान पकड़ता है हम।" उन्होंने दोनों कान पकड़कर कहा, मासूमा को हँसी आ गई। न जाने उनकी घुग्गू जैसी सूरत पर या अपनी बेकसी पर।[1] बेगम ने भी समझाया :

"कितना कुछ कर रहे हैं अपन लोगों के लिए। ढाई सौ है किराया इस बंगले का।"

"तो वहीं चलिए ना, वहाँ सत्तर रुपये था।"

"हूँ। और वह सत्तर कौन देगा?" उन्होंने समझाया और मासूमा ने समझ लिया। उसका गुस्सा उड़न-छू हो गया। फिर वही हँसी-मज़ाक़ और क़हक़हे गूँजने लगे। ख़ूबसूरत कपड़ों और ज़ेवर का किस बच्ची को शौक़ नहीं होता? अपनी सकत[2] भर उसने मुदाफ़अत[3] की फिर भूल गई। इतनी नन्ही न थी कि अपनी हस्ती का मोल न जानती।

---

1. बिना लगाव के, 2. सामर्थ्य, 3. बचाव।

और फिर एक दिन अहमद भाई के दाम वुसूल हो गए। और मासूमा बानो नीलोफ़र बन गई और बेगम की नवाबी लौट आई। वही खाने-पीने की रेल-पेल, क़दम-क़दम पर नौकर। सलीम मियाँ का नाम फ़ौरन बड़े शानदार स्कूल में लिखवा दिया गया, मोटर छोड़ने और लेने जाती। बेगम वही सुबह ग्यारह बजे सोकर उठने लगीं। जैसे बुरा ख़्वाब देखा था, आँख खुली तो कुछ भी न बिगड़ा था। सिर्फ़ नवाब न थे। तो नाज़-बरदारियों को एहसान साहब क्या कम थे? अब तो वह बक़ौल कसे[1] खेती काट रहे थे। इतने साल जितना गहरा कुआँ खोदा था उतना ही मीठा पानी पी रहे थे। पहले तो बेगम का बार[2] कुछ उन पर भी पड़ जाता था मगर अब तो दोनों वक़्त का खाना बँधा था। उनकी बीवी और बेटी से भी मेल-जोल शुरू हो गया था। उन्हें भी अब यक़ीन हो गया था कि एहसान साहब के बेगम से सिर्फ़ ऐसे तअल्लुक़ात थे जैसे एक बदनसीब औरत के शौहर के अज़ीज़ दोस्त के होना चाहिएं। उन्होंने सबके फ़ायदे का ख़याल रखा। बेगम ने हाथ खोलकर लेन-देन शुरू किया। ज़रा-सी किसी की सालगिरह हो जाती और वह बनारसी जोड़े और सोने के ज़ेवर ले दौड़तीं।

वैसे अब वह उम्र आ गई थी कि वाक़ई[3] उनके भाई-बहनों जैसे तअल्लुक़ात ही रह गए थे। बेगम उनकी एहसानमन्द थीं। उनके सिवा बेचारी का था कौन? अगर वह न होते तो मँझधार से नाव कौन तराकर लाता? झूठों को माँगते तो वह बे-दरेग़[4] देतीं। मगर अहमद भाई कुछ कबीदा-ख़ातिर[5] से रहते थे। नीलोफ़र का रवैया वैसा ही माशूक़ाना था। वह उन्हें बे-तरह झकाती। वह आते तो बैठी बच्चों के साथ ताश या कैरम खेला करती। वह कमरे में बुलाते तो टाल जाती। बड़ी मुश्किल से बेगम भेजतीं तो बात-बे-बात लड़ने लगती। हाथ छोड़ बैठती। बिल्ली की तरह पंजे मारती। रूठकर माँ के साथ जा लेटती। अहमद भाई मँडलाते फिरते, ख़ुशामदें करते, रिश्वतें देते तो वह निहायत बे-दिली से बेगार टाल देती। अहमद भाई सारी रात कभी नहीं रहे। उनके ससुर का हुकम था : चाहे कहीं जाओ, रात को सोओ घर आकर। बारह बजते ही उन्हें सिंड्रैला की तरह भागना पड़ता। कभी अच्छे मूड में होती तो साथ में बैठकर शराब भी पीती, गालियाँ बकती और फिर जूतम-पैज़ार[6] करती। एकदम भूत सवार हो जाता तो कुत्ते की तरह भौंकने का हुक्म देती और बुरी तरह पीछे पड़ जाती। बेचारे को भौंकना

1. किसी के कथनानुसार, 2. बोझ, 3. वस्तुतः, 4. बिना संकोच के, 5. अप्रसन्न, 6. मारपीट।

पड़ता। फिर वह ख़ूब तालियाँ बजाती। अपना जूता फेंककर हुक्म देती : चारों हाथ-पैरों के बल चलकर भौंको, फिर मुँह से जूता उठाकर लाओ, फिर भौंको और जूता पहनाओ। मूड आ जाता तो अहमद भाई ख़ूब भौंकते, दाँतों से जूता उठाकर लाते और वह फिर फेंक देती। बैठे-बैठे एकदम सबके सामने कहती, गधे की बोली बोलो।

"इस वक़्त नहीं, बाद में, बाद में।"

"नहीं अभी बोलो।"

"कह दिया बाबा इस वक़्त नहीं—पीछू सब बोलेगा। पहला इधर एक पप्पी देयो।"

"नहीं—अभी, इसी वक़्त बोलो। गधे की बोली बोलो।"

"कुछ दिमाग़ ख़राब हुआ है? बदतमीज़ कहीं की।" बेगम डाँटतीं।

"हमारे बीच में कोई मत बोलो—हाँ!" नीलोफ़र अड़ जाती। "मम्मा, आप चुप रहिए।"

"मालूम होता है तेरी शामत आई है।" बेगम गुर्रातीं, मगर अहमद भाई कहते : "आसिक मासूक का मख़ौल है, तुम काइको बीच में आता?" और वह गधे की बोली बोलते। मगर इतनी देर में कि नीलोफ़र का मूड ख़राब हो जाता और वह उन्हें ख़ून थुकवाती[1]। कभी अहमद भाई एहसान साहब से शिकायत करते। वह अब थक चुके थे। वह उम्र आ गई थी कि वह ख़ुद माशूक़ बनते, बीवी बच्चे उनकी सेवा करते, रोब मानते, मगर उनकी तो दोनों तरफ़ शामत थी। बीवी उधर गालियाँ देती, बच्चे रत्ती बराबर इज़्ज़त न करते, ऊपर से नीलोफ़र के मज़ालिम[2]! तौबा!!

एहसान साहब ने उन्हें बहुत समझाया कि नीलोफ़र की बात का भरोसा नहीं। वह एक बदज़ात लौंडिया है, उसे बहुत सिर न चढ़ाओ। मगर अहमद भाई चारों तरफ़ से जूते-लात खाते-खाते बदहवास[3] हो चुके थे। इधर चन्द महीनों से नीलोफ़र ने उन्हें बहुत सताया था। एक दफ़ा उनके पेट में ऐसी लात मारी कि ग़रीब को हर्निया के ऑप्रेशन के लिए पन्द्रह दिन हस्पताल में रहना पड़ा। वहाँ से आए तो बे-तरह मज़ाक़ उड़ाने लगी। ऐसा बदहवास किया कि उनके दिल में डर बैठ गया। पसीने छूटने लगे। सोने का वरक़ चढ़ी गोलियों से भी कुछ फ़ायदा न हुआ, उल्टा इख़्तिलाज[4] होने लगा और उनकी

---

1. बहुत अधिक परेशान करना, 2. अत्याचार, 3. बौखलाए हुए, 4. दिल की धड़कन।

अबतर[1] हालत पर वह क़हक़हे लगाती, गन्दे-गन्दे तकलीफ़-देह[2] मज़ाक़ करती। उधर जिस फ़िल्म में अहमद भाई ने पैसा डाला वह डब्बा हो गया। हालात बिगड़ते ही चले गए।

एहसान साहब अपनी दानिस्त[3] में चट्टान पर बिराजमान थे। घर में बीवी बच्चे शान-ओ-शौकत से थे। उधर बेगम से दिलचस्पी हँसी-मज़ाक़ तक महदूद[4] हो गई थी, क्योंकि हाल ही में उन्होंने एक्स्ट्रा लड़की सुमन को एकदम साइड हीरोइन बना डाला था। सबुक[5] नक़्शे वाली साँवली-सलोनी सुमन को वह डाँडा से उठा लाए थे। सात पुश्त से उसके बाप-दादा मछलियाँ पकड़ते आए थे। ख़ुश्क[6] मछलियाँ बटोरते-बटोरते वह एकदम एक्स्ट्रा बनी और साल भर के अन्दर प्रोड्यूसरों के चमचों के सिर पर चढ़कर एहसान भाई तक आन पहुँची। उन पर कुछ उसकी शोख़ी का ऐसा नशा चढ़ा कि झट रिट्ज़ होटल में कमरा लेकर रख लिया। अभी उसके सिर की जुएँ भी ख़त्म नहीं हुई थीं कि वह स्लेक्स और टी शर्ट पहने, दो फ़िल्मी चोटियाँ गूँधे घूमने लगी।

पतिवर्ता मिसेज़ एहसान के कान पर जूँ तक न रेंगी। कमाऊ मर्द को सात ख़ून माफ़ हैं और हालाँकि फ़िल्म फ़्लॉप हो रहे थे मगर एहसान साहब हिट थे। जड़ें शरीफ़ थीं, सारा रुपया इधर-उधर से समेटकर उन्हीं के हाथ में दे देते, इसलिए वह काफ़ी मुत्मइन थीं। मर्द ज़ात कहीं मुँह काला करता फिरे मगर घर बार से ग़ाफ़िल[7] न हो तो फिर कैसी शिकायत? बान्द्रा में ज़मीन ली थी, उसका पट्टा भी बीवी के नाम था कि कभी कोई बुरा वक़्त पड़े, क़ुर्क़ी आए तो घर का सारा सामान बीवी के नाम हो, कोई हाथ न लगा सके। एहसान दिवालिया होकर फिर किसी और के नाम से नई कम्पनी चालू कर देते। पहली कम्पनी उनके अपने नाम से थी। दूसरी में उन्होंने अपने साले के नाम डाल दिया। उल्लू का पट्ठा-सा था बेचारा। जब कम्पनी का दिवाला निकला तो उसकी कुछ समझ में न आया। एहसान साहब ने खोखरा पार की तरफ़ से पाकिस्तान भगवा दिया। अब ये तीसरी कम्पनी उनके रिश्ते के भाँजे-भतीजे के नाम से थी। करता-धरता वह ख़ुद थे।

दुनिया भी कितनी अजीब है। जब हफ़्ता भर बाद एक दिन एहसान साहब महाबलेश्वर से सुमन की आउट-डोर शूटिंग से लौटे तो घर ढंढार पड़ा था। बीवी उनके निहायत मोतबर[8] मुँहबोले भाई और प्राइवेट सेक्रेट्री के साथ भाग

---

1. बिगड़ी हुई, 2. कष्टदायक, 3. जानकारी, 4. सीमित, 5. नाजुक, 6. सूखी, 7. बेपरवाह, 8. विश्वस्त।

गई थी। दोनों लड़कियाँ पड़ोसियों ने रहम खाकर सँभाल ली थीं। छोटा लड़का आया के पास छोड़ गई थीं। उससे तो यह कहकर गई थीं कि सिनेमा जा रही हैं। सामान घर में था ही कितना? एक ट्रक में आ गया। आया समन्दर पर बच्चे को घुमाकर लौटी तो घर के सामने बैठी दोनों बच्चियाँ धारों-धार रो रही थीं। अन्दर दो चार टूटे-फूटे बर्तन और थोड़ा-सा बेकार सामान पड़ा था। बेगम ने एहसान साहब के कपड़े तक मस्लेहतन साथ ले लिए। उनके दोस्त मज़हर के तो आ नहीं सकते थे, क्योंकि वह तो साँड का साँड था और एहसान साहब मुन्हनी[1] से आदमी थे, मगर वह उन्हें ज़क[2] देने के लिए सब कुछ ले गईं। अनाज का दाना तक न छोड़ा।

तअज्जुब की बात थी कि एक सीधी-सादी घरेलू क़िस्म की औरत अपनी उम्र से छोटे जवान के साथ कैसे सब कुछ छोड़कर भाग गई? मगर मज़हर इतना कमउम्र न था जितना ज़माने ने उसे बना रखा था। उसकी कामयाबी का एक गुर यह भी था कि वह हर शख़्स को बड़े भाई और साहब के लक़ब[3] से याद करता था। सोलह वर्ष की उम्र में घर से भाग आया। बिगड़े नवाब का बेटा था। माँ-बहनों के ज़ेवर से ही बम्बई में कई साल गुज़ारा हो गया। अगर ख़ुद उसकी जान को चमचे न लग गए होते तो वह शायद और कुछ दिन ऐश करता। लेकिन उस ज़रा-सी उम्र में यार लोगों ने उसे वह चकफेरियाँ दीं कि दिवाला निकल गया। कई साल तो इश्क़-ओ-आशिक़ी से फ़ुर्सत न मिली, न जाने कितनी लतें[4] लगीं और छूटीं। जब होश आया तो ख़ुद को एक बूढ़ी हीरोइन की नाज़-बरदारियाँ[5] उठाते पाया।

और फिर मज़हर ने ज़िन्दगी से समझौता कर लिया। जब उस बूढ़ी हीरोइन ने उससे भी कमसिन छोकरे को घर का मालिक बना लिया तो वह न जाने कहाँ से लुढ़कता-पुढ़कता एक तरहदार[6] प्रोड्यूसर का चमचा बन गया। वह, जो कभी दूसरे चमचों के लिए पतीले का काम देता था। जब पतीला चमचा बन जाए तो फिर कुछ कहने की गुंजाइश नहीं रह जाती। उसे चमचेबाज़ी के तमाम गुर आते थे। वह मुख़्तलिफ़[7] प्रोडक्शंस में रहा। जिसके साथ काम करता बस उसी का हो रहता। आहिस्ता-आहिस्ता उसी के घर में सोने लगता, क्योंकि दो-दो तीन-तीन बजे रात तक पार्टियों का इन्तिज़ाम करने के बाद बिल्कुल निढाल हो जाता। वह कौन-सा काम था जो वह नहीं कर सकता था? वक़्त-बे-वक़्त अगर प्रोड्यूसर

1. दुबला-पतला, 2. हानि, 3. उपाधि, 4. आदतें, 5. नख़रे, 6. छबीला, 7. अनेक।

चिड़िया का दूध या बैल का अंडा माँगता तो वह टैक्सी लेकर बम्बई का कोना-कोना छान मारता और बैल के अण्डे से भी ज़्यादा अजीब शै[1] लेकर लौटता। जिसके घर में रहता रिश्तेदार बनकर रहता। उसकी बीवी से फ़ौरन माँ, बहन या भाभी का रिश्ता लगा लेता। उसकी माँ को अम्माँ कहता। उसकी सास से बिल्कुल दामाद की तरह मिलता। उसकी बहनों को कुँआरपने का ग़म ग़लत करने में मदद देता। उसके बच्चों को बाप की मसरुफ़ीयत की वजह से शफ़क़ते-पिदरी[2] देता, शौहर की जुदाई में आँसू बहाने वाली बीवी के सर्द[3] हाथ गर्माता और उसके आँसू अपने दामन में जज़्ब कर लेता। एक तरफ़ वह अपने मालिक को दाश्ता[4] सप्लाई करता, दूसरी तरफ़ उसकी बीवी के सीने में भड़कती हुई सौतिया डाह की जलन पर मरहम रखता। अगर बीवी को आपा कहता तो दाश्ता को फ़ौरन भाभी बना लेता। इसलिए उससे सब ख़ुश थे। दुनिया का कोई काम हो वह फ़ौरन कर देता। चाहे हाजी के होटल से नान कबाब लाने हों या नेवी मैस से व्हिस्की, पवन पुल से गाने वाली का इन्तिज़ाम करना हो या मछली के शिकार की तैयारी; ख़ाम[5] फ़िल्म चाहिए हो या स्टॉक शॉट्स—मज़हर बेतकान मुहैया कर देता।

जिस प्रोड्यूसर के साथ चिपक जाता उसे ख़ुदा समझने लगता। सारी इन्डस्ट्री में उसी के गीत गाता फिरता। उसकी ऐसी पब्लिसिटी करता कि फिर पैसे ख़र्चने की कोई ज़रूरत न होती। बस जहाँ जाता उसकी ज़हानत, अक्लमन्दी और तर्रारी[6] के अफ़साने सुनाता।

''वाह साहब वाह! कमाल कर दिया साहब ने तो। यानी क्या शॉट लिया है कि साला कैमरामैन की रीढ़ की हड्डी टेढ़ी हो गई! क्या पिक्चर बन रही है! क़सम से पुलिस के उतारे नहीं उतरेगी। क्या हैं ये आपके शान्ताराम और महबूब!'' उसके ऐबों[7] तक की शेख़ी मारता :

''साहब आज तीन महीने से सेट खड़ा है। बस दिन में मुश्किल से एक-आध शॉट हो जाता है, यानी एक सौंग पर चालीस हज़ार फ़िट फ़िल्म कूड़ा हो गया। साहब असली सँगे-मरमर मँगवा रहे हैं सिर्फ़ दो शॉट हैं उस सेट के और कमाल ये है कि फ़र्श दिखाई भी नहीं देगा। क्लोज़ शॉट हैं। मगर हमारे साहब को बस ज़िद है, यानी कि जो वह चाहते हैं वह होना ही चाहिए, नहीं तो मूड नहीं आता।''

---

1. वस्तु, 2. पिता का प्यार, 3. ठण्डे, 4. कॉल गर्ल, 5. कच्ची, 6. वाचालता, 7. बुराइयों।

यही वजह थी कि जब एक प्रोड्यूसर का दिवाला निकल जाता तो वह उसे विरसे[1] के तौर पर दूसरे प्रोड्यूसर के सिर चिपका जाता।

यही वजह थी कि एहसान साहब को मज़हर पर इतना एतिबार था कि ख़ुद अपनी ज़ात पर नहीं थी। उनकी अक़्ल काम नहीं करती थी कि इतनी पारसा[2] बीवी और सच्चा दोस्त कैसे दग़ा दे गए? कई दिन तो बिल्कुल सन्नाटे में पड़े रहे। उधर सुमन ने जब उनकी यह हालत देखी तो वह सौतिया-डाह में जल मरी और एकदम रुठ गई। रिट्ज़ होटल के बिल का मातम करती, गालियाँ देती, मूलचन्द बज़ाज़ के खारवाले फ़्लैट में, जो अर्सा दो माह से ख़ाली पड़ा था, उठ आई। मूलचन्द ने हाल ही में ओनरशिप के फ़्लैट बनवाकर बड़ा माल कमाया था। फ़िल्म स्टारों का बड़ा दीवाना था। उसके हिसाबों सुमन फ़िल्म स्टार थी। उसी ज़माने में एहसान साहब को पैराटाईफ़ाइड ने दबोच लिया। फ़िल्म का हिसाब तो गड्ड-मड्ड चलता ही है। ब्लैक की झूटी रसीदें भी अभी पूरी नहीं बनी थीं, क़र्ज़दार टेंटुए पर सवार थे, इसलिए वह अपनी पहली बीवी के पास लखीमपुर में अण्डर-ग्राउण्ड हो गए।

जी हाँ! यह फ़िल्म लाइन है। यहाँ हर पहली बीवी से पहले एक और पहली बीवी होती है। यह ऐसी ही लाइन है। यहाँ इश्क़, शादी और ब्योपार सब गूदड़ की पोटली की तरह है। फ़िल्मी आदमी को बारहा[3] शादियाँ रचानी पड़ती हैं। एक तो वह शादी होती है जो वालिदैन[4] नौउम्री[5] में कर देते हैं। जब बीवी-बच्चे एक मुस्तक़िल ताना[6] बन जाते हैं और घर में घुसना मुहाल[7] हो जाता है तब वह भागकर फ़िल्म लाइन में पनाह लेता है और अगर घर जँवाई हो तो सास-ससुर हर निवाले पर सौ जूतियाँ रखकर देने लगते हैं। जब सारी नौकरियाँ मिलने की उम्र ख़त्म हो जाती है तो मिलने-जुलने वाले उसे क़र्ज़ की वबा[8] समझने लगते हैं।

तब उसे वह फ़िल्मी मोजिज़े[9] याद आते हैं : महबूब एक एक्स्ट्रा थे, आज फ़िल्म इण्डस्ट्री के माई-बाप हैं। शान्ताराम स्टेज पर नाचा करते थे। अशोक कुमार पचास रुपये महीने के असिस्टेंट थे। सब-के-सब कामयाब और बड़े-बड़े लोग कुछ नहीं से सब कुछ बन गए। और वह अपनी बीवी का बचा-खुचा ज़ेवर लेकर यार-दोस्तों से सूट माँगकर, सूटकेस और होल्ड-ऑल उधार हासिल करके बम्बई रवाना हो जाता है।

---

1. उत्तराधिकार, 2. संयमी, 3. कई बार, 4. माता-पिता, 5. बाल्यावस्था, 6. कटाक्ष, निंदा, 7. असंभव, कठिन, 8. रोग, 9. चमत्कार।

बम्बई पहुँचकर वह कुछ दिन होटलों में रहता है। फिर जब हालत गिरने लगती है तो वह सामान किसी के घर में डालकर खाना मुफ़्त-ख़ोरों के साथ खाने लगता है। कपड़े किसी के खाते में धुलवाता है, नाश्ता किसी के यहाँ कर लेता है और सोने को जहाँ भी रात को देर हो जाए, पड़ रहता है। सुबह ही सुबह किसी स्टूडियो में पहुँच जाता है। वहाँ हीरोइन या साइड हीरोइन के साथ लगा रहता है। कभी हीरो या विलेन के साथ चिपक जाता है। ये लोग भी बोरियत से बचने के लिए उसे झेल जाते हैं। फ़िल्म आर्टिस्टों का न कोई क्लब है, न कोई तफ़रीह की जगह, न किसी चीज़ में दिलचस्पी लेने का वक़्त। इस क़िस्म के लोगों से, जो ज़रा मस्का लगाना जानते हैं, उनका वक़्त कट जाता है। हर हीरो शूटिंग के बाद घर पर ऐसे ही पर-कटे कबूतरों को घेरे दूसरे फ़नकारों की बुराइयाँ बखाना करता है। शराब का शग़ल चलता है। उम्मीदवार को भी कुछ हलक़ तर करने के लिए मिल जाती है। इस तरह वह आहिस्ता-आहिस्ता उसका चमचा बन जाता है।

इस अर्से[1] में वह वापस लौटने का वादा करके बीवी से और ज़ेवर बिकवाकर पैसा मँगा लेता है। जब उसके जूते फट जाते हैं, कपड़े तार-तार होने लगते हैं तो वह कुछ दिन के लिए घर लौट भी जाता है। मगर इस अर्से में उसे बम्बई की हवा लग चुकी होती है और फ़िल्म लाइन का चस्का पड़ जाता है। घरवालों पर वह ख़ूब अपने दोस्तों का रोब डालता है। हज़ारों और लाखों की बातें करता है और फिर इधर-उधर से पैसे बटोरकर बम्बई आ जाता है।

अगर वह अच्छा मस्केबाज़ है तो बहुत जल्द किसी हीरोइन या हीरो के को-ऑपरेशन से प्रोड्यूसर या डायरेक्टर बन जाता है। चौगुने सूद पर उधार स्टूडियो और ख़ाम फ़िल्म का इन्तिज़ाम करके वह हीरो से बग़ैर मुआवज़ा[2] दिए दस दिन की शूटिंग की भीख माँग लेता है। या तो ख़ुद ही डायरेक्टर, प्रोड्यूसर बन जाता है या अपने किसी कंगाल दोस्त से फ़िल्म ठुकवा लेता है। बज़ाहिर[3] वह और डायरेक्टर ख़ुद कुछ नहीं लेते मगर जब फ़िल्म की बिज़नेस हो जाती है तब उसके ख़त्म होने तक ठाट हो जाते हैं। वह फ़ौरन अपनी पतलूनें और नायलॉन की बुशर्टें बनवा लेता है। एक फ़्लैट लेकर उसमें ही ऑफ़िस खोल देता है। जनर्लिस्टों को खिला-पिलाकर ख़ूब पब्लिसिटी करवाता है। एकदम उसकी बड़ी पोज़ीशन हो जाती है। हीरो बनने के ख़्वाहिशमन्द

---

1. इस दौरान, 2. पारिश्रमिक, 3. देखने में।

नौजवान और दोशीज़ाएँ[1] अपनी माँ या नानी के साथ उसके गिर्द जमा रहते हैं। सुबह से शाम तक हज़ारों मुफ़्त काम करने वालों का ताँता लगा रहता है। कोई मुफ़्त कहानी लिए चला आता है, कोई मुफ़्त म्यूज़िक देने पर तुला हुआ है।

"आप फ़ुलाँ[2] शायर को एक गाने के हज़ार रुपये देते हैं। मैं मुफ़्त लिखने को तैयार हूँ। हिट हो जाए तो दे दीजिएगा।"

"बस मैं तो स्क्रीन पर नाम देखना चाहता हूँ, कहानी ले लीजिए, चाहे कुछ न दीजिए।"

मगर यहाँ भी काम से पहले नाम बेचना पड़ता है। इसलिए होशियार प्रोड्यूसर नाम किसी और का बेचता है, काम किसी और से औने-पौने लेकर ठोक देता है। अब कौन उससे सिर मारता फिरे।

और उसी ज़माने में उसे किसी एक्ट्रेस या नाकाम साइड हीरोइन से इश्क़ हो जाता है। वह उसे अगली पिक्चर में हीरोइन का चाँस देने का झाँसा देकर अपना उल्लू सीधा कर लेता है। अगर वह साबिर[3] और सीधी-सादी है तो वह उसे कुछ दिन और झेल लेता है। फिर किसी और को हीरोइन बनाने लगता है। ज़ाहिर है कि जिसे वह ग़लती से हीरोइन बना दे, वह फ़ौरन नेक और पारसा बनकर अपनी अम्मां अब्बा के ज़ेरे-साया लाखों कमाने लगती है। अगर उसकी फ़िल्म हिट हुई तो वह उससे क़तई नाता तोड़ लेती है।

इसलिए वह ज़रा भी जानदार लड़की देखता है और वह उसे पसन्द आ जाए तो उसे घेर-घारकर शादी कर लेता है। वह भी प्रोड्यूसर की बीवी बनने में ज़्यादा शान महसूस करती है। कल तक सेट पर दुत्कारी जाती थी, आज बेगम साहब कहलाती है। बात बे-बात हर एक पर रोब जमाती है। पीठ पीछे लोग उसे भयानक गालियाँ देते हैं, मुँह पर सलाम झाड़ते हैं।

एहसान साहब की बेगम भी किसी ज़माने में रंजीत में मुस्तक़िल साइड हीरोइन थीं। उमूमन कॉमेडियन के साथ धौल-धप्पों के सीन में रोल किया करती थीं। मगर अब लोग उन्हें भूल-भाल गए थे। वह भी बाल-बच्चों में घिरी हुई बिल्कुल मैली-कुचैली गृहस्थन बन गई थीं। मगर एहसान साहब की आए दिन की इश्क़बाज़ियों से उकताकर कभी-कभी वह भी किसी में दिलचस्पी ले लिया करती थीं।

---

1. कन्याएँ, 2. अमुक, 3. सब्र करनेवाली।

मज़हर से कई साल से मेल-जोल बढ़ रहा था। उसे मालूम था कि वह बीवी पर पूरा-पूरा भरोसा करते हैं। सब हिसाब-किताब उसी के हाथ में था। अब जो सुमन का क़िस्सा चला था, उससे बेगम ख़ार खाए[1] बैठी थीं। पहली फ़ुर्सत में वह कूड़ा-करकट एहसान मियाँ के सर पटख़, झाड़ू देकर चलती बनीं।

और एहसान मियाँ कुछ न कर सके। क्योंकि सारा रुपया चोरी का था और बेगम उनकी फ़िल्मी बीवी थीं। निकाह करने की कभी ज़रूरत ही नहीं महसूस हुई। इस रोज़े-बद[2] की किसे उम्मीद थी?

उनके जाने की बेगम को बड़ी ख़ुशी हुई। पाप कटा। कमबख़्त बहुत इतराती थी, जैसे नीलोफ़र तो बेसवा[2] है और वह मालज़ादी[3] बड़ी भली बीवी है। क्या नाक चढ़ाकर बात करती थी। दूसरे एहसान मियाँ का कमीशन जारी था और अब उन्हें चूँकि उनकी मदद की ज़रूरत न थी, इसलिए काँटे की तरह खटकते थे। अब वह अहमद भाई से बराहे-रास्त[4] चुपचाप सौदा कर लेना चाहती थीं। कई बार उन्होंने बेरुख़ी बरती, मगर एहसान साहब एक ढीट थे, खीसें काढ़े हँसा करते और पैसा लिए बिना न टलते। कितनी हवस थी। कमबख़्त का किसी तरह तनूर भरता ही न था। इधर-उधर अलग हाथ मारता था। उन्होंने उनकी ग़ैर-मौजूदगी से फ़ायदा उठाकर कान भरना शुरू किए। उठते-बैठते रोना रोतीं। हर बात का हिसाब करतीं। सारी बेईमानियों के पोल खोल दिए।

किस क़दर बदल गई थीं इन चन्द सालों में वह! उनकी बातों में बाज़ारी रंग झलकने लगा था। अगर कोई औरत अहमद भाई की तरफ़ नज़र भरके भी देख लेती तो वह सौतिया-डाह से जलकर मुरन्डा हो जातीं। वह खुली-खुली गालियाँ सुनातीं कि तौबा। नीलोफ़र को वैसे ही अहमद भाई से ख़ुदा वास्ते का बैर था, इन बातों का बहाना लेकर वह बिल्कुल ही उनका कचूमर निकाल देती। बात-बात पर मुँह भर के गधा, पाजी, हरामी पिल्ला कह देती। अब तो वह जूती भी उठाकर मारने से न चूकती।

"ऐ है बदबख़्त[5], रिज़्क़[6] को जूता मारती है।" बेगम सहमकर कहतीं। उनकी दानिस्त में अहमद भाई आटे की बोरी की तरह थे जिसका मुँह मुस्तक़िल[7] खुला रहता था। माहाना तनख़्वाह के अलावा रोज़ ही वह कुछ न कुछ ले आते। नीलोफ़र नज़र उठाकर भी न देखती। बेचारे उदास हो जाते :

---

1. जलना, दुश्मनी करना, 2. बुरा दिन, 3. वेश्या-पुत्री, 4. सीधा, बिचौलिया के, 5. बद-क़िस्मत, 6. अन्न, 7. लगातार।

"क्या बेबी कभी भी खुश नहीं होता?" वह उसे फ़िल्मी बेबियों की तरह बेबी कहते थे। कुछ भाव ऊँचा लगने लगता था।

"अरे बनती है अहमद भाई। मुँह पर नहीं ज़ाहिर करती, आप से छेड़ में उसे मज़ा आता है।"

वह मँझी हुई नायिका की तरह कहतीं। पेशे के साथ-साथ गुर क़ुदरत ने ज़रूरत के लिहाज़ से ख़ुद-ब-ख़ुद सिखा दिए। बेगम पर ख़ूब बोटी चढ़ रही थी। रंग निखरकर गुलाब की पत्ती हो गया था। मेकअप भी डटकर करने लगी थीं। पहले तो कभी-कभी बालों में मेहंदी भी लगा लिया करती थीं, मगर जिस दिन से बेबी के बाल पर्मानैंट सैट कराने हेयर ड्रेसर के यहाँ गईं, उसने राय दी तो ख़िज़ाब लगाने लगीं। बाल काफ़ी छिदरे हो गए थे, मगर वह पहले से बहुत जवान लगती थीं। बड़े ठस्से के ब्लाऊज़ सिलवातीं; निहायत नोकीले चोली-कट के बुरी तरह फँसे हुए। गोश्त के बोटे उबल पड़ते। सूजे हुए सुडौल हाथ अँगूठी छल्लों से लदे रहते। जब वह चाँदी की पिटारी सामने रखे गिलौरियाँ बनातीं तो बस सारंगी की गुनगुनाहट और तबले की थाप की कसर रह जाती थी।

सलीम को उन्होंने पंचगनी सेन्ट पीटर में दाख़िल करवा दिया था। लड़कियों को भी उस साल वहीं कम्बंज़ में छोड़ आईं। घर की फ़िज़ा कमसिन बच्चों के लिए साज़गार न थी। नीलोफ़र और अहमद भाई का इश्क़ बिल्कुल बिल्लियों जैसा चीख़ता-चिंघाड़ता हुआ करता था। बच्चों के दिलों में खुदबुद हुआ करती। दरवाज़े फोड़ देती थी। नशे में चूर एक दिन अहमद भाई ने क्या हरकत की कि बरामदे में बैठी हुई हलीमा की घिग्घी बँध गई। रोती हुई आकर वह माँ से चिमट गई। अहमद भाई कुछ यूँही-सा तौलिया लपेटे अपनी सफ़ाई पेश करने चले आए। हाथ चला-चलाकर कहने लगे :

"एकदम बदमास छोकरी है। प्राइवेट रूम में काए को झाँका? हम कुछ किया। इतना बोला : 'बाबा उधर हम बात करता है। अगलसी में जा के खेल।' ऊपर से बोलती हम इसका छाती नोचा। क्या बाबा—हम काए को नोचता? क्या हम ऐसा मवाली है? बोलो!"

बड़ी मुश्किल से समझा-बुझाकर टाला। और नीलोफ़र को देखो, बेहया खी-खी हँसती रही जैसे कुछ बात ही न हो। बड़ी अब काफ़ी होशियार हो गई थी। वह ख़ूब समझती थी कि अहमद भाई का नीलोफ़र से क्या रिश्ता है? एहसान भाई भी उस पर ज़रूरत से ज़्यादा मेहरबान नज़र आते थे, बात-बे-बात गोद में घसीटकर दबोचते :

"अरे क्या स्कूल में वक़्त ज़ाया करती है। इसे नाच सिखाओ। लच्छू महाराज से मेरे बड़े अच्छे मरासिम हैं।" वह राय देते और बेगम का ख़ून खौल उठता। एक भेंट तो उन्होंने चढ़ा दी, मगर ख़ानदानी बनने का प्रोग्राम उन्हें बड़ा घिनौना मालूम होता। नीलोफ़र वैसे बड़ी लाउबाली थी, मगर भाई या बहन पढ़ने में ज़रा भी कोताही करते तो चार चोट की मार देती। कभी उनकी किताबें हाथ आ जातीं तो बड़े प्यार से उन्हें उलट-पलटकर देखती, जैसे उनके वरक़ों में अपना वह खोया ज़माना ढूँढ रही हो, जब वह स्कूल जाती थी। उफ़ क्या दिन थे वह भी! क्या सिर जोड़कर गुइयों से बातें हुआ करती थीं! ज़िन्दगी की बातें, प्यार और छेड़छाड़ की बातें; कुँआरे ख़्वाबों की धड़कती हुई बातें, जिनमें उबटन की ख़ुशबू थी, मेहँदी का रचाव था और सुहाग पुड़े की महक थी। और फिर वह उन चुपचाप गूँगी शहनाइयों के सुरों में खो जाती, जो अब कभी नहीं बजेंगी। फिर वह चौंक पड़ती। अहमद भाई के राल में लिसड़े हुए होंठ उसकी कमज़ोर कुँआरी हस्ती को भँभोड़ डालते और वह बड़ी बेदर्दी से जो चीज़ हाथ आ जाती, खेंच मारती। वह बड़ी मरखनी हो गई थी। एक दिन मज़ाक़ ही मज़ाक़ में अहमद भाई के ऐसी जगह लात मारी कि ज़िबूह किए हुए बकरे की तरह डकराने लगे। बड़ी मुश्किल से सीढ़ियाँ उतरे। दूसरे दिन चढ़ते वक़्त ऐसी टीसें उठीं कि पसीने में डूब गए और वहीं सीढ़ियों पर ढेर हो गए। सीधे हस्पताल गए। मालूम हुआ हर्निया का स्ट्रैंगुएशन हो गया। अगर ज़रा और लापरवाही बरती जाती तो अल्लाह को प्यारे हो गए होते।

वाचा नर्सिंग होम में दो हफ़्ता पड़े रहे। रोज़ नीलोफ़र की दुहाई डालते मगर सौ-सौ नख़रों के बाद जाती और लड़ने लगती। इधर उनके ससुर ने डोरियाँ खेंचना शुरू कीं। फ़िल्म में लगाया हुआ पैसा डूब चुका था। हस्पताल का बिल अदा करना मुश्किल हो गया।

बेगम साँप बनी, जो मुट्ठी में था दबाए थीं। था भी क्या? ख़र्च से ख़र्च थे। पाँच सौ तो बच्चों का ही निकल जाता था। फिर आए दिन पार्सलें जातीं। बेगम ख़ुद दौड़-दौड़कर जातीं। घर में भी लँगरख़ाना खुला हुआ था।

एहसान साहब ससुराल से लौट आए थे। अहमद भाई से अब उनकी कुट्टी हो गई थी। बक़ौल-बसे अब अहमद भाई भी कड़के हो चुके थे। आधी बनी फ़िल्म के वर्ल्ड राइट जिसके पास थे, उसने ऑफ़िस पर क़ब्ज़ा कर लिया। हर तरफ़ अहमद भाई हुँडियाँ दे चुके थे। उधर डिस्ट्रीब्यूटर फ़िल्म की डिलीवरी का तक़ाज़ा कर रहे थे। मगनलाल ड्रेस वाले ने अलग दावा ठोंक दिया। फ़र्नीचर वाले ने नोटिस दे दिया। पै-दर-पै तीन फ़्लाप फ़िल्म बनाए। बाल-बाल क़र्ज़े से बिंध गया।

कितना समझाया हरामज़ादी नीलोफ़र को कि ज़ेवर ले, ये कूड़े-करकट में पैसे मत ग़ारत[1] कर, मगर उसे तो जैसे ज़िद्द थी। काली-पीली, गन्दे रंगों की साड़ियों के अलावा कभी जो किसी चीज़ में दिलचस्पी ले जाए। और साड़ियाँ भी वह पहनती कब थी। लाख समझाया मगर कभी बन-ठन कर तैयार न हुई। नतीजा यह कि जब फ़्लैट पर भी टाँच आ गई तो हवास गुम हो गए।

उस बुरे वक़्त में हैरत है कि काम आए तो एहसान साहब! जैसे ही सुना फ़ौरन सूरजमल को लेकर भागे आए। उसी वक़्त फ़्लैट ख़रीदकर काग़ज़ उन्होंने बेगम के क़दमों में डाल दिए और सबको उनकी मोटर में भरकर ''गेलार्ड'' में खाना खिलाने ले गए।

अहमद भाई ने बड़ा मातम बरपा किया। सूरजमल मुस्कुराकर उठे और चल दिए। बेगम रोकती रह गईं।

''आप इनसे निबट लीजिए, मैं शाम को आऊँगा।''

अहमद भाई ने बड़े फ़ैल मचाए। सूरजमल को गोली मारने की धमकी दी।

''ऐ है दीवाना हो गया है कमबख़्त! वह तो दो घड़ी को आया और चला गया। ख़ुदा क़सम क्या शरीफ़ आदमी है। बेबी की तरफ़ बुरी निगाह तक न डाली, हाथ पकड़ना तो बड़ी बात है।''

''पन साला तू कितना बेईमान है। हम जरा बीमार पड़ा और तुम उधर दूसरा सेठ चालू कर दिया। पक्का चोर है तुम लोग।''

''ऐ तो क्या सड़क पर जा पड़ते? उस बेचारे ने बुरे वक़्त में सहारा दिया, वरना तुम तो वहीं अपनी जोरू के कलेजे में घुसे बैठे रहते। हम यहाँ वीरान हो जाते तो तुम्हारी बला से।''

''क्या बकवास करता तुम। हम साला जोरू के पास कब घुसा? हम अपना सामान लेने को गया। हम उसको तलाक़ दे दे तुम बोलो तो। बस आज ही निकाह हो जावे। साला खिट्-खिट् खतम होवे।''

''निकाह?'' बेगम ने क़हक़हा लगाया। ''सेठ जब वक़्त था और हमने तुम्हारी जूती पर निकाह के वास्ते नाक रगड़ी थी तो क्या टका-सा जवाब दे दिया था : 'निकाह का लफ़ड़ा नहीं माँगता।' है-है बच्ची को बचा लिया अल्लाह ने वरना मैं कमबख़्त तो ख़ुद ही चूल्हे में झोंकने को तैयार थी।''

''पर अब हम बोलता ना, निकाह भी करेगा। हाँ, और क्या?''

---

1. बरबाद।

"तो नीलोफ़र से पूछ लो। वह राज़ी हो तो मेरी बला से।" बेगम जानती थीं कि नीलोफ़र क्या जवाब देगी। चिढ़ाने को बनकर बोलीं।

"ना बाबा! उसका मस्तक फिरैला है। हम तुमको बोलता।"

"हमको क्या बोलता?" मुँह चिढ़ाकर बोलीं।

"तुम उसका गार्जियन है।"

"ऊई मैं क्यों होती गार्जियन-फार्जियन? अल्लाह रक्खे नन्ही नहीं अब वह। अपनी मर्ज़ी की मुख़्तार है। उसका जो जी चाहे करे। एक छोड़ दस निकाह करे, मेरी जूती से।"

"वह एक दम साला हलकट है।"

"मैं कुछ नहीं जानती। कमरे में बैठी है, बात कर लो जाके।"

डरते-डरते अहमद भाई कमरे में गए। नीलोफ़र मजंटा रंग की अत्लस का हाउस कोट पहने फ़र्श पर पड़ी थी। उसकी एक रान खुली थी। आज अहमद भाई ने दरवाज़ा बन्द कर लिया।

"बेबी।" वह डरते-डरते बोले। सफ़ेद हाथी दाँत जैसी पिंडली पर सुनहरी रोंगटे जगमगा रहे थे, जैसे किसी मश्शाक़[1] सुनार ने कुंदन जड़ दिया हो।

"बेबी डार्लिंग।" अहमद भाई घिघियाए।

"क्या है?" उसने मैगज़ीन के पीछे से जवाब दिया।

"कैसा है तुम?"

"अच्छा है हम। काइको?" नीलोफ़र अहमद भाई की सुह्बत[2] में बड़े लटके से वैसे ही बोलने लगी थी।

"तुम नाराज है क्या हमसे?"

"काइको?" उसने उनकी नक़ल उतारी।

"फिर तुम हमारे को किस नहीं दिया।"

"किस माँगता? ल्यो किस।" उसने अपने गोल-गोल होंठ फुलाकर ठोड़ी आगे बढ़ा दी। मगर जब अहमद भाई उस पर झुके तो वह लोट लगाती दूर चली गई। झोंक में औंधे हो गए बेचारे। डॉक्टर ने एह्तियात का हुक्म दिया था। जब वह हल्कान, पसीने में तर, लरज़ती टाँगों से सर झुकाए नीचे उतर रहे थे तो नीलोफ़र के क़हक़हे उनके पीछे तालियाँ बजाते दौड़ने लगे।

"ऐ क्या हुआ? क्यों चले गए इतनी जल्दी?"

---

1. अनुभवी, 2. संगत।

‘‘फ़्यूज़ उड़ गया।’’ नीलोफ़र ने क़हक़हा लगाया। बेगम की ख़ाक समझ में न आया। नीलोफ़र पागलों की तरह ऊँचे-ऊँचे क़हक़हे लगा रही थी। मारे हँसी के पेट में बल पड़ रहे थे। आँखों से पानी बह रहा था।

‘‘दीवानी हो गई है कमबख़्त! उन्होंने बच्चों को बाहर ढकेलकर उसके जिस्म पर चादर डाल दी। मगर जब नीलोफ़र ने हँसी से लोट-पोट होकर तफ़सील[1] बताई तो बेगम भी मुस्कुराहट न रोक सकीं।

‘‘ऐ है—बड़ी ज़ालिम है तू।’’ वह बोलीं।

‘‘वाह, हम क्या करते? नीलोफ़र इठलाई और लातों से चादर दूर फेंक दी। ‘‘उफ़ क्या गर्मी है।’’

नीलोफ़र को बेगम ने जन्म दिया था। अभी चन्द साल पहले तक कभी-कभी अपने हाथों से नहला भी दिया करती थीं। मगर उस वक़्त उसकी नंगी जवानी को मलगजे बिस्तर पर मचलता देखकर थर्रा उठीं, जैसे ख़ुद उन्हें ले जाकर किसी ने चौराहे पर नंगा कर दिया है। क़िस्मत ने धक्के ज़रूर दिए थे, मगर उनमें अब भी शर्म-हया मौजूद थी। एहसान साहब तो ख़ैर ग़ैर थे, उन्होंने नवाब साहब के सामने जवानी के दिनों में भी कमरे में बिजली रौशन न करने दी। और नीलोफ़र का धंधा तो था ही तारीकी का। सौ कैंडिल पावर बल्ब के नीचे उसका दहकता हुआ पिंडा उन्हें जलाकर राख बना रहा था।

‘‘उठ बेहया। क्या साँडनी की तरह पड़ी ऐंड रही है।’’

‘‘ऊँ, हमें गर्मी जो लगती है।’’ वह और पसर गई।

दरवाज़ा बन्द करके वह लौट आईं, और सलीम के एक धौल जड़ी जो खिड़की में से झाँकने की कोशिश कर रहा था। वह पन्द्रह दिन की छुट्टियों में पंचगनी से आया हुआ था और वापस जाने के ख़याल से उदास हो रहा था।

---

1. विस्तार से।

3

एहसान साहब लौटकर आए तो मालूम होता था कि न जाने कितने बरस खटिया गौड़कर आए हैं। बेहद लाग़र। एकदम ख़िज़ाब छोड़े बैठने से अजीब चितकबरे, जंगली बिलाऊ के से रूखे बाल, मिट्टी जैसी मुर्दा रंगत, बोसीदा लिबास। उनकी औरत और सेक्रेट्री ने बिल्कुल नंगा करके छोड़ा था। असली बीवी के पास अगर कुछ था भी तो वह छदाम ख़र्च करने को तैयार न थी। वहाँ से ख़ाली दिल, ख़ाली हाथ लौटे। बेगम के पास दो वक़्त खाने का सहारा था, मगर वह भी बार-बार जताती रहती थीं कि उन्होंने अपना कमीशन पा लिया। इधर जब से अहमद भाई को लात लगी थी, वह ज़रा ख़सीस[1] हो गए थे। नीलोफ़र को तो सिवाय खी-खी के और किसी चीज़ से दिलचस्पी न थी। मकान का किराया चढ़ता चला जा रहा है। सलीम का ख़र्च हर महीने बढ़ता जा रहा है। लड़कियों का बिल अगर दस तारीख़ तक अदा न हो जाए तो जीना दूभर हो जाएगा। इतना ख़र्च और डेढ़-दो हज़ार की आमदनी—क्या नंगी नहाए, क्या निचोड़े!

एहसान साहब के पास इसके सिवा और क्या चारा था कि सुबह ही सुबह उठकर किसी स्टूडियो का रुख़ करते। वहीं किसी पुराने जानकार आर्टिस्ट के मेकअप रूम में डटकर किसी बदनसीब प्रोड्यूसर की क़ब्र खोदते। नाश्ते के बाद उसी आर्टिस्ट के साथ लगे-लगे सेट पर चले जाते। कुछ लोगों को अब तक उनकी असली हालत का अंदाज़ा न था। किसी ज़माने में प्रोड्यूसर थे, हाथी लुटे तो भी सवा लाख का। छोटे-मोटे ऐक्सट्रा उन्हें घेर लेते :

''कहिये एहसान साहब, पिक्चर कब शुरू कर रहे हैं?''

''बस अब मुहूर्त करने ही वाला हूँ। कल देव आनन्द से तय हो गया। सुनील दत्त को भी रोल पसन्द है। डबल रोल है एक अमीर लड़के का, एक ग़रीब का,

---

1. कंजूस।

दोनों हम-शक्ल हैं। साहब कमाल की स्टोरी है। राजिन्दर सिंह बेदी से डायलॉग का हो गया है। किसी से कहना नहीं, कहानी असल में मुखराम शर्मा की है, मगर वह अपना नाम किसी वजह से नहीं देना चाहते।''

जो उन्हें जानते थे वह समझ जाते थे कि ज़ीटें हाँक रहे हैं। अनजान लोग फ़ौरन उनकी ख़ातिरों में लग जाते। क्योंकि वह फ़ौरन कहते :

''हीरोइन कोई नई लड़की लेना चाहता हूँ।'' और तमाम लड़कियों के रिश्तेदार उन्हें राजा इन्द्र बनाकर घेर लेते :

''अरे भाई चाए लाओ एहसान साहब के लिए। लीजिए सिगरेट लीजिए। एक लड़की है, देखियेगा? क्या ये आपकी मीना कुमारी और वैजयंती माला हैं! लच्छू महाराज की सधाई है, कत्थक में वाक़ई लच्छू महाराज का जवाब हिन्दुस्तान भर में नहीं। भई क्या लड़की है एहसान साहब!''

''कौन-सी लड़की?''

''है एक। आप किसी दिन टैस्ट लीजिए।''

''वह सरिता का ज़िक्र कर रहे हो?''

''अरे नहीं साहब। आप भी क्या बातें करते हैं? सरिता साली का तो बाप बड़ा दंगा करता है। परसों नारायण साहब के सेट पर पीकर आ गया। बात-बेबात गालियाँ बकने लगा कि जानबूझ कर ज़क देने के लिए डायरेक्टर उसे रिहर्सल में भेज रहा है। विलेन शॉट में भेजे तो कोई बात नहीं, मगर डायरेक्टर फ़ुज़ूल में रिहर्सल के बहाने बे-तकल्लुफ़[1] हो रहा है।

''अरे मियाँ वह उसका बाप नहीं है।''

''मगर उसकी माँ से सुना था कि शादी कर ली है।''

''शादी क्या? हाँ, शादी तो माँ ही से की है, मगर यार एक दम साली कबाड़ा है। मास्टर विट्ठल के साथ साइलैन्ट फ़िल्मों में हीरोइन हुआ करती थी।''

''पहले तो सरिता ही के पीछे लगा रहता था। उसने उसे कई जगह काम दिलवाया, मगर साला हमेशा का फ़सादी है, हर एक की कन्टीन्यूटी बिगाड़ दी। जिस दिन शूटिंग होगी नख़रे करने लगेगा। सब जगह से निकाला गया।

''अमाँ लानत भेजो, साली टखियाई है।''

''ओहो! आइये आइये मैडम! भई आप तो ईद का चाँद हो गई हैं।'' सरिता एक बलोचन का ड्रेस पहने, ऊँची एड़ियों की मदद से पाँच फ़िट दो इंच

---

1. घनिष्ठ।

का क़द ठुमकाती, अलांगती-फलांगती चली आ रही थी। उसे देखते ही गालियाँ देने वाले एकदम जादू नगरी के परीज़ाद[1] की तरह लोट-पोट कर उसके आशिक़े-सादिक़[2] बन गए और ठंडी आहें भरने लगे। यह फ़िल्मी दुनिया है। यहाँ हर चीज़ मसनूई[3] है। यहाँ काले को गोरा और गोरे का काला बनाने के प्लास्टर हैं। गंजे सिरों के लिए विग है और बाल वाले सिरों के लिए टोपियाँ हैं। चपटी फैली नाकों को शेड देकर पतला सुतवाँ[4] बना लीजिए। चुंधी आँखों में सितारों की लवें[5] कूटकर भरवा लीजिए। बाल छिदरे हैं तो गंगावन हाज़िर है, लम्बी चोटी झूलने लगेगी। बाल लम्बे हैं तो रोल बनवाकर उन्हें बॉब फ़ैशन करवा लीजिए। दहाना छोटा है तो चौड़ी लिपिस्टक लगवा लीजिए। हीरोइन सूखी छिपटी है तो रबड़ के कूल्हे और सीना किसी आला केमिस्ट से मँगवा लीजिए। अगर मोटी है, जो कि हर कामयाब हीरोइन चन्द फ़िल्मों के बाद हो जाती है, तो उसे तंग कपड़े पहना दीजिए। इलास्टिक की पेटियाँ बाँध दीजिए। और नाप-तौलकर कैमरे के ऐंगल लीजिए कि पतली सलाई-सी नज़र आए। अगर ठिगनी है तो उसे छह इंची या चार इंची स्टूल पर खड़ा कर दीजिए। जो बहुत लम्बी है तो हीरो के स्पेशल ऊँची एड़ी के जूते बनवा दीजिए। उमूमन लम्बी हीरोइन को हीरो के पास खड़ा मत कीजिए, उसके पैरों पर गिराए रखिए ताकि हीरो देवज़ाद[6] लगे, जैसे नूतन के साथ अपना राज लगता है।

बात सरिता से फिसलकर मेकअप के डिब्बे में गिर पड़ी। जो अभी उसे गालियाँ दे रहे थे, फ़ौरन उसको देखकर गिरगिट की तरह रंग बदलने लगे। ख़ैरियत इसी में है। कौन जाने आप जिसे अपना चपरासी कहते हैं, कल वह प्रोड्यूसर बनकर आपका पालनहार बन जाए। बड़े प्रोड्यूसरों का यहाँ ज़िक्र नहीं, बल्कि उन कुकुरमुत्ता क़िस्म के प्रोड्यूसरों का ज़िक्र है जो किसी बा-रुसुख़[7] हस्ती के तुफ़ैली[8] होते हैं। किसी बड़े स्टार के गिर्द मँडलाने वाले कव्वे, जिन्हें ये स्टार अपना ब्लैक का रुपया व्हाइट करने के सिलसिले में प्रोड्यूसर बना देते हैं। बल्कि यूँ समझिए, इन्कमटैक्स से बचने के लिए अपने फ़िल्म उनके नाम से बनाते हैं। फ़िल्म इण्डस्ट्री में सबको इस धँधे का पता होता है। डिस्ट्रीब्यूटर को भी मालूम होता है कि इस फ़िल्म का असल मालिक कौन है और लिफ़ाफ़ा कौन है? उमूमन ये लिफ़ाफ़े की ज़ात के प्रोड्यूसर बज़ाहिर कोई मुआवज़ा नहीं लेते।

1. परी का बेटा, 2. सच्चे आशिक़, 3. बनावटी, 4. पतला, 5. किरणें, चमक, 6. देव के पुत्र जैसा लम्बा चौड़ा, 7. पहुँच वाले, 8. आश्रित।

जितना भी घपला करके उड़ा लें वह उनकी कमाई है। यह लिफ़ाफ़ा प्रोड्यूसर बड़े काम का होता है। नाम को प्रोड्यूसर और हर चीज़ का यही मालिक होता है, मगर जैसे इंग्लिस्तान के शहनशाह को तमाम हुक़ूक़[1] देकर भी कुछ नहीं मिलता, उसी तरह उस प्रोड्यूसर को एक ऐसे काग़ज़ पर दस्तख़त करना पड़ता है जिसकी रू[2] से उसकी सात पुश्तें तक गिरवी हो जाती हैं। वह रत्ती भर बेईमानी नहीं कर सकता। अगर फ़िल्म कामयाब हो जाए तो असली मालिक हर चीज़ पर क़ब्ज़ा कर लेता है, लेकिन अगर फ़्लाप हो जाए तो लिफ़ाफ़ा उम्र भर के लिए बैरंग हो जाता है।

यह लिफ़ाफ़ा उमूमन बड़े काम का होता है, हालाँकि उमूमन कड़का होता है। अपने रुसूख़ से यह तमाम आर्टिस्टों से हाथ-पैर जोड़ कर, नाक रगड़कर पैसे कम करवाता है। वह पोज़ीशन वाला असली प्रोड्यूसर ख़ुद तो जाकर भीख नहीं माँग सकता, आप बड़ी शान से डटा रहता है, लिफ़ाफ़ा काम निकालता है।

फिर सरिता के ज़िक्र में लिफ़ाफ़े प्रोड्यूसर घुस आए : ऊँह! हटाइये भी सरिता को, यह पहले भी कई नाम बदल चुकी है, मगर उसमें ही बरकत नहीं तो नाम बेचारे का क्या क़ुसूर? ठिंगनी-सी मुहासेदार लड़ाकू मुर्ग़ी की तरह है। अगर फ़िल्म लाइन में न होती तो कहीं बर्तन माँझती बैठी होती और कोई फ़िल्म-बीन[3] उससे ऑटोग्राफ़ लेने न आता। उसे फ़िल्म लाइन में देखकर ख़ुदा की मस्लहत[4] का क़ायल होना पड़ता है। अगर यह फ़िल्म में मिस का किरदार न अदा करती होती तो अब तक यक़ीनन अपनी हमशक्ल कितनी ही लड़कियाँ पैदा कर चुकी होती, जो किसी तरह भी मुल्क और क़ौम के मेयारे-हुस्न[5] को ऊँचा न करतीं। शादी न करके वह हमारी जानों पर कुछ कम एहसान नहीं कर रही है। मगर शादी तो वह कर चुकी है, उस शख़्स से जो कभी उसकी वालिदा[6] का आश्ना[7] था!

इतने में अहमद भाई आ पहुँचे। कुछ अर्से से उनका और एहसान मियाँ का रिश्ता कुछ आग और पानी के रिश्ते जैसा हो गया था। एक का होना दूसरे के लिए जगह नहीं छोड़ता था। वह खिसकना ही चाहते थे कि अहमद भाई ने उन्हें फाँस लिया और सेट के पीछे ले जाकर बातें करने लगे।

"मैंने पहले ही कहा था अहमद भाई, यह छोकरी तुम्हारे बस की नहीं।"

"पन छोकरी जो एकदम कंडम होए तो अपन क्या करे?"

---

1. अधिकार (हक़ का बहु.), 2. कारण, 3. दर्शक, 4. भेद, 5. सौंदर्य-स्तर, 6. माँ, 7. यार।

"सेठ छोकरी तो कंडम नहीं। यह क्यों नहीं कहते तुम ही कंडम हो तो कोई क्या करे?" एहसान भाई जल गए।

"क्या बात करता तुम? अक्खा बम्बई का छोकरी हमारी टाँग के नीचे से निकल गया।"

"वह कोई टखियाई पवन पुल पर बैठने वाली होंगी। सेठ यह ख़ानदानी लौंडिया है। हिमाक़त मुझ से हो गई। गाहक देखकर माल खपाना चाहिए था। दोस्ती का मुँह किया—"

"गरम काए को होता बाबा?"

"आप बात ही ऐसी भोडी करते हैं। भला यह भी कोई बात हुई, लौंडिया ने लात मार दी और आप दो हफ़्ते के लिए हस्पताल में जा पड़े।"

"पन हम क्या करे? तुम बोलो ना! उसका माँ तुम्हारे को बोत मानता।"

"अमाँ तुम तो सचमुच घास खा गए हो। उसकी माँ साली क्या करेगी? हाँ तुमको माँ चाहिए तो..."

"क्या बकवास करता तुम? हमारे को यह मख़ौल[1] पसन्द नहीं।"

"अरे भई तो मैं क्या करूँ? मैं ख़ुद परेशान हूँ। यह साली औरत ज़ात" एहसान मियाँ ने ठंडी साँस भरी। "अच्छा सेठ मुझे ज़रा काम है।"

"बात तो सुनो। क्या साला आदमी है तुम।"

"सेठ मेरा अपाइन्टमेन्ट है। मुझे देव को आज कहानी सुनाना है। साइनिंग मनी तैयार है। बस अगले महीने से शूटिंग।"

"क्या तुम हमारे को उल्लू बनाता है।"

"मैं क्या बनाऊँगा, वह तो ख़ुदा की क़ुदरत देख रहा हूँ, अपने हाथों से बनाया है परवरदिगार ने।"

"ऐं?"

"जाने दो, तुम न समझोगे।"

"हमारे पैसे का किया कुछ तुम अरेंजमेन्ट?"

"हो जाएगा, वह भी हो जाएगा। अच्छा तो चलूँ। तुम्हारी नज़र में कोई अच्छी सेकेन्डहैण्ड गाड़ी होवे तो..." एहसान साहब ने गप लगाई।

"तुम गाड़ी लेता?"

"गाड़ी के बग़ैर बड़ी तकलीफ़ है।"

"साला गाड़ी का पैसा है तुम्हारे पास तो हमारा पैसा काइको नईं देता।"

---

1. मज़ाक़।

अहमद भाई गर्म हो गए।

''अरे भई मैं तो गाड़ी नहीं ले रहा। वह अपना दीपचन्द है ना, सूरजमल का साला, उसे चाहिए।'' एहसान साहब फ़ौरन पलट गए।

''हम सब जानता। साला तुम उसके नाम से अपना गाड़ी लेता। तुम कम्पनी किसका नाम से स्टार्ट करता?''

''मेरा एक भतीजा है वह...''

''क्या तुम लोग चार सौ बीसी करता? इधर एक कम्पनी फट होता उधर ताबड़तोड़ दूसरा कम्पनी चालू कर देता। अच्छा बेटा समझेगा तुमको। इंसॉल्वेंट करा के दम लेगा।''

''अरे वाह सेठ! अपन तो चार साल हुआ इंसॉल्वेंट हो गया। रुपया तो तुमने गुलाम रसूल को दिया था। अब मेरे से माँग रहे हो।''

''तुम बोला गुलाम रसूल का नाम डालता, पन रुपया हम देगा।''

''ऊँह! ये तो वही मसल हो गई; तवेले की बला बन्दर के सिर। लौंडिया का गुस्सा मुझ ग़रीब पर उतार रहे हो। मेरी मानो तो सेठ बादाम घिस के जवारिश जालीनूस के संग खाओ, इंशा अल्लाह...''

''क्या बादाम खावे--साला हमारे को जुल्लाब आने को लगता।'' सेठ बड़ी हसरत से बोले तो एहसान साहब को हँसी आ गई।

''ए साइलेन्स! कौन उल्लू का पट्ठा सेट के पीछे बोल रहा है? निकालो जूते मार के। इतना लम्बा शॉट ख़राब हो गया। ओहो! आप हैं एहसान साहब। माफ़ कीजियेगा।'' मगर जब एहसान साहब ''कोई बात नहीं'' कहते हुए चले गए तो डायरेक्टर ने जी भर के गालियाँ दीं : ''चोर ज़माने भर के। मुझे डायरेक्शन देने का वादा किया और कम्बख़्त ने साल भर दौड़ाया, मालूम हुआ बिल्कुल कड़का है।'' अभी थोड़ी देर पहले ही डायरेक्टर एहसान साहब के साथ मिलकर बाक़ी के इन्डस्ट्री वालों को गालियाँ दे रहा था :

''अरे साहब यह शरीफ़ों की लाइन नहीं। यहाँ तो बस रंडियों और भड़वों की दाल गलती है।''

जैसे एहसान कोई फ़रिश्ता थे। वह ख़ुद इसी डायरेक्टर के बारे में हर एक से कहते फिरते थे कि अपनी बीवी की सिफ़ारिशों से डायरेक्टर बना फिरता है। अगर डायरेक्टर न बनाया जाए तो मौक़ा-बे-मौक़ा हक़्क़े-शौहरी[1] जताने पर मुसिर[2] हो जाता है।

---

1. पति के अधिकार, 2. हठ करनेवाला।

इन शौहर या डायरेक्टर साहब की भी बड़ी लतीफ़[1] कहानी है। मियाँ बीवी अच्छे ख़ासे तालीमयाफ़्ता[2] तब्क़े[3] से थे। ऐमेचुअट् थियेटर में दिल बहलाने को काम किया करते थे। न जाने किस ने भड़का दिया कि फ़िल्म लाइन में जाओ, गंगा बह रही है, चुनांचे आ गए। मुख़्तलिफ़ दोस्तों के यहाँ रहे। आर्ट से दिलचस्पी रखने वाले घरों से मिले, जहाँ काम मिल सकता है मगर दाम नहीं। बम्बई में मेहमानदारी कब तक चलती? लिहाज़ा हाथ-पाँव मारने शुरू किए। बीवी हर एक प्रोड्यूसर के पास जातीं, मियाँ का दुखड़ा सुनाकर उसके शाने[4] पर आँसू बहातीं। छोटा-मोटा काम मिल जाता, जिसे यह अपनी कोशिशों से बढ़वा लेतीं। कुछ लोग कहते थे कि रुहानी[5] दोस्तियाँ करती हैं। मगर भला फ़िल्म इन्डस्ट्री वाले भूत चुड़ैल में कब ईमान[6] लाने वाले हैं? अब मियाँ को एहसासे- कमतरी[7] हो रहा है कि वह अपनी बीवी के शौहर के सिवा और कुछ नहीं माने जाते। लिहाज़ा वह उनसे लड़ते हैं, जान अज़ाब में कर देते हैं। जिस फ़िल्म में काम कर रही हों उसमें खंडत डालने पर तैयार हो जाते हैं कि उनका सारे स्टाफ़ से इश्क़ चल रहा है और वह एक सिरे से सब के जूते मारने वाले हैं। बीवी उनका नफ़्सीयाती तज्ज़िया[8] कर के फिर अपने अफ़लातूनी मेहरबानों के सीने पर सिर रखकर रोती हैं और जब तक उन्हें काम न मिल जाए वह इसी तरह धमकियाँ देते रहते हैं। मगर जब काम मिल जाता है तो फ़ौरन हीरोइन या साइड हीरोइन से इश्क़ लड़ाने लगते हैं। अगर कास्ट ए-वन हो तो फिर डान्सर या साइड डान्सर ही पर सब्र कर लेते हैं। फिर वह हसद[9] ही में जला करती हैं और अपने रोमानी दोस्तों के शाने आँसुओं से तर करती हैं। अल्लाह ने उनकी आँखों में आँसुओं के कभी न ख़ुश्क होने वाले सोते छुपा दिए हैं। आजकल उनके मियाँ का इश्क़ सरिता से बड़ी धूमधाम से चल रहा है। बेगम साहिबा को यही ग़म खाये जाता है। अगर सरिता की जगह उस वक़्त कोई बड़ी हीरोइन होती तो उनकी ज़िल्लत[10] न होती। तब तो शायद वह ख़ुद उन पर मरने लगतीं। थर्ड क्लास लड़की पर मरने में नुक़्सान ही नुक़्सान है। फ़र्स्ट क्लास हीरोइन से मामला हो तो जानो रिज़र्व बैंक की कुँजी हाथ आ गई। बड़ी से बड़ी दावत हो, अगर उन्हें बुलावा न आए तो हीरोइन भी नहीं जा सकती। चाहे दस कम्पनियाँ चालू करके प्रोड्यूसर के बाप बन जाओ। जितना ब्लैक का रुपया है वह तो ख़ैर अपना है ही, व्हाइट की भी कौड़ी-कौड़ी हज़्म कर लो। जो वह

---

1. रसमय, 2. शिक्षित, 3. वर्ग, 4. कंधे, 5. आत्मिक, 6. विश्वास, 7. हीन भावना, 8. मनोवैज्ञानिक विश्लेषण, 9. ईर्ष्या, 10. अपमान।

कमाती जाए, तरह-तरह से उड़ाते जाओ या अपने नाम से जमा करते जाओ। जब बूढ़ी हो जाए तो कोई नई चिड़ियाँ फाँसो। ये हुस्न-ओ-इश्क़ के सीन में गर्म साँसें भरने वाली सफ़े-अव्वल[1] की हीरोइनें ख़ुश्क रेत में ग़ोते मारा करती हैं। उन्हें दुनिया हवस की निगाहों से घूरती है पर दिल देने वाला कोई नहीं जुड़ता। एक दफ़ा ये शादी कर लें तो फिर चुँगल से नहीं निकल सकतीं। जो निकलती हैं तो चूल्हे में से निकलकर भाड़ में गिर जाती हैं। थर्ड क्लास छोकरी हो तो फ़िनांसर पुट्ठे पर हाथ नहीं रखने देता। और सरिता ज़िन्दगी में चाहे शोलए-जव्वाला[2] हो, स्क्रीन पर बोंबल मछली ही लगती है मगर जिस तीसरे नम्बर के प्रोड्यूसर का वह साथ दे जाती है उसे कुछ न कुछ फ़िनांस कहीं से ज़रूर दिला देती है। उस वक़्त उसका डांस हो रहा था : एक कैफ़े में वह हीरो को राहे-बद[3] की तरफ़ ले जाने के लिए अपने तमाम धारदार हर्बे[4] इस्तेमाल कर रही थी। कैफ़े में जुआ चल रहा था और वह सब के पास दौड़-दौड़कर ऐंड रही थी। होंठ काट-काटकर छातियाँ थिरका रही थी, मगर ये सारी हरकतें सेट पर बैठे हुए एक्स्ट्रा आर्टिस्टों के लिए बिल्कुल मशीन की खट-खट बन चुकी थीं। किसी के जज़्बात[5] बरअंगेख़्ता[6] नहीं हो रहे थे। मशीनों के साथ काम करते-करते इनसान भी मशीन बन जाता है। शदीद गर्मी, धूल, पिघलता हुआ मेकअप—और फिर मुफ़्त काम करने की वजह से दिल बुझे हुए थे और सारे जज़्बे सो गए थे। क्योंकि सारे आर्टिस्ट इस फ़िल्म में इस शर्त पर काम कर रहे थे कि बिज़नेस होगी तब पेमेन्ट होगा।

मगर लोग गन्दे मज़ाक़ कर रहे थे। सरिता का स्कर्ट ख़ूब घेरदार था। जब वह लट्टू की तरह चकरियाँ लेती तो उसका गहरे गुलाबी रंग का जांगिया ख़तरे की झँडी बनकर चमक जाता। असिस्टेंट कैमरे के नीचे बैठा क्लैपर पर शॉट नम्बर और तारीख़ वग़ैरा डाल रहा था। हेयर ड्रेसर लस्सी पीने के बाद पान खा रही थी, ताकि फ़ाइनल रिहर्सल से पहले हेयर पिन और वेवर निकालकर बाल जमा दे। प्रोड्यूसर का ख़ून सब पर हलाल है, चाहे सीन में बाल बिखेरने ही क्यों न हों, हेयर ड्रेसर बुलवाई जाती है। और चूँकि नर्गिस और मधुबाला की हेयर ड्रेसर है इसलिए हर दो पैसे की छोकरी पहले हेयर ड्रेसर बुलवाती है, जो बाल कम बनाती है, उसकी आयागीरी ज़्यादा करती है। सारी इन्डस्ट्री की ख़बरें नाई की तरह उसे मालूम होती हैं। जितनी मुँह चढ़ी हीरोइन होगी उतनी ही

---

1. प्रथम पंक्ति, 2. आग का घेरा, 3. बुरा रास्ता, 4. हथियार, 5. भावनाएँ, 6. उकसाई हुई।

बददिमाग़ उसकी हेयर ड्रेसर होगी, क्योंकि वह उसकी हमराज़[1] और पैग़ाम्बर[2] भी होती है। वह इश्क़ चलवाती है, चिट्ठी-पत्तर ले जाती है। हीरोइन को रुपया ढालने वाली मशीन समझने वाले रिश्तेदारों, माओं, नानियों और शौहरों के दुखड़े सुनती है और उनके साथ बाथरूम तक जाती है। असिस्टेन्टों को यूँ उकड़ूँ महूवे-नज़ारा[3] देखकर डायरेक्टर साहब ने भी झुककर देखा और जांघिये की चमक-दमक देखकर चिराग़-पा[4] ही गए।

"मेरे सेट पर ये बेहूदगियाँ नहीं चलेंगी।" वह बुरी तरह गरजे। बैठे गधों की तरह देख रहे हैं। सेंसर एकदम यह शॉट उड़ा देगा। जाओ उसे लम्बा अंडरवीयर पहनाओ!"

सरिता को जब मालूम हुआ तो उदास हो गई।

मगर असिस्टेंट सिफ़ारिश करने लगे। फ़लाँ फ़िल्म में तो इससे भी छोटा है और बिल्कुल जिस्म की खाल की रंगत का है, छोकरी बिल्कुल नंगी दिखाई पड़ती है। डायरेक्टर चिढ़ गया। उसे मालूम था कि वह बिल्कुल नंगी दिखाई पड़ती छोकरी की फ़िल्म सेंसर वालों की क़ैंची से क्योंकर बच गई थी। वह प्रोड्यूसर हमेशा इंतिहाई क़ाबिले-एतिराज़[6] चीज़ें अपनी फ़िल्म में बचा ले जाता था। जिसकी पहुँच हो वह सब कुछ रख सकता है और सेंसर की क़ैंची कतराकर निकल जाती है, एक फ्रेम नहीं कटता। मुसीबत उन छोटे-छोटे प्रोड्यूसरों की है। लिफ़ाफ़ा क़िस्म के प्रोड्यूसर जो सेंसर की क़ैंची से ऐसे लरज़ते हैं जैसे बछिया क़साई की छुरी से। और छुरी भी कैसी कि अन्धे साँड के सींग, जहाँ जी चाहा भोंक दिए। कैसा भयानक नज़ारा होता है। अन्दर सेंसर ट्रायल हो रहा है बाहर प्रोड्यूसर को डायरिया। महीना भर से एडिटिंग के चक्कर में सिर-पैर का होश नहीं रहा। कब फ़िल्म ख़त्म हो गई? किसी का पूरा पैसा नहीं चुकाया। हाथ-पैर जोड़कर बीवी-बच्चों को पैरों में डालकर किसी तरह फ़िल्म ठोक दी। सिवाए एडिटर के और डायरेक्टर के और उन दोनों असिस्टेन्टों के सब का काम ख़त्म हो गया। दिलचस्पी ख़त्म हो गई। उधर डिस्ट्रीब्यूटर सूली पर चढ़ाए दे रहा है। ख़ुदा-ख़ुदा करके एडिटिंग ख़त्म हुई, इधर-उधर से माँग-ताँगकर बैकग्राउन्ड म्यूज़िक डाला और मैयत[7] सजाकर सेंसर के आगे रख दी। जानो बेटी मंडप में बिठा दी है। एक्ज़िबिटर धमकियाँ दे रहा है कि पिक्चर दो वरना ऐडवान्स हज़्म। उस पर प्रोड्यूसर दम घोंट रहा है कि मुक़र्ररा[8] डेट पर डिलीवरी नहीं दी तो दाम वापस कर दो। क्रिमिनल केस कर दिया जाएगा। उधर पिछली

---

1. गुप्त भेद जाननेवाली, 2. संदेशवाहक, 3. दर्शन में तल्लीन, 4. क्रोधित, 5. अश्लीलता, 6. आपत्तिजनक, 7. शव, 8. निर्धारित।

फ़्लाप फ़िल्म के क़र्ज़दार गर्दन पर सवार हैं कि अगर एक बूँद भी टपके तो लपक लें। और सेंसर के पुजारी हाथों में नश्तर तोले लाश पर झुके हुए हैं।

क़िस्मत का फ़ैसला हो जाता है। सिर्फ़ तीन हज़ार फ़िट फ़िल्म काटी गई। दो गाने स्वर्गवास हुए। तीन गाने बुरी तरह ज़ख़्मी कि शायद प्लास्टिक सर्जरी से सिसकते रह जाएँ। बीच-बीच में से डायलॉग और अल्फ़ाज़ उचक लिए गए। लीजिये फ़िल्म सेंसर हो गई। बहुत लड़े तो बिल्कुल छाबड़ी वालों जैसा सौदा पट गया। हमारा न तुम्हारा, बस आधा-आधा, यानी फ़िल्म सिर्फ़ डेढ़ हज़ार फ़िट कटी। आगे फिर मोरचा तैयार किया, दिल्ली लड़ने चले। इस कमेटी को दिखाया, उस कमेटी को दिखाया। अब या तो एकदम फ़िल्म कोरी निकल आई, सिर्फ़ दो-चार सौ फ़िट फ़ुज़ूल चीज़ें निकल गईं, फ़िल्म पास हो गई, और अगर रिवाइज़िंग कमेटी में कोई जिन्नात क़िस्म के साहब हुए तो फ़िल्म बिल्कुल एक़ सिरे से बैन हो गई। कोई भरोसा नहीं सेंसर का। सब किसी अन्धी क़ुदरत के हाथ में है। तीर नहीं तो तुक्का तो है ही। कभी तो मालूम होगा फ़ुलाँ पिक्चर बैन हो गई। और फिर ख़बर आएगी कि उसे तो प्रेसीडेन्ट एवार्ड मिलते-मिलते बच गया और बहुत से फ़िल्मी मेलों में इनआमात लेने जा रही है।

"मुझे गर्मी लगती है।" सरिता देवी जाँघिया बदलने पर तैयार नहीं थी। वह सेट पर बैठे हुए लोगों के चेहरों पर खिलती हुई कहकशाँ[1] देख रही थी। जब इन लोगों की ऊपर की साँस ऊपर, नीचे की नीचे रह जाती है तो पब्लिक का क्या होगा? ख़त्म ही तो हो जाएगी! ये डायरेक्टर लोग उनके दुश्मन थे। उनकी सेक्स अपील को जानबूझ कर ज़ाया कर देते थे। बात ये थी कि उन दिनों सरिता बाई इस बेदर्दी से सेंसर वालों के हाथों कटने लगी थी कि डायरेक्टर उन्हें फ़िल्म के हक़ में ज़हरे-क़ातिल[2] समझते, और पब्लिक का ये हाल था कि अगर एक शॉट भी उनका कूल्हे मारने का, कंधा मारने का या झुरझुरी लेकर होंठ चबाने का नज़र आ जाता तो दीवाने होकर वहीं लोट जाते। वह फ़िल्म उमूमन हिट हो जाती। उनके सीने की थरथराहट देखने के लिए लोग लाखों निछावर कर देते।

"अच्छा तो आज क्लोज़ शॉट हो जाने दो।" डायरेक्टर टाल गया।

क्लोज़ शॉट में ज़रा नीचे कैमरा रखा तो वह कुछ ऐसे घुसकर और आगे को जिस्म फेंककर खड़ी हुई कि कैमरा मैन सिर हिलाने लगा!

" नहीं चलेगा।"

---

1. आकाशगंगा, 2. घातक विष।

''अमाँ क्या नहीं चलेगा?'' डायरेक्टर चिढ़ गया।

''देखिये पहले—फिर बोलिएगा—मेरा क्या है? मगर सोच लीजिए।''

''उफ़! ज़रा पीछे हटो।'' कैमरे में झाँककर बोला, ''ज़रा लैफ़्ट को। बस-बस—थोड़ा राइट—बस— हैं?''

डायरेक्टर ने कैमरा मैन को दिखाया, फिर असिस्टेन्ट को दिखाया, फिर सरिता बाई को दिखाया और अहमक़ों की तरह सिर खुजाने लगा।

''लाइट ऑफ़।'' रौशनियाँ बन्द कर दी गईं। मेकअप मैन को बुलाया गया।

''साहब मुझे कुछ नहीं मालूम, ड्रेस वाले से पूछिए।'' मेकअप मैन ने कहा।

''साहब वह बात यह है; मैंने बहुत रोका, वह मानी ही नहीं।''

''क्या मतलब?''

''वह क़मर है ना—वह ले गयीं।''

''तो फिर? अपनी प्रॉपर्टी में नहीं?''

''हैं साहब, वही तो हैं—वह सैरे-परिस्तान वाले ले गए थे। उनके यहाँ से बदलकर दो साइज़ के आ गए। शूटिंग के बाद कल गया था। उन्होंने कहा, कहीं प्रॉपर्टी में पड़े हैं, फिर बदल के ले जाना।''

''मगर ये दो साइज़ के तो नहीं चलेंगे।'' डायरेक्टर अड़ गया।

''अच्छा भई बैक शॉट ले लो।'' प्रोड्यूसर ने ख़ुशामद की।

''मेकअप।'' सरिता बाई बैकशॉट के लिए तैयारी करने लगीं।

नीलोफ़र, जो कभी मासूमा बानो थी, जो गुड़ियों से खेलती थी और अँधेरे से डरती थी, हर बरसात में पेड़ में झूला डालकर लम्बे-लम्बे पींग लिया करती थी, जिसे बहुत से शे'र याद थे और बैतबाज़ी[1] में हमेशा उसी की पार्टी जीता करती थी। जब ड्रामे में ओफ़ीलिया का किरदार अदा किया था तो सारे स्कूल की आँखों से आँसुओं की धारें बहने लगी थीं।

उसे शैले से इश्क़ था और कीट्स पर दम जाता था। बाइरन के नाम पर दिल धड़कने लगता था। उन्हें जितना कुछ पढ़ा और समझा था, उसी पर दिल दे बैठी थी। बावा कहते थे : छूमा को विलायत भेजेंगे। सीनियर कैम्ब्रिज कर लेती तो फिर क्या था!

मगर ये ख़्वाब[2] थे—बड़े-बड़े जानदार ख़्वाब—जिनमें अब भी मासूमा बानो

1. अंताक्षरी, 2. सपना।

उलझी मुअल्लक़[1] लटक रही थी। मगर नीलोफ़र उस जाल से फिसल आई थी। वह ज़्यादातर चॉकलेट और टाफ़ियाँ चबाया करती। चीख़ते-चिंघाड़ते रम्बा-सम्भा के रिकार्ड बजाकर डनलप के मोटे गद्दों पर पड़ी थिरका करती। उसके इर्द-गिर्द 'ट्रू स्टोरी', 'ट्रू रोमान' और मुख़्तलिफ़ क़िस्म की लड़कियों के कन्फ़ैशन पड़े रहते। उसका दुबला-पतला जिस्म बड़ी तेज़ी से भरता जा रहा था।

"यह क्या तरीक़ा है?" बेगम ने उसके नंगे कूल्हे पर थप्पड़ लगाया।

"ऊँ, हमें गर्मी लगती है। औंधे पड़े-पड़े उसने तकल्लुफ़न ज़रा चादर अपने ऊपर घसीट ली और एक मोटा-सा चॉकलेट चबाने लगी। पड़ोस के बच्चे अगलसी की तरफ़ खुलने वाली खिड़की से झाँक रहे थे। अभी बेगम ने सबको उधर से मारकर हँकाया था।

"तो अब क्या इरादा है?" उन्होंने एक कुर्सी पर से ब्लाऊज़ और उलझी हुई साड़ियों का ढेर पलँग पर फेंककर जगह बनाई और ठस से बैठ गईं। इधर चन्द महीनों में कुछ और गोश्त चढ़ आया था।

"पंचगनी से आज आख़िरी नोटिस आया है।"

"रुपये नहीं भेजे आपने?"

"कहाँ से भेज देती। यह तीसरा महीना नाग़ा हुआ है।"

"काहे का?" नीलोफ़र ने खोये हुए अंदाज़ से यूँही कह दिया। वह कहानी के अज़हद दिलचस्प हिस्से पर पहुँच चुकी थी। वह शख़्स जिसने कहानी की हीरोइन को ख़राब करके उसके बच्चा पैदा करवा दिया था, अब उसका ज़मीर[2] मलामत[3] कर रहा था और कोई दम में वह उसे अपनी मज़बूत बाँहों में लेकर शादी का वादा करने वाला था।

"मैं कहती हूँ आग लगे इन किताबों को।" उन्होंने किताब छीनना चाही, मगर नीलोफ़र ने झट से चादर के अन्दर छुपा ली और हँसने लगी।

"बेशर्म कहीं की। हर वक़्त गन्दी-गन्दी किताबें पढ़ती रहती है—इन्होंने तो तुझे कौड़ी काम का नहीं रखा। क़सम से एक दिन इकट्ठा करके आग लगा दूँगी।"

"ऊँ भई क्यों?"

"क्यों की बच्ची। कभी यह भी सोचा है कि अहमद भाई हाथ से निकल गया तो फिर क्या होगा?"

---

1. अधर में, 2. अंतरात्मा, 3. निंदा।

नीलोफ़र अह्‌मक़ों[1] की तरह हँस दी। सोचना उसने, अर्सा हुआ, छोड़ दिया था।

"तो हम क्या करें?"

"यह तू परसों वरसोवा किस के साथ गई थी?"

"किसी के साथ भी नहीं।"

"और ऊपर से झूठ बोलती है।" बेगम ने झोंटे पकड़कर उसका मुँह अपनी तरफ़ मोड़ा, नीलोफ़र एक झटका मारकर छूट गई। अहमद भाई से कुश्तियाँ लड़-लड़कर उसे नये-नये पैंतरे आ गए थे।

"मनोहर के साथ और किस के साथ।" उसने हाथ ऊँचे करके बाल समेटे तो चादर छूट गई। बेगम को उसकी बेहयाई पर गुस्सा आ गया। डरकर उसने ड्रेसिंग गाऊन घसीटकर ओढ़ लिया।

"शर्म नहीं आती। रन्डियों की तरह हर किसी के साथ चल देती है!" बेगम उसे अहमद भाई पर रहम खाने की नसीहत करने आई थीं, मगर मनोहर के साथ उसका जाना आवारगी का सुबूत था। मनोहर अभी सेकंड ईयर में पढ़ता था। पड़ोस के एक डॉक्टर का आवारा लौंडा था और हर वक़्त खिड़की में से नीलोफ़र को इशारे किया करता था।

अजब सितम-ज़रीफ़ी[2] थी ये नीलोफ़र की। वह उससे कुछ छोटा ही होगा, दुबला-पतला फुर्तीला-सा लड़का। मैदान में क्रिकेट की मश्क़ करते वक़्त वह नीलोफ़र को देखते ही मर्दानगी दिखाने लगता।

उसके कमरे की खिड़की नीलोफ़र के कमरे के साथ थी। उमूमन उसके पर्दे दरवाज़े पर मोड़कर डाल दिया करती थी। वह बज़ाहिर किताब लेकर उसके सामने बैठा रहता और नीलोफ़र अपने कमरे में आज़ादी से चहलक़दमी किया करती। मनोहर मुँह फाड़े देखता रहता और किताब उसके हाथ से नीचे गिर जाती, तब भी उसे होश न आता।

एक दिन उसने जानबूझ कर अपना चाँदी के दस्ते वाला ब्रश खिड़की से गिरा दिया और झुक-झुककर देखने लगी। मनोहर तीन-तीन सीढ़ियाँ फलाँगता हुआ तीर की तरह दौड़ा। ब्रश लेकर जब वह नीलोफ़र के कमरे में आया तो बेगम कहीं पड़ोस में गई हुई थीं। वही दरवाज़ा खुला छोड़ गई थीं।

वह लौटीं तो नीलोफ़र के कमरे का दरवाज़ा भाड़ की तरह खुला था और

---

1. बेवक़ूफ़ों, 2. विडंबना।

चने भुन रहे थे। उन्होंने वही ब्रश लेकर मनोहर के कूल्हों पर जो कस-कसकर जमाया तो वह भागा दुम दबाकर। मारे हँसी के नीलोफ़र को उच्छू लग गया। किस क़दर मज़्हकाखेज़[1] नज़ारा था कि हँसी रोके न रुकती थी। बेगम की आँखों में ख़ून उतर आया। वही ब्रश लेकर वह लपकीं, मगर एक छलाँग मारकर वह खिड़की में जा खड़ी हुई। वह जानती थीं कि अगर वह आगे बढ़ीं तो उसी बहिश्ती जोड़े[2] में वह धम से पड़ोस की छत पर कूद पड़ेगी। लोगों को वैसे ही उनके चाल-चलन पर एतिराज़ होने लगा था, मगर ज़्यादा नहीं क्योंकि फ़िल्मी इलाक़ा था, जहाँ आए दिन हू-हक़[3] मचा रहता था। लाचार होकर वह सर पकड़कर कुर्सी पर गिर पड़ीं और मुँह ढाँपकर रोने लगीं।

मगर जब नीलोफ़र धम-धम पैर पटख़ती ग़ुस्लख़ाने में जाने लगी तो वह सब कुछ भूलकर इस फ़िक्र से परेशान हो गईं कि यह कोई कपड़ा ढंग से नहीं पहनती, गोश्त बढ़ता जा रहा है। यही हाल रहा तो कुछ दिनों में ढल जाएगी। वह कितनी तेज़ रफ़्तार से अक़लमन्द हो रही थीं। बदी कितनी जल्दी और आसानी से इनसान में रच जाती है। नेकी की तल्क़ीन[4] के लिए बड़े-बड़े अवतार सिर पटककर जान से हाथ धो बैठे और हार गए। बदी[5] दिलचस्प है, हंगामा ख़ेज़ है; नेकी कठिन, लोहे के चने चबाने की तरह हैं। सारी उम्र की तरबीयत राँगे की क़लई की तरह दो-चार ताव लगने से उतर गई।

मगर बेचारी नेकी का इसमें क़ुसूर था न बदी का। मुलम्मा[6] वह माहौल था जिस में बेगम पली थीं। रोज़े भी थे, नमाज़ें भी थीं, हज और ज़कात भी—मगर इसके साथ-साथ छुपकर रन्डीबाज़ी और हरामकारी[7] थी। दुनिया की नज़र से छुपाकर जो ऐब किए जाएँ उनसे और कोई नहीं मगर औलाद तो वाक़िफ़ रहती ही है। हुज़ूरे-आला[8] की कितनी बीवियाँ, बांदियाँ, दाश्ताएँ थीं, क्या सबको ख़ुश रखना उनके बस की बात थी? मगर सब ही ज़िन्दा थीं और इनसान थीं। साहबज़ादियों की भी शादियाँ नहीं हुईं। क्या वह सब की सब कुँवारी थीं? जो उस बुढ़ापे में साल में कितने ही बच्चे होते थे, क्या उनकी माओं के अलावा किसी दूसरे को उनके बापों का पता नहीं मालूम था?

ये आला-हज़रत की दानिशमन्दी[9] थी या पैदाइशी[10] कंजूसी कि हाल ही में स्टेट गज़ट में एलान फ़र्मा दिया कि अब हम बहुत ज़ईफ़[11] हो चुके हैं, लिहाज़ा महल में जो बच्चे पैदा हों वह हमारे न तसव्वुर किए जाएँ।

---

1. हास्यास्पद, 2. स्वर्ग के कपड़ों में अर्थात् नंगी, 3. शोर, 4. अच्छाई की दीक्षा, 5. बुराई, 6. क़लई, ऊपरी दिखावा, 7. व्यभिचार, 8. निज़ाम हैदराबाद, 9. अक़्लमंदी, 10. जन्मजात, 11. बूढ़े।

जागीरदारी निज़ाम[1] की तमाम लानतें[2] सोई पड़ी थीं। फ़ाक़ों[3] और ग़ुबर्त[4] ने उन्हें रगों में फिर ज़िन्दा कर दिया। अगर बेगम दरमियाना तब्क़े[5] की कमज़ोरियों में जकड़ी होतीं तो बजाय बेटी के सौदा करने के सिलाई करके पेट पालतीं। लड़की को किसी स्कूल में छोटी-मोटी नौकरी मिल जाती। रूखी-सूखी में गुज़र करतीं तो ज़ेवर ही कई साल साथ दे जाते, मगर तंगी-तुर्शी की न तो उन्हें आदत थी और न ही कभी किसी को करते देखा। हाँ लड़कियों के सौदे तो पुश्तों से होते चले आए थे। उनकी जवान ख़ाला बूढ़े फूँस नवाब क़मरुद्दीन को पैसे की ख़ातिर ब्याही गईं। खुले बन्दों उनका सिविल सर्जन साहब से तअल्लुक़ था। ख़ुद उनकी बड़ी बहन के शौहर ने एक मेम से शादी कर ली थी। इसका ग़म वह एक शायर की आग़ोश में ग़लत करती थीं। इज़्ज़त और शराफ़त का पैमाना था दौलत और मर्तबा[6]!

तो फिर वह कौन-सा ऐसा पाप कर रही थीं जो उन्हें नदामत होती। फिर बम्बई में कौन पूछता है कि तुम कौन हो? क्या ज़रीआ-ए-मआश[7] है? कौन अपने गिरेबान में मुँह डालकर कह सकता है कि वह अछूता इनसान है, जिसने कभी कोयलों की दलाली नहीं की!

बेगम को मालूम था, नीलोफ़र छुपकर मनोहर से मिलती है। उसे लिये-लिये फिरती है। उस पर पैसे ख़र्च करती है। ढलती उम्र में अगर उसे ये लत हो जाती तो एक बात भी थी, मगर चढ़ती जवानी में तो किसी को यूँ बच्चों के साथ खेलते नहीं देखा।

जब वह अन्दर से कमरबन्द बाँधती निकली तो उन्होंने फिर उसकी टाँग ली।

''मनोहर से शादी कर लूँगी।''

जैसे बेगम को साँप ने डस लिया।

''शादी कर लोगी—और खाओगी क्या? उसके बावा का सिर? कुछ दिमाग़ ख़राब हुआ है!''

घंटों चख़-चख़ होती रही। बेगम रोईं, फिर नीलोफ़र रोई, फिर बेगम के आँसू जीत गए और नीलोफ़र ने वादा कर लिया कि अब वह मनोहर से नहीं मिलेगी। मगर बेगम के दिल में दुगदा[8] लगा हुआ था। वह डॉक्टर साहब के यहाँ अपनी सूजी हुई दाढ़ के लिए दवा लेने गईं तो वहीं इशारतन[9] कह दिया :

---

1. सामंती व्यवस्था, 2. बुराइयाँ, 3. निराहार, 4. मध्यम वर्ग, 5. पद-प्रतिष्ठा, 6. लज्जा, पछतावा, 7. जीविका का साधन, 8. दुविधा, 9. इशारे में।

"बच्चा आपका पढ़ता-लिखता नहीं, मेरी लड़की का भी वक़्त ख़राब करता है। कुछ कीजिए।" और उन्होंने उसे शोलापुर पार्सल कर दिया।

नीलोफ़र मुँह फुलाये, दरवाज़ा बन्द किए पड़ी रही। अहमद भाई भिंडी बाज़ार से नान कबाब लेकर आए मगर उसने दरवाज़ा नहीं खोला। इत्तिफ़ाक़ से उस दिन भूले-भटके एहसान साहब भी आ निकले। अहमद भाई को देखकर उल्टे पाँव लौटने वाले थे मगर पकड़े गए।

अहमद भाई जले हुए तो थे ही, थोड़ी देर में ही दोनों में गाली-गलौच होने लगी, मगर खुलकर नहीं। जब बेगम उठकर इधर-उधर जातीं, वह फ़ौरन उलझने लगते :

"तुम हमारे को किस लफ़ड़े में फँसाया साला। उधर पिक्चर में डिब्बा गोल किया, इधर..."

"बात क्या है सेठ? हकीमजी के पास फिर गए थे?"

"गोली मारो साला हकीम को, ओ भी हमको लूटा। तुम साला सब चोर है।"

"देखो मियाँ, लड़की दो बातों से राम होती है। दोनों का पटरा हो जाए तो..."

"तुम क्या बोलता? हम कुछ नहीं समझा।"

"साफ़ बात सुनना चाहते हो तो भई लड़की को या तो प्यार दो कि तुम्हारे लिए दीवानी हो जाए या कपड़ा-लत्ता, ज़ेवर।"

"प्यार हम थोड़ा किया?" अहमद भाई का गला भर आया।

"मगर इधर कई महीने से तुम ने हाथ दबा रखा है। बेगम बड़ी परेशान हैं। सुना है रघुनाथ से ज़ेवर पर रुपया लेकर बच्चों को भेजा। रघुनाथ के चँगुल से ज़ेवर निकलना आसान नहीं।"

"साला, तुम हमको क्या समझता है? हम पैसा देवे और छोकरी हमको लात मारे।"

इतने में बेगम आ गईं ग़ुस्लख़ाने से, फ़ौरन एहसान साहब हाँकने लगे :

"सी.पी.सी.आई. के जवाहरलाल सत्तर दे रहा है। मैंने कह दिया लाख से कम न होगा। ग़रज़ पड़े पिक्चर लो वरना मुझे डिस्ट्रीब्यूटर का तोड़ा नहीं। असल में ख़ुद अपना डिस्ट्रीब्यूशन आफ़िस खोलने का इरादा है। सूरजमल से मेरी बात हो चुकी है।"

अहमद भाई का ख़ून खौल रहा था। उन्हें अच्छी तरह मालूम था, बेगम को भी मालूम था, एहसान साहब सौ फ़ीसदी हाँक रहे हैं। इस वक़्त उनकी जेब में

दो प्याली चाय के पैसे मुश्किल से निकलेंगे। लोकल ट्रेन का पास बनवा लिया है, उसी का रोब झाड़ते फिरते हैं। बार-बार जेब से रूमाल के साथ फ़र्स्ट क्लास का पास निकल आता है, हर महीने बड़ी चाल से रिन्यू करा लेते हैं।

"अरे भाई ज़रा पन्द्रह रुपये देना, मेरे पास की डेट निकली जा रही है।"

इतनी बड़ी इन्डस्ट्री है, और कोई नहीं तो वह ग़रीब एक्स्ट्रा ही पन्द्रह रुपये दे मरता है जिसे ये फ़िल्म में रनिंग रोल देने का पक्का वादा कर चुके हैं। और भई कौन जाने ये प्रोड्यूसर की ज़ात बड़ी पुर-असरार[1] होती है। आज कौड़ी-कौड़ी को मुहताज[2] दर-दर की ठोकरें खा रहे हैं, कल कोई अपना ब्लैक का पैसा व्हाइट करने वाला मिल जाए या किसी हीरो या हीरोइन को रहम आ जाए और वह गारन्टी दे दे, यह फिर खट् से खड़े हो जाएँ। जैसे नीम-मुर्दा[3] चुहिया को गोबर सुँघाओ तो जी उठती है, बिल्कुल उन्हें भी किसी भूले-भटके सहारे की ज़रूरत है। वैसे ये कितनी बार मरे हैं और कितनी बार जी उठे हैं। अगर बीवी न भागतीं तो बेचारे यूँ नंगे न हो जाते।

बेगम चाय की पत्ती लेने पड़ोस गईं तो फिर अहमद भाई गरजे :

"क्या बकवास लगाए हो जी, हम सब जानता। सूरजमल साला एकदम मवाली।"

"मवाली है सेठ, मगर दिल का छोटा नहीं।"

"देखो हम बोल दिया, हम एक कौड़ी का दीवाल नहीं। छोकरी हमारे से बात नहीं करता।"

एहसान साहब ने अजीब अंदाज़ से क़हक़हा लगाया कि अहमद भाई के पसीने छूट गए।

"क्या साला, तुम पक्का चार सौ बीस है। हमारे को..."

बेगम पत्ती लेकर आ गईं तो जल्दी से एहसान बोले :

"अच्छा तो मैं चलता हूँ। ज़रा अबरार अलवी के साथ कहानी पर बैठना है।" उमूमन[4] वह जो मुँह में आता कह जाते थे। उन्हें ये भी याद नहीं रहता था कि कल वह बेदी के साथ कहानी पर बैठे रहे थे। आज ज़ेह्‌न से उतर गया तो अलवी के साथ बैठ गए। बेगम जानती थीं सब कुछ, मगर उन्हें क्या ज़रूरत पड़ी थी कुरेदने की। वह हाल ही में बार-बार कह रहे थे :

"नीलोफ़र कैसी रहेगी डांसर के रोल में?" बेगम भी सोचती थीं : लड़की

---

1. रहस्यमय, 2. जिसे किसी चीज़ का अभाव हो, 3. अधमरी, 4. अक्सर।

को फ़िल्म में काम मिल जाए तो ये दिलद्दर दूर हो जाए। इन्डस्ट्री वालों ने तो उन्हें जैसे पेशावर[1] ही समझ लिया था। जब से अहमद भाई ने हाथ खेंचा था, सिसक-सिसक कर देते थे, वह स्टूडियो के चक्कर लगाने लगी थीं।

''बेबी को तो बस आपकी फ़िल्म में काम करने का शौक़ है। पैसे की उसे बिल्कुल परवाह नहीं। उस दिन महबूब साहब का आदमी आया था कि बुलाया है। रनिंग रोल है। कहने लगी : 'नहीं वहाँ कुमकुम है।' ऐ मैं कहती हूँ कुमकुम भी कोई डांसर है? तौबा! आपने बेबी का डांस नहीं देखा। आप तो कभी आते ही नहीं। आइए ना हमारे यहाँ एक दिन।'' बेगम इठलातीं और बेचारा नया प्रोड्यूसर फूल जाता। हालाँकि वह ख़ूब समझता था कि बेगम सौ फ़ीसदी मस्का मारती है। अगर उसकी बेबी को रोल दे दिया तो दो-तीन दिन की शूटिंग के बाद ही पैर निकालने लगेगी—बेचारा प्रोड्यूसर मुफ़्त काम के रगड़े में आकर इधर-उधर उस पर ख़र्च करने लगता है। मुफ़्त काम कर रही है। चलो क्या हरज है अगर पाँच-छह लस्सी के गिलास, ऑमलेट और टोस्ट नाश्ते में बेगम के दोस्त खा-पी लेते हैं। खाना वह सिर्फ़ क्वालिटी से मुर्ग़ी आए, जब ही खा सकती है। साथ टुकड़-गदे तो इन लोगों के लगे ही रहते हैं। मुफ़्त काम कर रही है, कपड़े भी फ़िल्म में अपने ही पहनेगी, तो क्या हुआ जो दो-चार सौ के कपड़े बनवा दिए?

दो साड़ियाँ लखनऊ की चिकन की बेगम को पसन्द आ गईं। चलो दिलवा दो, दस-पन्द्रह हज़ार देना पड़ते अगर इस जगह कोई दूसरी डांसर होती। यू.पी.-दिल्ली वाला कहता था, पद्मिनी को लीजिए। आज ज़रा नीलोफ़र के घर दावत हो जाए। दो-चार बोतलों का ही ख़र्चा है ना! बिज़नेस तो फिर पक्की समझो। किसी को क्या मालूम, किन-किन राहों से गुज़रना पड़ता है उन छोटी-छोटी झाबड़ी ढोने वालों को। उन्हें जानबूझ कर मक्खी निगलना पड़ती है। मसलन वह जानते हैं कि बेगम के फ़ीले के मुफ़्त काम करने वाले और भी महँगे पड़ेंगे। क्योंकि बेगम जो कुछ लेंगी उसकी रसीद तो देंगी नहीं और जब कन्टीन्यूटी शुरू हो जाएगी फिर यही बेगम जो आज दौड़-दौड़कर आती हैं, दो घंटा बिठाएँगी, तब कहीं बात करने को आएंगी।

''बेबी का जी अच्छा नहीं।'' और तब तक बेबी का जी अच्छा न होगा जब तक हज़ार पाँच सौ उनके ऊपर न चढ़ाए जाएँगे। चढ़ावा लेकर भी नख़रे करेंगी :

''मुफ़्त गेस्ट आर्टिस्ट के तौर पर काम कर रहे हैं हम।'' मगर दूसरे प्रोड्यूसरों से कहेंगी :

---

1. व्यावसायिक।

"ऐ है, पन्द्रह हज़ार दिए हैं। मेरी बेबी तो इन रुपयों को जूती की नोक से भी नहीं छूती। मगर क्या करूँ, पीछे पड़ गए : 'बस ये रोल तो तुम्हारे सिवा कोई कर ही नहीं सकता।' फिर करना पड़ा। वरना विमल राय तो उसे किशोर कुमार के साथ ले रहे थे। मैंने कह दिया, मुझे किशोर कुमार बिल्कुल नहीं भाता। क्या बन्दर की तरह उछलता है..."

कितनी मज़े की बात है कि झूठ हाँकने वाला जानता है, सुनने वाले को इल्म है कि वह झूठ बोल रहा है। फिर भी ये झूठ व्यापार के हथकंडे हैं। आधी कामयाबी तो इस आर्ट के बदौलत ही मिल जाती है।

इसके अलावा अब लोग ये भी जान गए थे कि बेगम नीलोफ़र के आशिक़ों को जलाने के लिए ही यूँ मुफ़्त काम करवाती हैं, ताकि अगर अहमद भाई आएँ और नीलोफ़र न मिलना चाहे तो कह सकें :

"भई फ़िल्मिस्तान का प्रोड्क्शन मैनेजर आया था, शिवरलैट लेकर। जालान सेठ के यहाँ पार्टी है।" या "प्रकाश की कलर फ़िल्म का आर्ट डायरेक्टर आया था, कुछ साड़ियाँ ख़रीदना हैं बेबी की पसन्द की।"

नीलोफ़र ने ऐसी कई फ़िल्मों में काम शुरू किया। अहमद भाई चित हो गए और बेगम ने फ़ौरन प्रोड्यूसर से झगड़ा करके काम छोड़ दिया। जब तक अहमद भाई चालू थे वह मुफ़्त का काम कैसे करतीं, गुज़र कहाँ से होती? मगर अहमद भाई कहाँ तक चलते? उनके ससुर रेस में पाँच लाख खो बैठे, एक ही दिन में बरसों की कमाई चली गई। उधर अहमद भाई को दिवालिया क़रार देने वाले भी चौकन्ने होकर टूट पड़े। कुलाबा और बान्द्रा के जनरल स्टोर पर ताला पड़ गया। नीलोफ़र वाले फ़्लैट पर भी टाँच आ गई।

बेगम के छक्के छूट गए। बच्चे भी गर्मियों की पन्द्रह दिन की छुट्टियों में आए हुए थे। उन्हें वापस भिजवाने का सवाल ही नहीं रह गया था। सफ़े-मातम बिछ गई। और उस वक़्त, जब क़यामत का मंज़र था, नीलोफ़र हँस रही थी। चॉकलेट मुँह में डालकर, पन्नी की छोटी-सी टोपी उँगली पर चढ़ाए, अपने ड्रेसिंग गाऊन की बेल्ट का लबादा उढ़ाए, गुड़िया बनाकर खेल रही थी।

जब फ़्लैट का फ़र्नीचर घसीटा जाने लगा तो बेगम ने झट से ज़ेवर की पोटली साड़ी के पल्लू से बाँधकर अन्दर पेटीकोट में लटका ली और नीलोफ़र को कोसने लगीं। ख़ुदा का करना क्या हुआ कि पच्छिम की ओट से दरवाज़ा खुला, एहसान साहब सूरजमल के साथ ग़ैब से ज़ाहिर हुए।

देखते-देखते फ़्लैट की क़ीमत फ़र्नीचर वग़ैरा के साथ अदा कर दी। काग़ज़ात बेगम की गोद में डाल दिए। और नीलोफ़र की उस सुडौल पिंडली की तरफ़ भी न देखा जो नीले ड्रेसिंग गाउन से बादलों में बिजली की तरह कौंध रही थी।

सूरजमल कनोडिया नौदौलतिये नहीं थे। उनके दादा के दादा की आटे-दाल की दुकानें कलकत्ता में फैली हुई थीं। चावलों में सफ़ेद कंकर मिलाने का फ़न शायद उन्हींने ईजाद किया था। दाल में बड़े कंकर मिलाने में कई फ़ायदे हैं : एक तो चुनने वाली गृहस्थन की आँखें नहीं फूटतीं, दूसरे उनके मिले रह जाने का भी ख़तरा नहीं, चुंधों को भी नज़र आ जाते हैं। आटे में सफ़ेद लकड़ी का बुरादा मिला देने से किसी पर मुसीबत नहीं आती। लकड़ी भी एक क़िस्म की तरकारी है। वह यह बुरादा ख़ास तौर पर जापान से इम्पोर्ट किया करते थे। शुद्ध घी में अगर सेर पीछे छटाँक चर्बी मिला दी जाए तो भी किसी को कोई नुक़्सान नहीं पहुँचता। चर्बी भी जानवर की चिकनाई है। बराबर फ़ायदेमन्द है। हल्दी में टेसू के फूल अगर पीसकर मिला दिए जाएँ तो फ़ायदा ही है, गर्मी कम हो जाती है। धनिये की गर्मी निकालकर अगर भूसा पिसवाकर अलग बेचा जाए या इलायचियों में से थोड़ा-सा सत निकाल लिया जाए तो कोई टोटा नहीं आता। वैसे बड़े साधू-मनिश[1] थे, कितने ही आश्रम उनके दान पर चलते थे।

सूरजमल ग्रेजुएट थे। फ़ैशनेबल थे। उनकी बीवी एफ़. ए. पास, नाच-गाने में ताक़, बड़ी हसीन औरत थीं। चार बच्चे थे। बड़े प्यार की ज़िन्दगी थी। मगर मुँह का मज़ा बदलने के लिए वह दो-चार लड़कियाँ रखा करते थे। बिज़नेस में बड़ी सहूलत रहती थी। यार-दोस्तों को घर में शराब पिलाना उन्हें क़तई पसन्द न था, ख़ास तौर पर जब से प्रोहिबिशन् शुरू हुआ था। असल हू-हक़ तो वह उन लड़कियों के साथ ही कर सकते थे। नीलोफ़र अर्से से उनके प्लान में थी। वह उसे बहुत ऊँचे और ठाठदार तरीक़े से रखना चाहते थे। अहमद भाई लीचड़ इनसान था, हर बात सिसक कर किया करता था।

सूरजमल कुछ रुपया फ़िल्मों में लगाना चाहते थे, मगर जिन शराइत पर वह रुपया लगाना चाहते थे, बड़े प्रोड्यूसर तैयार न थे। साठ फ़ीसदी सालाना सूद कौन दे सकता था? इतना सूद दो, आर्टिस्टों की ब्लैक भरो, म्यूज़िक डायरेक्टर भी ब्लैक ही ज़्यादा माँगते हैं। दस लाख की फ़िल्म बनाओ। दो लाख सूद के, चार लाख ब्लैक के, रह गए चार लाख, तो उसमें सारी फ़िल्म बनाई जाए। चार लाख की फ़िल्म को दस लाख की ज़ाहिर करना वह फ़न है जो टके वाले प्रोड्यूसर ही जानते हैं।

---

1. प्रकृति।

एहसान साहब भी इसी क़िस्म के प्रोड्यूसर थे, जिन्हें पाकर सूरजमल कनोडिया को यक़ीन हो गया कि अब महबूब, शान्ताराम और विमल राय का ज़माना ख़त्म हो गया, एस. मुकर्जी का राज ख़त्म, अब तो बस सूरजमल फ़िल्म प्रोडक्शन का ही बोल-बाला होगा। उन्हें दादर का फ़्लैट क़तई नापसन्द था इसलिए उन्होंने ए. रोड, चर्च गेट पर ओनरशिप पर फ़्लैट लेकर सारे ख़ानदान को उसमें उंडेल दिया। एक मोटर में आ नहीं सकते थे, इसलिए एक मोटर ड्राइवर चलाकर लाया। जाते वक़्त वह एक गाड़ी छोड़ गए, सुबह एक ड्राइवर भिजवा दिया।

मगर सूरजमल दूसरे क़िस्म के इनसान थे। उन्हें नीलोफ़र की सस्ती अदाओं से सख़्त कोफ़्त होती थी। अभी तक उसे हाथ लगाने की भी ख़्वाहिश नहीं हुई थी। वह उसे ढील देना चाहते थे। कभी-कभार गाल पर चुटकी ले लेते, कभी कूल्हे पर धप मार देते। इससे बलन्द मर्तबा उसे देने को तैयार न थे। वह थी भी ज़रा गँवार। अहमद भाई की सुहूबत में बहुत ही भोंडापन आ गया था। एक दम बम्बई की गलहियारी ज़बान पर उतर आती। मवालियों की तरह अकड़कर देखती, गोया कह रही हो : ''यूँ न मानोगे, फिर हो जाऊँ नंगी?''

मगर सूरजमल उसकी बरहनगी[1] से क़तई मस्हूर[2] न हुए, कम-अज़-कम ज़ाहिर न होने दिया। उसकी असल बात जो उन्हें पसन्द थी, वह उसका शरीफ़ ख़ून था। वह सारे हिन्दुस्तान की तहज़ीब का लुत्फ़ उठा चुके थे। उन्हें औरत में बड़े गुणों की तलाश थी, जो उन्हें दिल्ली, आगरा और बनारस के ऊँचे कोठों में मिले थे। बड़ी ख़ूबसूरत उर्दू बोलते थे। बम्बई की बोली पर कबीदा-ख़ातिर[3] हो जाया करते थे।

नीलोफ़र को पहले तो उन से घिन्न आई, फिर ठीक लगने लगे। वह उन्हें लुभाने के लिए एकदम शराफ़त पर उतर आई। सलीक़े से कपड़े पहनने लगी। ड्रेसिंग गाऊन में उसे देखकर वह घबराकर दो-चार बार लौट गए तो वह उनके आने से पहले कपड़े पहनकर तैयार बैठने लगी।

वह उसे आज़ादी से साथ ले जाने लगे। ज़रा शौक़ीन लोगों की दावतों में, पिकनिकों और गाने-बजाने के प्रोग्रामों में, क्लबों में भी वह साथ रहने लगी। गो उसे मालूम था, उसकी तरह तीन और लड़कियाँ हैं, जिनसे सेठ की औलाद भी है, मगर वह सब निहायत शराफ़त से रहती हैं। उनके बच्चे अँग्रेज़ी स्कूलों में जाते

---

1. नंगापन, 2. मंत्रमुग्ध, 3. अप्रसन्न।

हैं। जिस महल्ले में रहती हैं, सेठ की बीवी समझी जाती हैं। सेठ हंगामे के क़ायल नहीं। चुपचाप आते हैं, उठते-बैठते हैं, चले जाते हैं। यार-दोस्त भी आते हैं। मस्लेहत देखते हैं तो किसी दोस्त को दाश्ता उधार भी दे देते हैं। अगर दोस्त चाहे तो बिल्कुल ही दस्तबरदार[1] हो जाते हैं। ख़ानदान के साथ उसके हाथ फ़्लैट बेच भी देते हैं।

सवाल यह उठता है कि इतने ख़ानदानों का ख़र्च क्यों कर बरदाश्त करते हैं? बड़ी लम्बी-चौड़ी ब्योपारी तफ़सील है। ख़ैर जहाँ इतनी तफ़सील झेली है, यह भी बरदाश्त कर लीजिये, शायद कोई काम का नुक्ता हाथ आ जाए।

सेठ उन लड़कियों के नाम से बिज़नेस करते हैं। उनमें इतनी अक़्ल तो है नहीं कि कुछ समझें या शुब्ह करें। वह जिन काग़ज़ात पर दस्तख़त लेते हैं वह कर देती हैं, और उन्हें मालूम भी नहीं होता कि वह लाखों का लेन-देन कर रही हैं। उनके नाम से ठेके लेते हैं, लेकिन सब क़ानूनी हदों के अन्दर। जितना इस तरीक़े से इन्कम टेक्स, सुपर टेक्स से बच जाता है, वह उनके ख़र्च से बहुत ज़्यादा होता है।

नीलोफ़र चूँकि पढ़ी लिखी थी, उसे मालूम हो गया कि एहसान साहब को जो फ़िल्म के लिए रुपया दे रहे हैं वह उसकी तरफ़ से है। वह कम्पनी की मालिक है। अगर उसके दिल में बेईमानी आ जाए तो सेठ मुँह देखते रह जाएँगे।

अपनी ताक़त का अंदाज़ा करके वह एक दिन फूल गई। बेगम को उसने समझाया तो उनकी भी बाछें खिल गईं। ख़ैर बीच में झगड़ा करने से क्या फ़ायदा? नेक आदमी है। अपना भी तो फ़ायदा ही है, किसी बात की कमी नहीं। बेगम समझदार थीं।

नीलोफ़र को उन्होंने आहिस्ता-आहिस्ता रानी साहिबा कहलवाना शुरू कर दिया। सेठ मुस्कुराकर रह गए। उनकी सब ही औरतें अपने-अपने महल्ले में रानियाँ बनी हुई थीं, मगर एक दूसरी से वाक़िफ़ीयत न थी और सिर्फ़ अपने ही को रानी समझती थीं।

जब ख़ैर से नीलोफ़र का पैर भारी हुआ तो सेठ ऐसे ख़ुश हुए जैसे हीजड़े के घर बेटा होने की ख़बर मिली हो। ख़ुद लेकर डॉक्टर के पास गए। अपने हाथों से टॉनिक और विटामिन खिलाते। हर वक़्त एहतियात रखने को कहते।

---

1. पूरी तरह से अलग होना।

मगर जिस दिन फ़िल्म की मुहूर्त हुई तो सेठ ने पूजा करते वक़्त सिर्फ़ अपनी बीवी को साथ बिठाया। नीलोफ़र का जी अच्छा न था। मगर वह ज़िद्द करके गई और जब वह पूजा कर रहे थे तो साथ बैठने पर अड़ गई।

"वाह मैं असल प्रोड्यूसर हूँ, मेरे साथ मुहूर्त होगी।"

"पैसा तो सेठ का है, उनकी खुशी हो जाने दो।" एहसान साहब ने कहा।

"ऐ ऐसा भी क्या छिछोरापन।" बेगम ने डांटा।

तस्वीर खिंचने लगी तो वह भी साथ डट गई, लेकिन ऐन वक़्त पर उसके और सेठ के दरमियान एहसान साहब घुस आए। वह हर खिंचती हुई तस्वीर में घुसती, मगर ज़रा-सी तरतीब बदलकर फिर कोने में जा पड़ती।

जब तस्वीरें अख़बार में छपीं तो उसका नाम भी यूँही कहीं रवादारी में और ऐक्स्ट्रा लड़कियों के साथ आ गया। हस्बे-आदत दूसरे दिन उसने सेठ से उलझने की कोशिश की तो उन्होंने पहले तो हाथ से एक ख़ूराक टॉनिक की पिलाई, फिर बड़ी नर्मी से समझाया : "ये सब बिज़नेस की बातें हैं। बेकार में औरतों को टाँग नहीं फँसाना चाहिए। आहिस्ता-आहिस्ता समझ जाओगी तो ऐसी फ़ुज़ूल की बातें नहीं करोगी।"

मगर नीलोफ़र रानी बन चुकी थी। उसे चैन न पड़ता। ख़्वाह कितनी भी तकलीफ़ होती, वह शूटिंग पर जाती। हर बात में बाल की खाल निकालती :

"ये इतना वक़्त क्यों ख़राब होता है?"

"प्रोडक्शन मैनेजर चोर है।"

"यह गाना चलता हुआ नहीं है।"

"यह हीरोइन ब्लैक क्यों लेती है? हीरो दो बजे क्यों आता है? सब कामचोर हैं।"

बेगम भी उसकी हाँ में हाँ मिलातीं, दोनों मिलकर हर एक से उलझतीं, लोग मुँह पर तो कुछ न कहते, पीठ पीछे गालियाँ देते।

जब नीलोफ़र ने भोंडी-सी लौंडिया जनी तो सेठ का मुँह सूख गया। उन्हें इस बात का फ़ख़्र था कि उनकी दाश्ताओं के पहलौठी के बेटे ही हुए थे। उनकी असली बीवी के भी तीन लड़के ही थे। सिर्फ़ एक लड़की थी, जिसके लिए वह चन्द लाख में आसानी से वर ख़रीद सकते थे, हालाँकि वह तो नीलोफ़र की लड़की से भी ज़्यादा बदसूरत थी।

लड़की की पैदाइश पर कुछ बेज़ार से हो गए। मश्ग़ूलियत भी बढ़ गई। उड़ती-उड़ती यह भी ख़बर मिली कि पंजाब से कोई बड़ी धारदार लड़की आई

है, सेठ आजकल उसके साथ बहुत घूमते हैं। उसने सेठ से लड़ने की कोशिश की तो वह हँसकर टाल गए :

"अरे भई बेचारी काम की तलाश में है। एहसान मियाँ से मैंने कहा है कि कोई छोटा-सा रोल हो तो उसे दे दो।"

"पिक्चर ख़त्म हो गई, अब रोल कहाँ धरे हैं?" बेगम बोलीं।

"वह एक कैफ़े में डांस रह गया था।" एहसान बोले।

"आप तो कह रहे थे कि अब कुछ बाक़ी नहीं।"

"डिस्ट्रीब्यूटर ने कहा है, एक और डांस डालो।"

"अरे तुम समझती तो हो नहीं, बेकार लड़ने लगती हो।" एहसान साहब ने ख़िलाफ़े-आदत ज़रा गर्मी से कहा।

"और आप बहुत समझते हैं? चुपके बैठे रहिए। मेरा मुँह न खुलवाइए। रन्डियों की दलाली करते हैं और ऊपर से अकड़ दिखाते हैं।"

"जाने दो इन बातों से क्या फ़ायदा?" सेठ नर्मी से बोले।

"क्यों जाने दूँ?"

"एहसान मियाँ आप ही चुप हो जाइए।

"मैं तो चुप हूँ सेठ जी! इन कुतियों के मुँह आना अपनी इज़्ज़त गँवाना है।"

"कुतिया होंगी आपकी अम्मी जान।" नीलोफ़र आपे से बाहर हो गई। वही नीलोफ़र जिसकी सवा चार साल की उम्र में बिस्मिल्लाह हुई थी, जो तुतलाकर गाया करती थी :

"लब पे आती है दुआ..." तो दादी बी उस पर से सदक़े[1] उतारा करती थीं। जिसे सातों कलमे अज़बर थे, जो सलाम पढ़ती थी तो लोगों की आँखें भीग जाती थीं। वही अब खुली-खुली गालियाँ देने में मछली वालियों को भी मात कर रही थी।

एहसान साहब भी कुछ कम नहीं थे। उनकी गालियों में फैलाव था और गहराई थी। मगर सेठ बैठे मुस्कुरा रहे थे। वह उस वक़्त तक मुस्कुराते रहे जब तक ऊँची एड़ी की सैंडिल लेकर नीलोफ़र ने एहसान साहब की नकसीर छुड़ा दी। वह तो उसी वक़्त पुलिस चौकी जाने की धमकी दे रहे थे। सेठ ने समझा-बुझाकर ठंडा किया। इस वाक़िए के बाद कई दिन तक सेठ नहीं

---

1. निछावर।

आए। नीलोफ़र ने कितनी बार फ़ोन किया, मालूम हुआ नहीं हैं या सो रहे हैं। बहुत पीछे पड़ी तो टेलीफ़ोन रख दिया गया। मगर रुपये-पैसे की कोई तकलीफ़ नहीं हुई। महीने का ख़र्च उसी तरह अट्ठाईस तारीख़ को चैक की सूरत में मिल गया। आज पहली बार रसीद पर दस्तख़त करते वक़्त नीलोफ़र ने देखा कि रसीद पर रुपये की वुसूली का हवाला है। आज तक जितना रुपया उसे मिला था, सब ऐसे ही मिला था। अगर सेठ चाहें तो ये रुपये वापस ले सकते हैं। ये रुपया उसने फ़िल्म बनाने के लिए लिया था। इसके अलावा भी वह न जाने कितनी रसीदें इसी तरह वक़्तन-फ़वक़्तन[1] देती रही थी। कुछ सादी हुँडियाँ भी दस्तख़त करके दी थीं। मकान बेशक उसके नाम था। इसके अलावा लाख डेढ़ लाख से कम का ज़ेवर न होगा। बेगम बदहवास हो गईं। कमबख़्त ने बेकार भिड़ों के छत्ते को छेड़ दिया।

नीलोफ़र ने रसीद पर दस्तख़त करने से इन्कार कर दिया। सेठ ने कुछ न कहा, मगर चौथे रोज़ चैक वापस आ गया।

ए. रोड की पुरशोर फ़िज़ा में किसी ने वह कोसने-गालियाँ नहीं सुनीं जो नीलोफ़र और बेगम की जंग के दौरान में दी और ली गईं। न ही उन जूतियों की फटाफट सुनाई दी जो एक-दूसरे के सिर पर मारी गईं। और न ही किसी के कान पर जूँ रेंगी, जब वह रो-धोकर गले मिल गईं।

बेगम ने सीधे जाकर एहसान के पैर थाम लिये। वह भी कुछ परेशान से बैठे थे, मन गए। फिर दोनों सेठ के पास गए। घर पर बिज़नेस के सिलसिले में कभी किसी से नहीं मिलते। दफ़्तर में कई घंटे इन्तिज़ार के बाद सेठ मिले। बिल्कुल डेरेदार तवाइफ़ों की नायिकाओं की तरह उन्होंने सेठ को यक़ीन दिलाया कि उनके फ़िराक़[2] में नीलोफ़र एकदम लबे-दम हो रही है। रो-रो कर बेहाल हो रही है। अगर वह नहीं आए तो जान दे देगी।

सेठ भी वाक़ई श्रीखंड के बने हुए थे, फ़ौरन बड़े प्यार से बोले :

"फ़ुर्सत नहीं मिली। पिक्चर की डिलीवरी देना है। पूछ लीजिये मियाँ से, दम लेने का वार नहीं। कम्बख़्त मद्रास वाला बहुत तंग कर रहा है। कहता है इतनी लेट कर दी पिक्चर।" और वह कारोबारी मुश्किलात की तफ़सील में चले गए।

इतने में वही पंजाब की नौख़ेज़ कली लजाई-शर्माई आ गई। आज प्रीमियर पर जाना था किसी फ़िल्म के। नीलोफ़र कितने दिन से तड़प रही थी इस फ़िल्म

1. कभी-कभी, 2. विरह।

के प्रीमियर पर जाने के लिए। नई साड़ी भी ख़रीदी थी। सेठ एकदम उठकर उसके साथ अन्दर के कमरे में गए। बेगम बैठी सूखती रहीं। मालूम हुआ वह तो उधर ही से निकल गए।

"मैं न कहता था सेठ एक हरामी है। एक दफ़ा किसी बात का फ़ैसला कर ले तो फिर कोई चीज़ उसे बदल नहीं सकती। अब नीलोफ़र में वह दम-ख़म भी नहीं रहा।"

"क्या मतलब?" बेगम बनकर चौंकीं। उन्हें क्या, नीलोफ़र को भी यही धड़का लगा हुआ था। सेठ सूरजमल अहमद भाई की तरह कभी उस पर लट्टू नहीं हुए। फिर भी दो साल निभा गए।

अगर नीलोफ़र इतनी अक्खड़ न होती तो सारी उम्र निभा जाते। उन्होंने कभी किसी को मंझधार में नहीं छोड़ा, मगर रसीद पर दस्तख़त न करके उसने उनका सख़्त अपमान किया। और यह वह नहीं बर्दाश्त कर सकते कि उनकी नीयत पर कोई शक करे। नीलोफ़र को उन्होंने ख़ुद ही माफ़ कर दिया। वह तो एहसान साहब की सूरत देखकर अन्दर चली गई थी। उसका ख़ून खौल रहा था। उसे सारी दुनिया पर गुस्सा आ रहा था, जो उसने नन्ही-सी बच्ची पर उतारा :

"इस कम्बख़्त को भी फिंकवा दो।"

"ऊँह! न जाने क्या इरादा है इसका?" एहसान साहब चिढ़ गए।

"क्यों? मैं क्यों पालूँ इस हरामज़ादी को?"

"दीवानी न बनो।"

"अरे मैं तो उनके छक्के छुड़ा दूँगी। बनिये का बच्चा समझता क्या है?"

"नीलोफ़र बीबी—हाथी से गन्ने छीनने चली हो। क्या समझा है तुमने? सेठ कोई निरा गाउदी है? न जाने किस गुमान में हो तुम।"

"मगर लड़की सेठ की है कि नहीं। इसका हक़ है या नहीं?" बेगम बोलीं।

"लड़की सेठ की हो या न हो, इससे बहस नहीं। मगर इसका हक़ कुछ नहीं, क्योंकि क़ानूनन वह उनकी नहीं। सेठ का ऐसा कोई बच्चा भी उनकी दौलत में हक़दार नहीं।"

"क्या मतलब?"

"मतलब यह कि तुम गधी हो निरी। हस्पताल में तुम किस नाम से गई थीं।"

"हस्पताल में? पता नहीं। लेकिन बिल सारे सेठ जी ने चुकाए।"

"हाँ, मगर बच्चे के बाप का नाम?"

"सेठ जी का होगा—और किसका हो सकता है?"

"जी नहीं, यही तो तुम्हारी भूल है।"

"फिर किसका नाम था?"

"अब जाने दो, क्या हासिल इन बातों से?"

"आख़िर बताते क्यों नहीं?"

"भई तुमसे डर लगता है। तुम्हारे हाथ-पैर क़ाबू में, न ज़बान क़ाबू में।"

"नहीं ऐसी भी क्या बात है, बताओ ना।"

"मेरा ही नाम है।"

"तुम्हारा। ऐ कुछ घास तो नहीं खा गए?"

"अच्छा तुम ही बताओ क्या करता? न कर देता। देखो नीलोफ़र, इस मारामारी से कुछ हासिल न होगा।" उन्होंने उसकी आँखों में ख़ून उतरता देखकर कहा, "ठंडे दिल से बात सुनो, वरना भई मैं चला।" उन्होंने धमकी दी।

गालियों-कोसनों की माक़ूल मिक़्दार[1] के तबादले[2] के बाद बोले :

"हक़ की बात पूछती हो तो क़ानूनन तुम मेरी बीवी हो।" एहसान साहब ने बताया, "सेठ शुरू से इस लफ़ड़े में पड़ते हुए डरते थे। इस शर्त पर तुम्हें यहाँ लाए थे कि मैं निकाह कर लूँ और..."

"ऊई! मुर्दऐ भेजा लौट गया है तेरा। निकाह कैसे हो गया? यक-तरफ़ा[3] निकाह हो गया?"

"बाक़ायदा निकाह हुआ है। निकाहनामा मौजूद है।"

"हैं। निकाहनामा, वह कैसे?" उन्होंने नीलोफ़र का हाथ पकड़ लिया, जो एहसान साहब पर गालियाँ बरसाते-बरसाते जूतों पर उतर आई थी।

"जाली निकाहनामा। मियाँ जी जेल की हवा खाने का इरादा है?"

"बेगम इतनी कच्ची गोलियाँ नहीं खेला हूँ। और बख़ुदा मेरी नीयत में खोट हो तो सुअर का-सा मुँह हो।"

"अब सूअर से क्या कम है।" नीलोफ़र जले फफोले फोड़ने लगी।

"तुम्हें तो मेरा शुक्रगुज़ार होना चाहिए कि ये लौंडिया भी हरामी नहीं और सेठ भी ख़ुश। क़सम से मैंने तो ये सब कुछ इस वजह से किया कि भई आख़िर को शरीफ़ लड़की है। औलाद होगी तो मुँह दिखाने के क़ाबिल नहीं रहेगी।"

बेगम की कुछ समझ में नहीं आ रहा था। सख़्त जान होने की वजह से मुतहय्यर[4] न होने की कुछ आदत पड़ चली थी। फिर भी पूछा :

---

1. उचित मात्रा, 2. आदान-प्रदान, 3. एक ओर का, 4. चकित।

"मगर यह मुआ निकाह हुआ कैसे?"

"अब कैसे भी हुआ, दस्तख़त मौजूद हैं।"

"ऐ है कैसे दस्तख़त?"

"साहबज़ादी के, फिर दो गवाहों के।"

"न जाने किस धोके से ले लिए दस्तख़त। अभी तो अल्लाह जाने और काहे पे दस्तख़त निकलेंगे। यह फ़्लैट तो है या यह भी दस्तख़तों में गया? कितनी बार कहा, नेकबख़्त पढ़ी-लिखी है, देख तो लिया कर। बस आँख बन्द की और अपनी मैयत[1] पर दस्तख़त कर दिए।"

"हाँ ये फ़्लैट अभी तक तो तुम्हारा ही है, आगे सेठ की मर्ज़ी। अगर नीलोफ़र ज़रा ठंडे दिल से सोच-समझकर..."

"अब क्या होगा?" बेगम हस्रत[2] से हाथ मलने लगीं।

"हूँ, तो आप हमारे ख़सम[3] हुए!" नीलोफ़र ने ज़ोर का क़हक़हा लगाया।

"ए नीलोफ़र यह क्या बदतमीज़ी है।" बेगम जल गईं। शायद अब भी गुज़श्ता तअल्लुक़ात[5] के वास्ते उन्हें थोड़ा-सा ख़याल था।

"अरे वाह! हम तो अपने मियाँ से बात कर रहे हैं।"

"बस-बस, ज़्यादा बकवास लगाई तो जूती से मुँह मसल दूँगी।"

"मह्र[6] कितना है मियाँ जी?" नीलोफ़र मुस्कुराई।

"वही शरई[7] मह्र मुब्लग़[8] तीस रुपये।"

"नक़्द।" नीलोफ़र ने एक और क़हक़हा लुढ़काया। ए. रोड पर रहने वाले ज़िन्दादिल लोगों ने सोचा, बड़ी हँसमुख है ये क़हक़हों की रानी! नीचे मन्दिरों में भजन शुरू हो गए थे। सामग्री की बू-बास हवा को बदमस्त बना रही थी। हारमोनियम की पैं-पैं, ढोलक की धमक और मजीरों के छनाकों के साथ मिलकर माहौल को जानदार बनाये हुए थी। पुजारी जी अपनी फटे बाँस जैसी बेसुरी आवाज़ में कोई फ़िल्मी गीत गा रहे थे।

"देवता मुझको तेरा सहारा। मैंने थामा है दामन तुम्हारा।" या शायद : "तूने थामा है दामन हमारा।" हमारा? तुम्हारा? फ़िल्मी ट्यून में जो बैठ जाए वही ठीक है।

यहाँ किसी को पता नहीं, क्या हमारा है और क्या तुम्हारा। ख़ुदा ने एहसान

---

1. लाश, 2. निराशा, 3. पति, 4. गत, 5. संबंधों, 6. वह धन जो निकाह के समय दुल्हन को दिये जाने के लिए निर्धारित होता है, 7. धार्मिक, 8. खरा।

का दामन पकड़ा है या ख़ुदा का दामन एहसान ने पकड़ रखा है, कुछ फ़र्क़ नहीं पड़ता। जिस अंदाज़ से पुजारी गा रहा है उससे तो ऐसा मालूम होता है कि इनसान और ख़ुदा दस्त-ब-गिरेबाँ हैं और बस। और नीलोफ़र ऊँचे-ऊँचे क़हक़हे फ़िज़ा में उछाल रही है। क्या भगवान् की लीला है। उसकी माँ का यार उसका क़ानूनी शौहर! क़ानून और शौहर, शौहर और क़ानून—सब एक सड़क के पत्थर हैं, जिन से नीलोफ़र जैसी बेबस लड़कियों को सिर फोड़ना पड़ता है। तब ही तो उसके क़हक़हों में शोले भड़क रहे हैं और दूर जुहू की ख़्वाब-आलूदा फ़िज़ा में पंजाब की एक नौख़ेज़ कली हौले-हौले फूल बन रही है। सेठ की आँखों से हवस की चिंगारियाँ चटख़ रही हैं। कल शगूफ़ा के पहले फ़िल्म की मुहूर्त है। वही हीरोइन है। वही अपना पैसा लगा रही है। अपना पैसा—सेठ का पैसा—अपना जिस्म—और सेठ का जिस्म!

यही प्यार है और यही ब्योपार!

4

"मगर ये अल्लाह-मारा निकाह हुआ कब? कहाँ हुआ?"

"लखीमपुर में। इस फ़्लैट में आने से पहले।"

"मियाँ होश के नाख़ुन लो। हथकड़ियाँ न पड़वा दूँ तो बेगम नहीं मालज़ादी[1] बोलना।"

"हाँ मुक़द्दमा लड़ो तो शायद जीत जाओ। मगर क्या ज़रुरत है मुक़द्दमे की? चाहो तो आज तलाक़ ले लो। मैंने तो तुम्हारे ही भले को किया था।"

"ऐसी की तैसी मेरे भले की।"

"हाँ जी, तलाक़ दे दो।"

"सोच लो ठंडे दिल से।" एहसान साहब मुस्कुराए।

"क्या सोच लूँ?"

"मुमकिन है सेठ फिर मान जाए। वैसे वह कभी थूक कर चाटा तो नहीं करते। भई मैं तो अपनी-सी कर चुका। अब इससे ज़्यादा क्या कर सकता हूँ, मगर फ़िक्र न करो, बच्चों की फ़ीस हर महीने वक़्त पर पहुँच जाएगी। घर का ख़र्च भी मिलता रहेगा।"

"मगर वह आए क्यों नहीं? तुमने कहा होता, नीलोफ़र तुम्हें बहुत याद करती है?" नीलोफ़र की आवाज़ भर्रा गई। एहसान साहब हँस पड़े।

"क्या बच्चों जैसी बातें करती हो। मौजी आदमी है अपना सेठ। किसी से दिल लग जाए तो क्या कहने, मगर एक दफ़ा मुँह फेर ले तो फिर..."

"ऐ तौबा जी—लड़की से ऐसा कौन-सा गुनाह हो गया।" बेगम बोलीं।

"दिल का सौदा जो हुआ।"

"हुँह—हरामज़ादा बड़ा आया दिलवाला।" नीलोफ़र गुर्राई।

---

1. वेश्या-पुत्री।

"मैं कहता हूँ इस बकवास से फ़ायदा? साँप निकल गया, तुम बैठी लकीर पीट रही हो।"

"ऐसे साँप की मुंडी न मसल दूँ तो नीलोफ़र नहीं छिनाल बोलना।"

"क्यों बेकार में जी कुढ़ा रही हो।" एहसान ने उसका हाथ दबाया।

"ऊँह—ग़ारत हो।" नीलोफ़र ने उनका हाथ दूर झटका।

"भई वाह—यानी हम हाथ भी न लगाएँ।"

"नहीं।"

"वह क्यों जी?"

"हमें घिन आती है।"

"अल्लाह रे दिमाग़। रस्सी जल गई पर बल न गया। अब ये नख़रे नहीं चलेंगे मिस साहब। वह दिन गए जब ख़लील ख़ाँ फ़ाख़्ता उड़ाया करते थे। दस बरस हो गए ना इस धंधे में।"

"तो फिर?"

"तीस पर औरत ढल जाती है।" वह बढ़े चले गए।

"ऐ काहे को तूफ़ान जोड़ते हो जी। कौन है तीस की?" बेगम बीच में आ गईं। "चल लड़की, अपने कमरे में जा। यह मुआ तो आज वाही-तबाही पर तुला हुआ है।"

"मैं ढल गई हूँ। यही कह रहा है ना?" नीलोफ़र की आँखों में नागिनें फुँकारने लगीं।

"मैं क्या कह रहा हूँ जी, वक़्त ख़ुद कह रहा है। वरना सेठ जी आज शगूफ़ा के बजाए तुम्हारे क़दमों में होते।"

"तो मैं बूढ़ी हो गई। यही मतलब है ना?"

"यह तो मैंने नहीं कहा, मगर ऐसी नई-नवेली भी नहीं।"

"मैं ढल गई हूँ।" उसने दोनों हाथों से अपना ब्लाउज़ तार-तार कर डाला और तनकर खड़ी हो गई। "देख अंधे।" फटी-फटी आँखों से वह उस बिफरते हुए तूफ़ान को देखते रह गए। बेगम के हाथ से सलाद की प्लेट छूट पड़ी।

"है-है नामुराद। दीवानी हुई है क्या? शर्म नहीं आती?"

"नहीं आती शर्म।" नीलोफ़र ने आँसुओं भरा क़हक़हा लगाया और झटके से बिखरे हुए बाल पीछे फेंककर बिल्कुल एहसान साहब के सिर चढ़ आई।

"देख हरामज़ादे! मैं ढल गई हूँ। तो अब मैया काहे को मर गई रे?"

एहसान साहब सहमी हुई हँसी हँसे और आस्तीन से पसीना पोंछ डाला।

"चल जा कपड़े बदल।" बेगम ने उसका बाज़ू पकड़कर घसीटा।

"नहीं बदलते।" नीलोफ़र ने उनका हाथ झटक दिया।

"सामने फ़्लैट में मुस्टन्डे खड़े देख रहे हैं कम्बख़्त।"

"देखने दो। देखो जी, मुझे गुस्सा दिलाओगी तो ऐसी की ऐसी सड़क पर चली जाऊँगी।" वह बाल्कनी की तरफ़ मुड़ी।

मगर इससे पहले कि वह बाल्कनी में जाती, बेगम ने दुहाई डाल दी। एहसान साहब को गालियाँ देने लगीं। उन्होंने लपककर कौलिया भर ली और उसे सोफ़े पर पटख़ दिया।

फिर जो घमसान हुई तो एहसान साहब, बेगम, बावर्ची और आया एक तरफ़, दूसरी तरफ़ नंग-धड़ंग नीलोफ़र ने सबकी धज्जियाँ बिखेर दीं। जितनी तोड़ने के क़ाबिल चीज़े थीं रेज़ा-रेज़ा कर डालीं, फिर जो भी हाथ आया, उठा-उठाकर बाल्कनी से नीचे फेंकने लगी।

और उसी वक़्त जैसे जादू के ज़ोर से सेठ सूरजमल कनोडिया कमरे में आ गए। चुप खड़े वह चन्द लम्हों तक उस आपा-धापी को देखते रहे, मुस्कुराते रहे।

"उसे छोड़ दो।" उन्होंने एहसान साहब को आहिस्ता से हटाया। उनकी आँखों में मीठी-मीठी आँच सुलगने लगी। उबलती-छलकती नीलोफ़र पर उन्होंने एक मिनट में क़ाबू पा लिया और वह नीलोफ़र, जो हज़ार नख़रे करने की आदी थी, जो अहमद भाई से दाँतों से जूते उठवाया करती थी और अपने पैर दबवाया करती थी, कटी पतंग की तरह उनकी आग़ोश में बह गई।

अय्याशी उसके ख़ून में रच चुकी थी। दस बरस से उसकी ज़िन्दगी का मक़सद सिर्फ़ जिस्मानी लज़्ज़त-परस्ती[1] बन चुका था। सेठ की चन्द दिनों की बेरुख़ी[2] ने उसे दहलाकर रख दिया। सेठ जी नई लड़की के चक्कर में फँस गए। तो क्या वाक़ई वह ढल गई थी? नहीं—वह इतनी डरावनी बात सोच भी नहीं सकती थी। उसके गुरूर[3] को ठेस लगती थी। यह जिस्म ही तो उसका कुल असासा[4] था। इसके बग़ैर वह बिल्कुल मादूम[5] थी—ग़ायब थी। रोना-पीटना हुआ। सेठ ने उसके रोम-रोम को चूमकर क़समें खाईं, तौबा की, जुर्माने अदा किए। उधर कुछ कम आग लगी हुई न थी। वह लड़की तो बस यूँही उसे छेड़ने के लिए डाल ली थी। निहायत कमीनी निकली। उसे तो पिक्चर में लेकर पछता रहे हैं।

1. शारीरिक सुख, 2. पूँची, 3. उपेक्षा, 4. घमंड, 5. लुप्त।

वह रात, ऐसा मालूम होता था, उसकी सुहाग रात है। सेठ ने नीचे मोटर में से अपना अटैची केस मँगवाया और उसे जवाहरात से लाद दिया। माँ के पेटवाला जोड़ा पहने, सर से पैर तक ज़ेवर से लदी, वह उनके हाथों में खेलती रही, खेलती रही।

''अच्छा कपड़े पहनकर तैयार हो जाओ।'' उन्होंने गिलास उसके होंठों से छीनकर प्यार से कूल्हे पर थप्पड़ लगाया।

''क्यों?''

''कहीं चलेंगे?''

''कहाँ?''

''जहाँ जी चाहेगा। उठो।''

वह अपने सारे तीर-तरकश सँभाले, बेहयाई से शर्माई, शमशीरे-बरह्ना[1] बनी उठी और गुस्लख़ाने में भाग गई।

''अरे सुनो तो।''

''क्या?'' वह इठलाई।

उसने दोनों हाथ चौखट पर रखे और पलटी। आज वह अपना सब कुछ निछावर करने का फ़ैसला कर चुकी थी। ऐसी-कम-तैसी, जवान छोकरी की महारत भी आख़िर कोई शै[2] है।

''ओवर-सी की बिज़नेस हो गई।''

''सच्ची?'' वह छम से फिर उनके घुटने पर आकर लद गई।

''हाँ—एक लाख पाँच हज़ार की हुई है, जिसमें से पैंतालीस हज़ार ब्लैक।''

''वह हमारे।''

''तुम्हारा तो सब कुछ ही है, मगर...''

''आप भी?'' वह इतराई।

''ज़ाहिर है—मगर अभी कितना ब्लैक हमें भी तो भरना है। जाओ जल्दी से तैयार हो जाओ—बस कान्ट्रेक्ट पर दस्तख़त कर दो, ताकि कल एडवान्स मिल जाए।''

''ऊँ—पहले पप्पी दो।''

सेठ जी ने नीट व्हिस्की का एक बड़ा-सा घूँट मुँह में लिया और उसका सिर अपने घुटने पर टिकाकर उँडेल दिया।

---

1. नंगी तलवार, 2. चीज़।

जब वह दस्तख़त कर रही थी तो सेट के एक हाथ में काग़ज़ात थे और दूसरे हाथ में मुहब्बत का पैग़ाम।

सियाह साड़ी और जगमगाते ज़ेवर पहने जब वह मलिका-ए-शब[1] बनी उनके साथ जाने के लिए निकली तो उसकी आँखों में आसमानों का नूर था और क़दमों में लरज़िश[2]। उसने एक नज़र सहमे हुए एहसान साहब पर डाली और दूसरी नवासी को खाना खिलाती हुई माँ पर। उसका जी चाहा अभी, इसी वक़्त उनसे बच्ची को छीन ले और फिर कभी हाथ न लगाने दे। वह दोनों को मज़ा चखा देगी। आज सेठ से कहकर वह अपने लिए फ़्लैट ले लेगी, जहाँ वह अपने कलेजे के टुकड़े के साथ चैन से रहेगी। अब ख़ुदा करे सेठ की बीवी मर जाए तो फिर उसे ज़िन्दगी से कोई शिकायत न रहेगी।

वह रात—नीलोफ़र की असली मानों में सुहाग रात—कितनी हसीन थी। सेठ जी पर फिर से नौजवानी आ गई थी। पचपन बरस की उम्र में भी उनकी हर बात में उमंग थी। अहमद भाई तो एक सज़ा थे, मनोहर हमाक़त[3]। मगर सेठ जी तो जैसे और जलाने का तरीक़ा जानते थे।

फिर उसे कुछ याद न रहा। वह कहाँ है? किन आसमानों पर उड़ रही है?

जब उसकी आँख खुली तो बड़ी देर तक दुनिया घूमती रही। जब निगाहें कुछ ठहरीं तो उसने देखा, वह एक अजनबी कमरे में है। उसकी सियाह साड़ी, जो रात के फैले हुए आसमान की तरह जगमगा रही थी, बीच कमरे में अज़दहे की तरह कुंडली मारे पड़ी थी। उसके जिस्म पर कोई ज़ेवर न था। उसका जी धक् से हो गया, मगर फिर वह अपनी बेवक़ूफ़ी पर मुस्कुरा दी। सेठ ने उसका एक-एक ज़ेवर उतारा होगा। काश वह इतनी मदहोश न होती तो उनके लम्स[4] की लज़्ज़त से महरूम न रहती। मगर कोई सामान भी नज़र न आया। शायद दूसरे कमरे में होगा और सेठ नहा रहे होंगे या शायद दूसरे कमरे में होंगे। मगर अंदाज़े से मालूम हुआ, दूसरा कमरा है ही नहीं, सिंगल रूम है। जी घबराने लगा। दरवाज़े पर दस्तक हुई और बैरा चाय की ट्रे लेकर आया। उसने जल्दी से अपने ऊपर चादर घसीट ली।

''साहब कहाँ हैं?''

''कौन साहब? इधर तो कोई साहब नहीं आया।''

''क्या बकता है गधे।''

---

1. रात की रानी, 2. लड़खड़ाहट, 3. मूर्खता, 4. स्पर्श, 5. वंचित।

"सच्ची बेगम साहब, आपका ड्राइवर आपको लाया था। रात बहुत ज़्यादा हो गई थी, फिर उसने डबल पे किया, तब मैनेजर राज़ी हुआ। वह बोला, मेम साहब सिक है।" बैरा मानीख़ेज़[1] अंदाज़ में मुस्कुराया। वह जानता था चादर के नीचे माल बुरा नहीं।

नीलोफ़र का दिल बुरी तरह धक्-धक् करने लगा। नहीं, नहीं, यह कैसे हो सकता है? उसका दिल तो पाजी है जो ख़्वामख़्वाह शक करता है। सेठ ने उसे ड्राइवर के साथ भिजवा दिया? तो वह कौन था जो रात को...वह दिमाग़ पर ज़ोर डालकर सोचने लगी। कोई था ज़रूर। पास तकिये पर भी किसी के सिर का निशान बना हुआ था।

तो कोई था ज़रुर। सेठ नहीं तो फिर कौन? फिर उसके कपड़े-ज़ेवर किसने उतारे? उसके रोंगटे खड़े हो गए। वह कौन आसेब[2] था जो रात की तारीकी में उससे प्यार करके चला गया? और जो चुपचाप उसका गला दबा देता तो?

मगर जब मैनेजर ने भी बैरे के बयान की तस्दीक़[3] की तो वह वहीं काउन्टर पर सिर रखकर रोने लगी।

"होटल का बिल तो चुका दिया गया है। आप परेशान क्यों होती हैं? शायद आपकी तबीअत ज़्यादा ख़राब थी और आपको याद नहीं रहा। अकेली ही आई होंगी।" वह हमदर्दी जताने लगा।

उसका जी चाहा, कुत्ते का मुँह खसोट डाले, मगर ज़ब्त उसकी आदते-सानी[4] बन चुका था। उसे अहमद भाई की पायरिया-ज़दा बू बर्दाश्त करने की आदत हो गई थी। सूरजमल जी की डकारों में सुगन्ध आने लगी थी। अब मैनेजर की घूमी-घूमी पुरमानी[5] बातों को सहारना कौन-सा मुश्किल काम था?

"अच्छा एक टैक्सी मँगवा दीजिये और कमरे का किराया..." उसके पास एक कौड़ी भी न थी।

"अब गाड़ी का वक़्त तो निकल गया। शाम को रेस में नहीं जाइएगा?" वह फिर गीली-गीली मुस्कुराहट बिखेरने लगा।

"नहीं मैं घर जाऊँगी। ए. रोड, चर्च गेट।"

"मैडम यहाँ से टैक्सी में बम्बई जाकर क्या करेंगी? अगर शाम तक रुक

---

1. अर्थपूर्ण, 2. भूत-प्रेत, 3. पुष्टि, 4. दूसरी आदत, 5. अर्थपूर्ण।

जाएँ तो मैं अपनी क्राइस्लर में पहुँचा सकता हूँ।''

''टैक्सी मँगवाते हैं या नहीं?''

''मगर शायद आज कोई टैक्सी बम्बई के लिए आसानी से न मिले।''

''क्या बम्बई-बम्बई बक रहे हैं?''

''मेरा मतलब है पूना से बम्बई तक के लिए टैक्सी।''

''पूना?''

''जी पूना होटल। बोर्ड नहीं देखा आपने? शायद रात को कुछ ज़्यादा...मेरा मतलब है तबीअत ख़राब थी।'' वह फिर खीसें काढ़ने लगा।

''ओह–हाँ।'' वह झूठ बोली, ''तो क्या सेठ जी का फ़ोन आया था?''

वह जी ही जी में सिसककर दुआएँ माँगने लगी : काश सेठ जी के घर से फ़ोन आया हो कि रात को उनकी बीवी का हार्टफ़ेल–और सोते में वह बड़ी प्यारी लगती है ना, इसलिए उन्होंने उसे जगाया नहीं, चुपचाप उसे चूमकर चले गए होंगे।

''कौन-से सेठ?''

''कनोडिया सेठ।''

''कौन? रघुमल जी कि तेजमल जी? अभी पिछली इतवार का तो भानमल जी आए थे। किसी ज़माने में शकुंतला से बड़े ज़ोर का इश्क़ चला था। वह बड़े सेठ रूँगटा पर लट्टू थी और...''

''मैं सूरजमल जी को कह रही हूँ।'' नीलोफ़र झल्ला गई। ये मुर्दे कितने सेठ हैं? बाप, बेटे, पोते, सब ही इसी लत में पड़े होंगे।

''सूरजमल जी?''

''हाँ।''

''तो?''

''तो क्या–वह रात को आए थे हमारे साथ।''

''मैडम यहाँ कोई सेठ-वेठ नहीं आए रात को, आप अकेली आई थीं। शायद कोई टैक्सी वाला आपको उठाकर कमरे में ले गया।''

टैक्सी ड्राइवर! नीलोफ़र का सिर लट्टू की तरह सनसनाने लगा।

नहीं, नहीं, वह सेठ जी ही थे। वह यूँही उसे कौलिया भर के उठा लाये थे। वही थे। दही बड़ों में बसी हुई डकार भी ली थी उन्होंने। वही थे। उसे लिटाने लगे थे तो उसने उनके गिरेबान को दाँतों से पकड़ लिया था। उसे अच्छी तरह याद था कि वह वहीं ज़मीन पर पसर गए थे।

मगर नहीं–उनके गिरेबान में तो हीरे के बटन नहीं थे! तब तो वह टैक्सी

ड्राइवर ही था। एकदम उसके पैर लरज़ने लगे। वह चकराकर बरामदे में पड़ी कुर्सी पर गिर गई।

"मैडम!" मैनेजर लपका, "चलिए अपने रूम में चलिए।"

"मुझे कॉल करना है।" नाश्ते के बाद उसने बैरे से कहा।

"ज़रूर, ज़रूर" मैनेजर जैसे दरवाज़े के पीछे ही खड़ा था। फ़ौरन मुस्कुराता हुआ अन्दर आ गया। नीलोफ़र उसे देख कर चिढ़ गई। कम्बख़्त कितना मुस्कुराता है। इसके जबड़े भी नहीं दुखते।

"मेरा पर्स गाड़ी में से गिर गया। सेठ से मैंने बहुत कहा, रोको! रोको! मगर कहने लगे, लानत भेजो। मैंने कहा, उसमें सात सौ के नोट हैं। बोले, लानत भेजो।" वह झूठ से ताना-बाना जोड़ने लगी, "फिर उन्हें तार मिला कि उनकी बीवी की हालत ख़राब है।"

हालाँकि वह जानती थी, सेठों की बीवियों की न हालतें कभी ख़राब हों और न कभी वह मरें। मगर अपने दिल को समझाने के लिए दाश्ताएँ[1] शायद यही ख़्वाब देखती रहती हैं। शायद उनकी बीवियाँ दाश्ताओं की मौत के हसीन सपने देखा करती होंगी। हालाँकि उन सेठों के यहाँ न बीवियों का टोटा है न दाश्ताओं का। बीवियाँ नहीं मरतीं और दाशताएँ आ जाती हैं। पहली दाश्ताएँ नहीं मरतीं कि नई आ जाती हैं। जैसे हर साल नये मॉडल की मोटर आ जाती है। नये माल की कुछ कमी नहीं रहती।

"मगर ट्रंक-काल की क्या ज़रूरत है। यह होटल भी तो आपका है।" मैनेजर ने जज़्बात में लुथड़ी हुई आवाज़ में कहा। नीलोफ़र में चौंकने की भी सलाहीयत[2] नहीं रह गई थी। ट्रंक-कॉल करते वक़्त ख़ुद उसे कोफ़्त हो रही थी। अम्माँ सवालात की बौछार कर देंगी, बाल की खाल निकालने लगेंगी, मकान के किराये और बच्चों की फ़ीस का दुखड़ा रोने लगेंगी, कौड़ी नहीं भेजेंगी। वह जानती हैं, अभी मेरे चैक बुक में सफ़्हे[3] बाक़ी हैं। चैक कहीं भी, किसी भी "बैंक" में कैश कराया जा सकता है। मैनेजर कंगाल तो नहीं।

"तो शाम को रेस पर चलिएगा।" मैनेजर ने आँखों में रस उंडेलकर कहा।

"भई हमारे कपड़े..." वह ठिनककर बोली।

"कपड़ों की फ़िक्र न कीजिये।" ख़ुशी से बेचारे की घिग्घी बँध गई।

उसी वक़्त क्राइस्लर में बैठकर वह मेन बाज़ार गई। दो-तीन ड्रेन-पाइप और

---

1. रखैलें, 2. योग्यता, 3. पृष्ठ।

टी-शर्ट, नाइट-सूट, एक ड्रेसिंग-गाऊन और मेकअप का सामान ख़रीदा। तीन-चार साड़ियाँ ख़रीदकर ब्लाऊज़ सिलने दे दिए। घंटा भर में दर्ज़ी ने तैयार कर दिए।

रेसकोर्स पर घोड़ों से ज़्यादा मैनेजर साहब की मुँह-ज़ोरियों से वास्ता पड़ा। वह जल्द-से-जल्द अपनी वुसूली पर जुटे हुए थे। कई वाक़िफ़कार[1], जो बम्बई से रेस खेलने आए थे, मिले।

''कहिये सेठ साहब तो अच्छे हैं?'' रसमन[2] कई लोगों ने पूछा।

''जी हाँ।'' उसने यूँही जवाब दे दिया। उसे यक़ीन था कि इन लोगों को क़तई नहीं मालूम कि आजकल वह किस सेठ से वाबस्ता[3] है, मगर शायद उसकी कहानी उसके चेहरे पर लिखी जा चुकी थी कि वह सेठों की ही गेंद है। मैनेजर साहब भी इस बात पर सीना तानकर चलने लगे कि आख़िर ख़ुदा ने उसे इस क़ाबिल किया कि वह बड़े आदमियों की सेकेन्ड क्लास गाड़ियों की तरह उनकी महबूबाएं भी वक़्ती तौर पर ख़रीद सके। आज तो मैनेजर की क़िस्मत वाक़ई सातवें आसमान पर थी। जो भी नोट उसने नीलोफ़र के होंठों से लगाकर घोड़े पर डाला, दोगुना-चौगुना होकर लौटा। और जब नीलोफ़र उन्हें अपने होंठों से लगाऐगी तो वह ख़ुद भी दोगुने-चौगुने हो जाएँगे। उन्होंने वहीं नीलोफ़र को उसका कमीशन थमा दिया। मगर उसके पास पर्स नहीं था, इसलिए मैनेजर ने उसका हिस्सा रख लिया। उन्हें उस पर बेइख़्तियार[4] प्यार आ रहा था। वह उनकी महबूबा ही नहीं, नजरबट्टू भी थी, जिसने उनकी क़िस्मत को जगमगा दिया था।

घोड़े दौड़ रहे थे। जॉकी उनकी पीठों पर बन्दरों की तरह चिपके हुए थे। लाल, पीले, ऊदे, नीले बन्दरों पर जम्मे-ग़फ़ीर[5] की निगाहें चिपकी हुई थीं। उनके हाथों में नन्हे-नन्हे चाबुक थे और जूतों की एड़ियाँ घोड़ों के हस्सास[6] रग-पट्ठों को छेड़ रही थीं। भड़कदार साड़ियाँ उछल-उछलकर घोड़ों की हिम्मत बँधा रही थीं। एक निहायत सफ़ेद, हथनी की तरह मोटी, पारसी लेडी धपाधप कूद रही थी और जोश में अपने पास बैठे हुए लम्बोतरे से शख़्स को पीटे डाल रही थी, मगर उसे कुछ ख़बर न थी। वह अपनी सीट पर बिल्कुल ऐसे उछल रहा था जैसे वह भी जॉकी हो और बजाए घोड़ों के ऊँट की पीठ पर सवार हो। दो नौजवान मियाँ-बीवी हर रेस के बाद आपस में झगड़ने लगते। यक़ीनन वह मियाँ-बीवी ही होंगे, क्योंकि अपनी

---

1. जान-पहचान वाले, 2. औपचारिक रूप से, 3. संबद्ध, 4. बहुत अधिक, 5. भीड़, 6. संवेदनशील।

हार का इल्ज़ाम वह क़तई एक-दूसरे के सिर थोपे जा रहे थे। यह घोड़ों का नसीब है कि जब तक दौड़ते रहें, जीतते रहें, उन्हें सोने का निवाला खिलाया जाता है, बूढ़े हो जाते हैं तो गोली मार दी जाती है।

एकदम नीलोफ़र को एहसान साहब के अल्फ़ाज़ याद आ गए। वह बूढ़ी तो नहीं हो रही है? मगर कब तक न होगी? दस साल बीत गए। आने वाले दस सालों का ख़याल करके उसे पसीना आ गया। दस साल बाद वह क्या करेगी। सेठ सूरजमल की इनायत से बेटी बिल्कुल थुआ[1] है। रेस का घोड़ा तो शायद कभी न बन सके, ताँगे या इक्के में भले ही जुत जाए। तो फिर ये आने वाले दस साल उसके लिए क्या कुछ लाएँगे? सेठ के बाद मैनेजर—और?—और? कितनी सीढ़ियाँ हैं उतरने को? और आख़िरी सीढ़ी के बाद क्या है? पक्की ज़मीन या ख़ला[2]? उसका दिल मसलने लगा। जॉकी का बोझ उसके कन्धों पर और भारी हो गया। भारी बूट की एड़ियाँ कोख में धँसने लगीं। चाबुक दिमाग़ में कड़कने लगे। जॉकी, उसकी मम्मी, अहमद भाई, एहसान साहब, सेठ जी, सारी दुनिया!

''अब चलिए।'' वह एकदम खड़ी हो गई।

''अरे अभी असल रेस शुरू नहीं हुई।''

''न हो, मेरी बला से, मैं तो जाती हूँ।''

''मगर सुनो तो। बस यह आख़िरी रेस है। पैसा लगा दिया है, छोड़कर कैसे चलूँ? बस पाँच मिनट की बात है।''

नीलोफ़र ने अभी खुला धंधा नहीं किया था। सूरजमल जी को तो वह अपना शौहर ही बना बैठी थी। बिल्कुल गृहस्थन बन गई थी। उसके बाद भी बिल्कुल हियाओ नहीं उठा था। मैनेजर उसे बड़ी ही नीची सीढ़ी मालूम हो रहा था। टैक्सी ड्राइवर को तो वह सेठ ही समझी थी इसलिए उसका ज़मीर[3] साफ़ था। वह अपने ज़ेह्न में उसे बजाए टैक्सी ड्राइवर के एक नामालूम और पुरअस्रार[4] हस्ती समझकर अपना दिल बहला रही थी। उसने दिमाग़ पर बहुत ही ज़ोर डालने की कोशिश की, मगर कुछ याद न आया कि टैक्सी में कैसे आ गई! वह तो सेठ की गाड़ी में थी। क्या सेठ उसे एक अनजान टैक्सी ड्राइवर को पकड़ाकर चलते बने? ज़रूर कोई राज़ है? ये कैसे हो सकता है? मगर फिर यह सोचकर दिल डूबने लगता है : क्यों नहीं हो सकता? सब कुछ हो सकता है। मासूमा नीलोफ़र

---

1. ख़राब शक्ल, 2. अंतरिक्ष, शून्य, 3. अंतरात्मा, 4. रहस्यमय।

बन सकती है, अम्मी जान नायिका बन सकती हैं, अब्बा जान सबको भूल सकते हैं, भाई मुँह मोड़ सकते हैं तो फिर सेठ कौन-सा उसका सगा है!

मैनेजर को हज़्म[1] करने के लिए उसने इतनी शराब पी कि अगर उसे कुत्ते के साथ सोना पड़ता तो उसे भी उसी जोश से चूमती। उस दिन उसने पस्ती[2] की तरफ़ बड़े लम्बे-लम्बे डग बढ़ाए। नंग-धड़ंग सारे कमरे में नाचती फिरी। फिर ग़ड़ाप से गर्म पानी क़े लबरेज़ टब में कूद पड़ी। मैनेजर की बेताबियों को ठुकराकर वह पानी में ऐंडती रही। बड़ी मुश्किल से निकाला तो वह वहीं कमोड से सिर टिकाकर बच्चों की तरह फूट-फूटकर रोने लगी। उसका नशा उतरने लगा। मैनेजर से डर लगने लगा।

"तुम—तुम मेरी इज़्ज़त लेना चाहते हो कमीने! बदमाश! हरामज़ादे!" वह गुस्लख़ाने का सामान उठा-उठाकर उसके सिर पर फेंकने लगी।

बेचारा मैनेजर सटपटा गया और कुर्सी पर गिरकर पसीना पोंछने लगा। तब उसे उस पर बड़ा रहम आया। चौपाटी पर एक दिन एक लंगड़ा कुत्ता पड़ा था। उसके ज़ख़्मों में सफ़ेद-सफ़ेद चावल जैसे कीड़े हिल रहे थे। नीलोफ़र उसे देखकर धारोंधार रोने लगी थी। मैनेजर की फटी-फटी आँखें देखकर उसे क़ै आ रही थी। मगर उसने उस ज़ख़्मी कुत्ते को याद किया और उसे चुमकारने लगी।

"पुच-पुच—मोती-मोती—"

मैनेजर सहमा हुआ था। घिघियाई नज़रों से देखा फिर उसकी तरफ़ बढ़ा। डरते-डरते उसने तौलिये से उसका बदन ख़ुश्क किया। वह चुप रही। फिर उसे चुपचाप मसहरी पर लिटाकर कम्बल उढ़ा दिया। नीलोफ़र हँसने लगी। उतरते हुए नशे से डरकर उसने जल्दी-जल्दी पूरा गिलास हलक़ में उतार लिया। कम्बल को लात मारकर दूर फेंका। मैनेजर बिल्कुल चूमर हो गया। नीलोफ़र ने सफ़ेद हिलते हुए चावलों की उबकाई हलक़ में घोंटी और उसकी तरफ़ हाथ फैला दिये।

तीन रोज़ में उसने इतनी शराब पी कि सारी उम्र की मिलाकर इतनी न पी थी। उसे मालूम हुआ, मैनेजर इतना मुश्किल निवाला नहीं कि घूँसा मारकर हलक़ के पार न किया जाए। पर्स ख़रीदना भूल गई, वरना वह ग़रीब तो उसके हिस्से से कहीं ज़्यादा दे रहा था। ख़ैर चलते वक़्त ले लेगी। उसे पैसे रखने का सलीक़ा न था। पर्स सजावट के लिए हाथ में पकड़ लेती थी। उसने तो बरसों

---

1. पचन, 2. गिरावट, नीचता।

से रुपया ग़ौर से देखा भी न था। सिक्के ढालने की मशीन की तरह वह रुपया बनाती थी, जिसे मम्मी बड़े सलीक़े से रखती थीं। उसने किताबों में पढ़ा था : माँ अपनी औलाद की ख़ातिर दुनिया भर के दुख उठाती है। चक्की पीसकर, सिलाई करके बच्चों का पेट पालती है मगर उसकी माँ ने तो चक्की छोड़, कभी सन्दल भी नहीं घिसा। नानीजी ने पाल-पोसकर बड़ा किया। हमेशा फूफियों, ख़ालाओं ने स्वेटर बुने, फ़रॉकें सीं। उस्तानियों ने पढ़ाया। हाँ, मजबूरन नौ महीने पेट में ज़रूर रखा। उनका बस चलता तो किसी अन्ना या दाई के पेट में ही उसे पलवा लेतीं। बस उन नौ महीनों का वह किराया वुसूल कर रही थीं, पगड़ी के साथ।

तब वह दुआ माँगने लगी कि अल्लाह करे मम्मी मर गई हों। सफ़ेद-सफ़ेद कफ़न में उनका फूला हुआ चेहरा देखकर उसे बड़ी हँसी आएगी। फिर वह उनकी बड़ी मज़बूत और पक्की क़ब्र बनवाकर उस पर लोबान जलवाएगी। फिर बच्चों की फ़ीसों के तक़ाज़े ख़त्म हो जाएँगे। ज़ुबैदा की शादी के लिए रुपये की ज़रूरत न रहेगी। आख़िर वह उनके बच्चे क्यों पाल रही है? वह भी उनकी लड़की है, उनका ख़सम[1] तो नहीं। फिर वह उसे ख़सम समझकर तक़ाज़े क्यों करती हैं?

सारा दिन वह पड़ी सोती रहती। शाम को क्राइस्लर में सैर को जाती। छह-सात बजे लौटकर पीने का प्रोग्राम शुरू हो जाता। रात गए तक ऐश रहते। चौथे दिन उसे ऐसा मालूम हुआ कि वह बरसों से इसी मैनेजर के साथ रह रही है। रहते-रहते जी घबरा गया है। दिन कितने लम्बे हैं, रातें शैतान की आँत की तरह कितनी तवील[2], ख़्वाब कितने उलझे हुए, कितने नातमाम[3]!

जब बोर हो जाती तो मैनेजर को गालियाँ देने लगती, जूते मारती। फिर जब वह लंगड़े कुत्ते की तरह मरी-मरी नज़रों से उसकी तरफ़ देखता तो हँसकर उसके सीने से लग जाती। यकसानियत[4] से तंग आकर वह बम्बई जाने को तैयार हो गई। मैनेजर की घिग्घी बँध गई। उसका दिल बहलाने के लिए वह प्राइवेट फ़्रेंच फ़िल्म दिखाए, जिन्हें देखकर उसे सचमुच उल्टी हो गई और वह उसके मुँह पर थूककर गुस्लख़ाने में बन्द हो गई और कमोड से सिर टिकाए, ज़मीन पर बैठी, घंटों रोती रही, यहाँ तक कि उसकी आँखों से पानी निकलना

1. पति, 2. लम्बी, 3. अधूरे, 4. एकरसता।

बन्द हो गया, जैसे सोते[1] सूख गए हों!

"यह क्या हमाक़त[2] है?" फिर ख़ुद ही उसने सोचा और बुझे दिल से आकर पलँग पर पड़ गई। सिर में दर्द हो रहा था। दिल में वहशत[3] के तूफ़ान उठ-उठ रहे थे। एकदम पलँग पर उठकर बैठ गई। कमरे में अँधेरा रेंग आया था। मैनेजर नौकरों पर गुस्सा उतार रहा था। लोग कमरों में बन्द बैठे न जाने क्या कर रहे थे। अलमारी में पड़ी बोतल में मुश्किल से एक पैग निकला। चिढ़कर उसने घंटी बजाकर बैरे को बुलाया।

"हमको टैकसी लाकर दो। बम्बई जाने का है।"

"बम्बई का गाड़ी इस वक़्त नहीं जाएगी।"

"ओह! उसके नसीब की गाड़ी कब जाएगी? उसका जी घबराने लगा। वक़्त काटने के लिए पलँग पर पड़े-पड़े उसने पहले बीयर और फिर व्हिस्की पीनी शुरू कर दी। मैनेजर जब सहमा-सहमा आया तो वह गन्दी-गन्दी बातें करके हँसने लगी। फिर वही फ़िल्म, जिन्हें देखकर उसे उल्टी हो गई थी, देखने की ज़िद्द करने लगी।

उस दिन तो मैनेजर नशे में था, आज नीलोफ़र नशे में थी।

"अगर किसी ने रिपोर्ट कर दी तो मेरा होटल बन्द हो जाएगा।" वह बहाने करने लगा। गए साल न जाने किसने ख़बर कर दी, पुलिस ने मेरा नातिक़ा[4] बन्द कर दिया। वह तो बीच में नवाब साहब पड़े तब जाकर कहीं पीछा छूटा, वरना तड़ी पार कर देते। नवाब साहब ने कहा : मेरी फ़िल्म है।"

"फिर ?"

"फिर क्या? मुट्ठी गर्म कर दी।"

"फिर?"

"अरे फिर साले ख़ुद भी बैठकर देखने लगे।"

फ़िल्म देखकर नीलोफ़र फिर हवास-बाख़्ता[5] हो गई।

"उफ़! कम्बख़्त क्यों देखते हैं? मौत आए नामुरादों को!"

"दिल के बहलावे के लिए। दूसरे..."

"दूसरे क्या?"

मैनेजर ने मुस्कुराकर उसे देखा।

"जाने दो।"

---

1. स्रोत, 2. बेवक़ूफ़ी, 3. भय, 4. वाणी, बोलती, 5. होश उड़ना।

‘‘बताओ ना। तुम्हें हमारी क़सम।’’

‘‘सूरजमल जी को शौक़ नहीं?’’

‘‘किस बात का?’’

‘‘क्यों बन रही हो?’’

मैनेजर ने उसे बताया कि बहुत से होटल में ठहरने वालों को अजीब-अजीब शौक़ होते हैं। लोग बम्बई में जब कारोबार से थक जाते हैं तो यहाँ जी बहलाने को आ जाते हैं। अगर कोई होटल लड़कियाँ और शराब न मुहैया करे तो चार दिन में उजड़ जाए।

‘‘लड़कियाँ कहाँ से बुलवाते हैं?’’

‘‘अरे हमें बुलवाने की ज़रूरत नहीं पड़ती। लड़कियाँ ख़ुद या उनके दलाल उल्टा हमें कमीशन देते हैं कि हम उन्हें सेठों तक पहुँचा दें। कुछ पहले ही से इन्तिज़ाम कर के आते हैं। मैं ख़ुद कोई चीज़ सप्लाई नहीं करता। बैरे सब मामला ठीक कर देते हैं। बस मैं ज़रा दूसरी तरफ़ देखने लगता हूँ।’’

‘‘किसी दिन धर लिए जाओगे।’’

‘‘अजी ऐसी कच्ची गोलियाँ हमने नहीं खेली हैं। चार खूँट चौकस मामला न हो तब तक मेरे नौकर भी मुँह नहीं लगाते। बाक़ायदा रजिस्टर में ख़ानापुरी रहती है। अफ़्सरों को खिलाना-पिलाना भी पड़ता है।’’

‘‘वह क्यों?’’

‘‘इसलिए कि बेकार को तंग न करें। वह तो खोटा धंधा न भी करो तो भी हम लोगों की बड़ी आफ़त है। न खिलाओ तो आए दिन परेशान करते रहते हैं। साला हैड बैरा बड़ा तंग किया करता था। यूनियन का लफ़ड़ा शुरू कर दिया। मैंने बहुत समझाया कि मेरे आदमियों को पगार की कभी देरी नहीं होती। मज़े से जितना चाहो, पेट भर खाना खा लो। टिप में मैनेजमेन्ट का छः आने शेयर है, वह ख़ैर कोई बात नहीं। मगर साले ने पैर निकालने शुरू कर दिए। आठ साल से मेरे साथ था, कभी कोई शिकायत नहीं हुई। आप ही आप न जाने क्या दिमाग़ में कीड़ा रेंगा कि उल्टी-सीधी हाँकने लगा। मैंने कहा, साले ऐसी की तैसी तेरी और तेरी यूनियन की। बस मैंने तीन-चार, जितने भी उसके गुरगे थे, सबको निकाल बाहर किया। अरे हुज़ूर, उन्होंने तो होटल के सामने सत्याग्रह शुरू कर दी। आते-जाते को हलकान करते। बस मैंने उठाकर दुरुस्त कर दिया।’’

"कैसे जी?" नीलोफ़र को मैनेजर की डींगों में बड़ा मज़ा आ रहा था।

"पूरे का पूरा बक्स पकड़वा दिया विदेशी शराब का साले के घर में।"

"ऐ है।"

"हज़ार-पाँच सौ का ख़र्चा हुआ तो क्या? सारा अम्ला[1] .खुश हो गया।"

"क्यों?"

"कोर्ट में तो एक ही बोतल काफ़ी थी, सो पेश कर दी गई। बाक़ी का बक्स यहीं इसी होटल में लाकर गुलछर्रे उड़ाए सालों ने।"

"कैसे बदज़ात हो तुम लोग। और ये ऐन्टी-करप्शन वाले कुछ नहीं कहते इन कम्बख़्तों को?"

"अरे क्या ऐन्टी-करप्शन। अपने यहाँ कोई मामूली लोग ठहरते हैं। अपनी बड़े-बड़ों से दाँत काटी रोटी है। मजाल है जो चूँ भी कर जाए कोई। हाँ, बस इतना फ़र्क़ हुआ, पहले एक को भुगतना पड़ता था, अब दो को।"

"यानी करप्शन और ऐन्टी-करप्शन?"

"हाँ जी।"

उस रात नीलोफ़र ने कई और सीढ़ियाँ फलाँग डालीं। मैनेजर के ज़ेरे-साया उसने उन फ़िल्मों से फ़न सीखा। पहली मर्तबा गाँजे की सिगरेट पी और मॉरफ़िया का इन्जेक्शन भी आज़माया। दो-चार दफ़ा देखने के बाद उसे उन फ़िल्मों में मज़ा आने लगा। उसका जिस्म ही नहीं रूह भी नंगी हो गई। वही नीलोफ़र जो कभी मासूमा थी, और एक दफ़ा उसकी ख़ाला जान नहाते में गुस्लख़ाने में घुस आई थीं तो ऐसे फूट-फूटकर रोई थी जैसे वह काँच की बनी हुई थी और किसी ने पत्थर से चकनाचूर कर दिया। ख़ाला जान ने क़स्में खाईं कि गुस्लख़ाने में अँधेरा था, उन्हें कुछ नज़र नहीं आया। मगर उसका जी न ठहरा, क्योंकि उसने तो महसूस किया था। आज उसकी दुनिया नंगी नाच रही थी और इफ़्रीत[2] ताल दे रहे थे।

शाम का वक़्त था। नीलोफ़र का बदन टूटने लगा था और बेतरह जम्हाइयाँ आ रही थीं। वह जिस दिन से पूना आई थी, घर की कोई ख़ैर-ख़बर नहीं मिली थी, न ही उसने कोई इत्तिला[3] दी। मम्मी घबरा तो न रही होंगी? वही मम्मी जो उसे एक दिन के लिए फूफी के यहाँ भेजते झिझकती थीं क्योंकि उनके जवान-जवान बेटे थे। वह आज इतने दिन से ग़ायब थी मगर उन्हें शायद फ़िक्र

---

1. कर्मचारी, 2. राक्षस, 3. सूचना।

न थी; जैसे वह औरत ही नहीं, उसकी इस्मत[1] ही नहीं। एक आबरू-बाख़्ता[2] औरत की माँ को क्या डर? यह भी तो डर नहीं कि कोई उसका गला ही घोंट देगा। कोई काटकर नदी में बहा देगा। अब वह उनकी नाक नहीं, चौराहे की नाक थी, जो जड़ से कट चुकी थी।

इतने में मैनेजर साहब हवास-बाख़्ता[3] भागे आए।

"ग़ज़ब हो गया?"

"क्या हुआ?"

"राजा साहब आए हैं। यह सूरजमल साला पक्का हरामी है।"

"क्या हुआ?" नीलोफ़र ने चिढ़कर पूछा, "क्या ऊट-पटाँग बक रहे हो? कौन उजड़े राजा साहब आ गए? और आ गए तो तुम काहे को बौला[4] रहे हो?"

"नहीं तो।" मैनेजर साहब बग़लें झाँकने लगे। मगर फिर झल्लाकर बोले : "साला कहता है जगा दो, इसकी तो माँ की..."

"चूल्हे में जाओ, मरो। न जाने क्या हाँक रहे हो, किसे जगा दो?"

"तुम्हें" रुहाँसी आवाज़ में बोले।

"ए जी मैं जाग तो रही हूँ।" काश वह जाग न रही होती, यह एक भयानक ख़्वाब होता, दस बरस लम्बा; जलता, सुलगता, दोज़ख़ का ख़्वाब–और वह जाग पड़ती। किताबें उठाकर वह मम्मी से ठिनक कर कहती : "आज हिस्ट्री का टेस्ट है। नाश्ता देना है तो झटपट दे दीजिये, वरना मैं जाती हूँ।" मगर नहीं, शायद वह सोई ही नहीं, कभी नहीं सोई। और न कभी कुँआरपन की दोशीज़ा नींद फिर उसकी आँखों को चूमेगी। वह यूँ ही आँखें फाड़े ख़ला को तकते-तकते एक दिन सर्द हो जाएगी। फिर मनों मिट्टी तले उसके सारे सपने टूटकर सफ़ेद हिलते हुए कीड़े बन जाएँगे।

फिर मैनेजर ने बताया कि सूरजमल ने उसे नवाब को बख़्श[5] दिया। बख़्शना क्या, वह दो-चार माह के लिए बीवी बच्चों के साथ हाँग काँग, सिंगापुर वग़ैरा जा रहे हैं। अभी तो बीवी बच्चे जा रहे हैं, वह देहली से सीधे पहुँच जाएँगे। शगूफ़ा के साथ फ़िल्म अभी तो ठप पड़ी है।

"मेरी फ़िल्म को ठप करने वाले वह होते कौन हैं। ऐसी की तैसी उनकी। और शगूफ़ा को निकाल बाहर करुँगी मुर्दार को। सब कुछ तो मेरे हाथ में है।"

---

1. इज़्ज़त, 2. इज़्ज़त बेचने वाली औरत, 3. घबराया हुआ, 4. बौखलाना, 5. प्रदान।

"वह तुम जानो। अब इस वक़्त राजा साहब का क्या होगा?"

"होगा तुम्हारा सिर।"

"वह तुम्हें लेने आए हैं।" मैनेजर ने सिसकी ली।

"मुझे क्यों लेने आया कुत्ता?"

"अरे आहिस्ता बोलो।"

"क्यों आहिस्ता बोलूँ? उसका दिया खाती हूँ?"

"कुछ ऐसा ही मामला है। वह तुम्हारी माँ को महीने का ख़र्च देकर आया है।"

"क्या?"

"तुम ख़ुद बात कर लो।"

"मैं नहीं करती बात-वात। तुम इन्कार कर दो।"

"इन्कार कर दूँ? मगर..."

"कह दो हम शादी कर रहे हैं।"

"अरे-रे, यह क्या? क्या कह रही हो? वह मेरा सिर खा जाएगा। जानती हो बड़े-बड़े ओहदेदारों और मिनिस्टरों का लँगोटिया यार है। सब कहने की बातें है कि राजे-महाराजे ख़त्म हो गए। अब बेफ़िक्री की ज़िन्दगी मिल गई है। न रियासत की परवाह न कुछ, मज़े से पन्द्रह लाख पॉकेट-मनी मिल जाती है, ऐश करते हैं साले। इस होटल पर बहुत दिनों से दाँत है। मैंने बड़ी बिंती करी कि मेरी रोज़ी का ठीकरा है, वरना वह तो इसे आज पगड़ी देकर ख़रीद ले। पाँच साल का मेरा कान्ट्रेक्ट ख़त्म हो रहा है। बला का कमीना है।"

"मगर मैं तो उसके साथ नहीं जाना चाहती।"

"वह...वह कहता है निकाल दो।"

"क्या कहता है—निकाल दो? उसके बाप का है होटल? हरामी पिल्ला।"

"हो सकता है। कहते हैं बड़ी रानी साहिबा से मिस्टर इन्जीनियर का बड़ा याराना था।"

"कौन मिस्टर इन्जीनियर?"

"इस होटल के मालिक का चचा। बे-औलाद मरा, सब भतीजे को दे गया। रानी साहिबा ने उसे बहुत दिया था।

"हूँ—तो फिर निकाल दो।"

"यह कैसे हो सकता है? नहीं नीलोफ़र बाई।" मैनेजर की आँखें भर आईं। मैंने बड़ी मिन्नत-समाजत की, साला ठोकरें मारने लगा कि हमारी रीस करते हो।

वही अपनी नटनियों-घाटनों तक रहो। दिमाग़ ख़राब हुआ है। कहो, साले हम भी तो इनसान हैं। दिल आ जाए तो कोई क्या करे?

"तो फिर क्या करोगे?"

"यही तो तुमसे कह रहा हूँ। तुम ही बताओ।"

"मगर मेरी तो कुछ समझ में नहीं आ रहा है।"

"अब मैं कैसे समझाऊँ तुम्हें।"

इतने में बैरे ने दरवाज़ा खटखटाया।

"राजा साहब बोलते हैं हमको देर होती है।"

"हाँ, हाँ अभी आती हैं। नहा रही हैं। चलो जल्दी से तैयार हो जाओ। उठो।" उन्होंने फिसलते हुए ड्रेसिंग गाऊन का गिरेबान बन्द करके कहा।

"नहीं नहाती।" नीलोफ़र ने सारे बटन खोल दिए। मैनेजर की घिग्घी बँध गई। उनके पसीने में तर, गीले-गीले हाथ ड्रेसिंग गाऊन के पट भेड़ने के बजाए बहकने लगे।

"सुनो।" उसने गर्दन पर से उनकी राल पोंछते हुए कहा।

"क्या?" मैनेजर साहब की आँखों से आँसू बह रहे थे।

"चलो गुस्लख़ाने से निकलकर भाग चलें।"

"नहीं यह कैसे हो सकता है? मार डालेगा।" उनकी हालत उस चोर बच्चे की-सी थी जो माली के डर से भागता जाता है और फल भंभोड़ता जाता है। आधा पूरा जो भी हाथ लग जाए।

"क्यों नहीं?" नीलोफ़र ने उन्हें परे धकेलकर कहा।

"वह...वह...बात यह है कि...वह तुम तैयार तो हो जाओ।"

"पहले बताओ क्यों नहीं? क्या मैं तुमको पसन्द नहीं।"

"हो पसन्द।"

"मेरे ऊपर जान जाती है?"

"जाती है।"

"मेरे बिना जी नहीं सकते?"

"नहीं जी सकता।"

"तो फिर चलो भाग चलें।"

"नहीं...मगर..."

"क्यों? अगर-मगर काहे की?"

"वह बात यह है...अब तुम्हें कैसे समझाऊँ?"

"तुमने इतने पैसे ख़र्चे मेरे ऊपर, तुम्हारा भी तो कुछ हक़ है।"

"हाँ वही तो कह रहा हूँ। इस वक़्त मुझे बचा लो। बड़ी मुसीबत में फँस गया हूँ।"

"क्या सब दे दिए उसने?" नीलोफ़र ने उसकी हिचकिचाहट से ताड़ते हुए कहा।

"हाँ।" मैनेजर साहब ने आँखें चुराकर छत की तरफ़ देखा।

"ऊपर से कितने?"

"कुछ बहुत नहीं।"

"कितने? बताओ।" उसने लात मारकर कहा।

"दस हज़ार।" मैनेजर साहब उसकी ज़द[1] से बचकर दूर हो गए।

"तो वापस कर दो।"

"वापस। वह नहीं लेगा।"

"तुम मुँह पर मार दो जा के। मुझे चाहते हो तो वापस कर दो। नहीं कर सकते?"

"मैं मजबूर हूँ।"

"मजबूर हो?"

"हाँ मैं ग़रीब आदमी हूँ, बाल-बच्चों वाला हूँ। मालिक मुझे बड़ा तंग करता है। इस रुपये से मैं एक छोटा-सा होटल खोल लूँगा। इस नामुराद से पीछा छूटेगा।"

"तुम बाल-बच्चों वाले आदमी हो?"

"हाँ बाई।"

"और मुझ पर मरते हो?" चुप!

"मेरे बग़ैर जी नहीं सकते?" चुप!

"मेरे लिए जान दे सकते हो मगर रुपया वापस नहीं कर सकते?"

"मगर इस से क्या होगा। वह बड़ा ज़िद्दी है। मैं उससे कैसे टक्कर ले सकता हूँ।"

"अच्छा तो इस प्यार की ख़ातिर एक बार मेरे होंठ तो चूम लो।"

मैनेजर भड़का।

"दाम नहीं ख़रचना होंगे। मुफ़्त। बस एक बार। लो मुझे बाँहों में ले लो।"

---

1. पहुँच।

उसने ड्रेसिंग गाऊन कुर्सी पर छोड़ दिया और खड़ी हो गई।

और जब मैनेजर साहब के गीले-गीले राल में तर होंठ उसके क़रीब आए तो उसने अपने दिल का सारा ग़ुस्सा, सारी हतक[1] मुँह पर समेटकर उसके चेहरे पर थूक दिया।

"भई वाह।" राजा साहब दरवाज़े में खड़े उसे आँखों से टटोल रहे थे। मैनेजर सट से बाहर निकल आया।

"दरअसल सारा क़ुसूर मेरा है।" उन्होंने ठोकर से दरवाज़ा भेड़ दिया और बड़ी बेतकल्लुफ़ी से पलँग पर उसकी तरफ़ पीठ करके बैठ गए।" वह सालाना मुशायरे की सदारत[2] करना थी, उधर फँस गया। बहुत कहा, भई किसी और को पकड़ो। मगर नहीं साहब, सिर हो गए कि हुज़ूर आप के सिवा इस मुशायरे की सदारत कोई नहीं कर सकता, वरना कहिए तो मुशायरा ही मुलतवी[3] कर दें। अब मैंने सोचा। चैरिटी फ़ंड का मुशायरा है, झेल जाओ तो अच्छा है। फिर तुम जानो जब शु'अरा[4] जमा हों तो पीने-पिलाने का प्रोग्राम चलता ही है। फिर मैं दावत न करता, यह कैसे हो सकता है? बस इसी में इतने दिन लग गए।"

नीलोफ़र ड्रेसिंग गाऊन के बन्द बाँधती वहीं कुर्सी पर बैठ गई। उसने कई दावतों, पार्टियों और मुशायरों में राजा साहब को देखा था। साठ-बासठ का सिन, मगर लोहे की लाठ बने रखे थे। रंगीन मिज़ाज थे। जब से रियासत छुटी थी, महल की लौंडियाँ तो बहुत-सी इधर-उधर हो गई थीं। इधर-उधर कहाँ, सीधी ऐश घर जा पहुँची थीं। जो ज़रा सलीक़े वाली थीं, उन्होंने शादियाँ कर डाली थीं। बाक़ी वही धंधा वसी पैमाने पर[5] कर रही थीं।

अब राजा साहब का टेस्ट भी बदल गया था। नाम की फ़िल्मस्टारों और तबाह-हाल ख़ानदानी बहू-बेटियों में दिलचस्पी लेने लगे थे। गाना सुनने का बड़ा शौक़ था। राजा होते हुए भी जदीदतरीन[6] सरमायादारी[7] दिमाग़ के मालिक थे और बड़ी तेज़ी से बम्बई और दूसरे बड़े शहरों में जायदाद बना रहे थे। कई बड़ी विलायती फ़र्मों में हिस्से थे। मलाबार हिल और पेडर रोड पर फ़्लैट बना-बनाकर ऊँची पगड़ी पर उठा रहे थे। उन्हें ऐंग्लोइन्डियन और यूरोपियन औरतों से कराहत[8] आती थी। इस मामले में वह इंतिहाई देसी थे। हमेशा बिदेसी माल पर देसा माल को तरजीह[9] देते थे। होम इन्डस्ट्री के इस सीग़े[10] को उनकी ज़ात से

1. अपमान, 2. अध्यक्षता, 3. स्थगित, 4. शायर का बहु., 5. अधिक परिमाण में, 6. बहुत अधिक आधुनिक, 7. पूँजीवाद, 8. घृणा, 9. प्रधानता, 10. विभाग।

बड़ी तरक़्क़ी मिली। नीलोफ़र पर उनकी अर्से से नज़र थी मगर सूरजमल हिचर-मिचर कर रहा था क्योंकि शगूफ़ा से पहले वह वाक़ई नीलोफ़र को चाहता था। उन्हें सूरजमल की एक घोड़ी भी पसन्द थी, मगर वह किसी क़ीमत पर भी बेचने का इरादा न रखता था।

"सूरजमल जी उस घोड़ी को अलग करने का जब कभी इरादा हो तो मुझे बताइएगा।" वह हमेशा कहा कहते थे। आख़िर उन्होंने ऊँची क़ीमत लगाकर सूरजमल का इरादा करवा ही लिया। उन्हें नीलोफ़र भी मिल गई और घोड़ी भी। सिर्फ़ सूरजमल की ज़ेरे-तकमील फ़िल्म सारे घाटे के साथ ख़रीदना पड़ी। इस क़िस्म की ख़रीद-फ़रोख़्त आपस में, दोस्तों में हुआ ही करती है। इस फ़िल्म की क़ीमत वह जब चाहे खड़ी कर सकते हैं। फ़िल्म इंश्योर्ड है, गोदाम इंश्योर्ड है, किसी दिन भी आग लग सकती है और माल से दुगना नुक़्सान दिखाया जा सकता है ताकि बढ़ते हुए मुनाफ़े का कुछ हिस्सा इधर डूबता दिखाया जा सके। ये सब बिज़नेस के गुर हैं। उनकी दादर वाली कपड़े की मिल में इतना मुनाफ़ा हुआ कि छक्के छूट गए। अच्छी क़ीमती मशीनें रातों-रात वहाँ से उठवाकर आग लगवा दी। बाद में वही मशीन किसी दूसरे की कहकर दुगनी क़ीमत पर ख़रीद ली। कुछ घपला हुआ तो शानदार दावतें कीं, याराने काम आए। मुसीबत यह है कि राजा साहब जिस कम्पनी का हिस्सा ले लें वह सोना उगलने लगती है।

"मगर वह फ़िल्म आपने कैसे ख़रीदी? वह तो मेरी है।" नीलोफ़र ने खाने पर कहा।

"वहाँ वही फ़िल्म जो तुमने सूरजमल जी को बेच दी।"

"मैंने तो ख़ाक नहीं बेची।"

"मैं कच्चा काम नहीं करता। मेरे वकील ने बड़ी छानबीन कर ली है। तुमने सूरजमल जी को हुंडियाँ लिखकर दी थी।"

"हुंडियाँ? नहीं तो।"

"तुमने कभी दस्तख़त दिए तो होंगे, किसी रसीद पर।"

"नहीं। हाँ, वह बच्चों की फ़ीस जाती थी और कभी स्टूडियो के मुतअल्लिक़ कोई प्रॉपर्टी आती थी। इसके अलावा सिर्फ़ पिक्चर की सेल के वक़्त दस्तख़त किए, तो वह सब वकील देख लेता था।"

"तुम्हारा वकील या सूरजमल का।"

"ऐ भाई मेरा वकील, एहसान साहब। ओह!" वह एकदम सन्नाटे में रह गई।

"एहसान साहब एक हरामी है।"

"मगर जब तक तो हमारा झगड़ा भी नहीं हुआ था।"

"समझ में नहीं आता इसमें झगड़े को क्या दख़्ल[1] है। सूरजमल जी कुछ पैसा तुम्हारे नाम से बिज़नेस में लगाना चाहते होंगे, मगर अहमक़[2] तो हैं नहीं, अपनी पोज़ीशन पक्की कर ली होगी।"

"और लोग कहते थे नीलोफ़र ने सेठ को फाँसा है, दोनों-दोनों हाथों से लूट रही है।"

"ऊँह! जाने दो। वह कम्बख़्त बड़ा ही चलता पुर्ज़ा है। तुम जैसी भोली लड़की हाथ लग गई। हाल ही में तुमने फ़िल्म उनके नाम की है। तुम्हें याद न रहा होगा।"

और नीलोफ़र को याद आ गया। उस दिन ज़ेवर पहनाकर जब सेठ ने अपनी हवस की पूजा की थी तो उसके दस्तख़त एक दस्तावेज़ पर लिए थे।

"गधी की बच्ची।" उसने अपने वुजूद को गाली दी। सेठ के हाथ उसे बिच्छुओं की तरह जिस्म पर रेंगते महसूस हुए और उसने फुरैरी ली।

"ओह समझा। तो तुम्हें पता भी नहीं चला। भई ये कनोडिया कम्बख़्त जीनियस है। मेरी तो अक़्ल दंग रह जाती है जब उसके कारनामे सुनता हूँ। इतना लम्बा-चौड़ा कारोबार है, मगर किस ख़ूबी से मामला बिठाया है कि कौड़ी इन्कमटैक्स भी आज तक नहीं भरी। ये इन्कमटैक्स वाले दस और पन्द्रह रुपये तो बड़ी धूमधाम से वुसूल करते हैं, मगर ये जो फ़िल्म आर्टिस्ट लाखों ब्लैक लेते हैं उसे नहीं पकड़ पाते। ढाई हज़ार से तीन सवा तीन हज़ार आमदनी वाले की जान को लागू हो जाते हैं। अगर सी. आई. डी. उन्हें गिरफ़्तार करना चाहे तो सौ तरीक़े तो मैं बता सकता हूँ उन्हें घेरने के। दरअसल उसका ब्योपार सैकड़ों नामों से फैला हुआ है। जितनी लड़कियाँ रखता है उनके नाम से सारी चार सौ बीसी करता है।

"या बीवी के नाम से करता है?"

"नहीं। इस मामले में वह बड़ा शरीफ़ आदमी है। बीवी के सेफ़ डिपॉज़िट में सिर्फ़ सोना और जवाहरात हैं।"

राजा साहब साफ़ और खरे आदमी थे। उन्होंने साफ़ बता दिया कि मामला क़तई ब्योपारी है। उन्हें कभी औरतों की कमी नहीं रही, न रहेगी। उन्हें अर्से से एक ऐसी लड़की की तलाश थी जो ऊँचे तब्क़े में सोसायटी लेडी की तरह आ जा सके। उन्हें

---

1. पहुँच, 2. बेवक़ूफ़, 3. अस्तित्व।

सरकारी हल्क़ों में काम पड़ता है। वहाँ ये कचरा माल, जो पवन पुल या कुलाबा वग़ैरा में मिलता है, क़तई नहीं चलता। अँग्रेज़ी बोलनी आती हो, मगर हिन्दुस्तानी कल्चर से वाक़िफ़[1] हो; बालों का छत्ता सिर पर बनाए, मगर दोनों हाथ जोड़कर नमस्ते करे या लखनऊ की नवाबज़ादियों[2] की तरह आदाब अर्ज़ कहे। हैंडलूम की साड़ी पहने, मगर कॉकटेल का पैमाना नाज़ुक उँगलियों में थाम सके। कुछ ऐसा कचूमर हो कि हर क़ौम[3] का फ़र्द[4] मसूहूर[5] हो सके। जिसे जाहिल हिन्दुस्तानी देखें तो अँग्रेज़ समझें, और अँग्रेज़ उसे अजन्ता की गुफाओं से निकली हुई कोई ख़्वाबों की शहज़ादी समझें। फिर साथ में किसी भारी-भरकम ख़ानदान की शान-ओ-शौकत भी हो।

आमदनी कम-ओ-बेश वही रहेगी जो कनोडिया जी के ज़माने में थी। साथ में सोसायटी में इज़्ज़त मिलेगी सो अलग। यूरोपियन लोगों से वास्ता पड़ेगा। अप्रैल के आख़िर में यूरोप के दौरे पर जाना होगा। वैसे ख़ुद वह इन बातों में अब कमी करते जा रहे हैं। सेहत पर भी बुरा असर पड़ता है। बेहतर है कि सूरजमल का क़तई नोटिस न लिया जाए।

नीलोफ़र पक्का वादा कर चुकी थी कि वह राजा साहब को ठुकरा देगी, मगर उन्होंने उसे ठुकराने का मौक़ा ही नहीं दिया। उन्होंने किसी क़िस्म की छिछोरी ख़्वाहिशें भी नहीं कीं। नीलोफ़र से उन्होंने उसकी मर्ज़ी भी नहीं पूछी, मगर बस जैसे हुक्म दे दिया।

रानी साहिबा से उनकी अर्सा[6] हुआ बोलचाल तक बन्द थी, मगर बच्चे सब उन्हीं के ज़ेरे-साया पल रहे थे। बावुजूद जिस्मानी ख़लीज[7] के रूहानी[8] तौर पर वह अब भी उनसे मुतअस्सिर[9] थे। उन्हें इल्म-ओ-फ़ज़्ल[10] का ख़ज़ाना समझते थे। अपनी महबूबाओं को वैसे ही कपड़े पहनाते थे जैसे वह अपनी लड़कियों को पहनाते। सोसायटी में वह अल्ट्रामॉडर्न् समझी जाती थीं। उनके फ़ैशन और टेस्ट की धूम थी। राजा साहब ने दूसरे दिन उसके लिए नए कपड़े बनवाए। झमझम करती बनारसी साड़ियों की बजाय बड़े अजंताई क़िस्म के लिबास ख़रीदे गए। सोने और जवाहरात के बजाय निहायत पुराने, मगर जिन्हें हाल ही में जदरीद-तरीन[11] तस्लीम[12] किया गया था, ज़ेवरात ख़रीदे।

राजा साहब के हाथों में वह बिल्कुल कठपुतली बन गई। उन्होंने उसे सोचने का न मौक़ा दिया और न उसने ज़रूरत महसूस की। सोचने की अब गुंजाइश ही

---

1. जानकार, 2. नवाबों की लड़कियों की तरह, 3. मुल्क, 4. व्यक्ति, 5. मंत्रमुग्ध, 6. लम्बे समय से, 7. शारीरिक दूरी, 8. आत्मिक, 9. प्रभावित, 10. विद्वत्ता, 11. बहुत अधिक आधुनिक, 12. स्वीकार।

कहाँ रह गई थी? ज़िन्दगी के सारे भेद खुल चुके थे। जो होना है हो रहेगा। अब देखना है यहाँ से उछलकर वह किस की गोद में गिरेगी। और फिर एक दिन आयेगा जब वह उछलकर ख़ला[1] में मुअल्लक़[2] रह जाएगी या किसी चट्टान पर गिरकर पाश-पाश[3] हो जाएगी। आख़िर क्यों सब उससे इतनी जल्दी उक्ता जाते हैं। वह सोचती बहुत है और जब सोचती है तो किसी न किसी को बुरा लगता है।

उसकी ख़ाक समझ में नहीं आ रहा था कि राजा साहब ने उस पर दस-बारह हज़ार क्यों ख़र्च कर डाले। बस यूँही उसका जी डर रहा था। उसने उनसे बड़े इख़्लास[4] से पूछा तो वह मुस्कुराने लगे।

"भई मैं उन लोगों में से नहीं जो कहते कुछ हैं और करते कुछ हैं। मैं तुम्हारा आशिक़ नहीं, दोस्त हूँ। ऐसे काम में, जिसमें तुम भी खुश रहो और मेरा भी नुक़्सान न हो, मुझे रुपया लगाते हुए क्यों तकल्लुफ़[5] हो?"

"झूठ बोलता है नामुराद—अकड़ दिखा रहा है।" नीलोफ़र ने सोचा : मुझ पर रुआब डालने के लिए बन रहा है। मगर वह दस हज़ार न भी देता तो मैनेजर से वह आसानी से छुट सकती थी। ज़रूर कोई राज़ है। मगर वह चुप रही।

"मैं सेठ कनोडिया की तरह इन्कमटैक्स मार लेना या इधर-उधर घिस्से देकर काम चलाने का क़ायल नहीं। मुझे ऊँची सोसायटी में उठना-बैठना पड़ता है।" उन्होंने फिर ऊँची सोसायटी का हवाला दिया। "काम तुम्हें कुछ भी नहीं करना पड़ेगा। मुझे अकेले सफ़र करते कोफ़्त होती है, तुम्हें साथ रहना होगा।"

"और रानी साहिबा?"

"मैं कारोबार की बात कर रहा हूँ, सैर-सपाटे की नहीं। ज़ाया[6] करने को मेरे पास एक लम्हा[7] भी नहीं।"

"मगर कुछ मालूम भी तो हो कि मुझे क्या करना होगा।"

"कुछ नहीं, बस होस्टेस बनना होगा।"

"मगर मुझे तो होस्टेस बनना नहीं आता।"

"इसकी तुम फ़िक्र न करो। तुम तो पैदाइशी होस्टेस हो। फिर मैं जो साथ हूँ।"

"मगर इस काम के लिए तो कोई आला तालीमयाफ़्ता[8] लड़की..."

"अजी गोली मारो आला तालीमयाफ़्ता लड़कियों को। सिवाए उस्तानियाँ बनने के किसी मस्रिफ़[9] की नहीं होतीं। इसके लिए शक्ल-सूरत भी चाहिए। वैसे मिस अहमद मेरे साथ कई साल रही। कम्बख़्त हर साल शादी करके चल दिया

---

1. शून्य, 2. अधर में लटकी हुई, 3. टुकड़े-टुकड़े, 4. निश्छलता, 5. संकोच, 6. नष्ट, 7. क्षण, 8. अच्च शिक्षित, 9. प्रयोजन।

करती थी। फिर तीन महीने बाद रोती चली आ रही है। बड़े-बड़े अफ़्सरों को फाँसने के लिए जाल बिछाने लगी थी। मैंने बहुत समझाया कि तुम बेकार शादियों के चक्कर में पड़ती हो। शादी तुम्हारे ख़ून में ही नहीं, दूसरे मेरी बदनामी होती है।''

''भला आपकी बदनामी का क्या सवाल उठता है?''

''अरे तुम नहीं जानतीं। मुझे उन अफ़्सरों की बीवियों से भी तो मरासिम[1] रखना होते हैं। वह तो मेरी जान की दुश्मन हो जाती हैं। यूँ दोस्ती में तो कुछ हरज नही। मगर उस कम्बख़्त को बस शादी सवार हो जाती थी। ख़्वाहमख़्वाह के फ़ज़ीहते[2] खड़े होने लगते थे। यही बात मैं तुम्हारे कान में डाल देना चाहता हूँ। मैंने सुना था तुम भी सेठ कनोडिया से शादी पर अड़ गई थीं।''

नीलोफ़र खिसियानी सिर झुकाए रही।

''वैसे नहीं कहता, मगर सच्ची बात यह है कि...'' वह कहते-कहते रुक गए।

''कहिए कहिए, तकल्लुफ़ की क्या ज़रूरत है।''

''मैं सोच रहा था, यह औरतों को शादी का क्यों इतना शौक़ होता है! मैंने बड़ी-बड़ी रौशन ख़याल औरतों को देखा है, बस घूम फिर कर शादी पर आकर टिकती हैं। मगर बिज़नेस और शादी को गड्डमड्ड नहीं करना चाहिए। तुम वह नाइलॉन वाला गाऊन पहनोगी?'' वह एकदम से पटरी बदलकर दूसरे मैदान में दनदनाने लगे।

नीलोफ़र भौंचक्की रह गई।

राजा साहब जितनी बिज़नेस की बातें कर रहे थे, उतने सौदागर मनिश[3] न निकले। उनका मुहब्बत का तरीक़ा अजीब-ओ-ग़रीब[4] था। पीकर जब वह ख़ूब कस गए तो फूट-फूटकर रोने लगे। नीलोफ़र के हाथ-पाँव फूल गए।

''मैं बड़ा बदनसीब हूँ। मुझे सब ग़लत समझते हैं। आज तक किसी ने मेरे दिल की तन्हाइयों को नहीं पहचाना। लोग मुझे शराबी और अय्याश कहते हैं मगर मैं होश में हूँ। क्यों मैं हूँ ना होश में?'' वह हिचकियों के दरमियान लम्बी साँसें भरकर पूछने लगे। और फिर उन्होंने रो-रोकर अपने इश्क़ की दास्तान सुनाई, किस तरह उन्हें एक पारसी हसीना से जानलेवा क़िस्म का इश्क़ हो गया था। मगर रियासत के मतलबी लोगों ने उसे उनसे जुदा कर दिया।

---

1. मेल-जोल, 2. झगड़े, 3. प्रकृति, 4. विचित्र।

"मैं बहुत दुखी हूँ। मुझे मुहब्बत की ज़रूरत है। सच्ची और बेग़रज़ मुहब्बत की ज़रूरत। अगर कोई औरत चाहे तो फिर मेरे दिल में जीने की ख़्वाहिश पैदा हो सकती है। मासूमा बीबी, मुझसे प्यार करो।" बरसों पहले दूर किसी ने आवाज़ दी :

"मासूमा बीबी, दुपट्टा सँभाल के ओढ़ो, क़ुराने-पाक सामने रखा है।"

नीलोफ़र ने मासूमा की तरफ़ प्यार से देखा और रो पड़ी।

"मासूमा बीबी तुम रो रही हो? तुम्हें मेरे ऊपर तरस आ रहा है।"

राजा साहब हिचकियों से रोने लगे। मासूमा सिर पर आँचल का बुक्कल मारे हिल-हिलकर उनत्तीसवाँ पारा[1] पढ़ रही है। अगले जुमे क़ुरान शरीफ़ ख़त्म हो जाएगा। फिर नशरह[2] होगा। गुलाबी पोथ का पाजामा और पिस्तई जाली का दुपट्टा। उसके पिंडे से बगूले उठने लगे। दादा अब्बा की बोई हुई मेहँदी से शोले उठ-उठकर फ़िज़ा पर छा गए।

"स्कूल में जो नाम था वही ठीक रहेगा—मासूमा बेगम।"

"नहीं।" "नीलोफ़र ने चिढ़कर कहा। दूर—उसकी दुनिया से दूर—उसकी हमजमाअत[3] लड़कियाँ : फ़रहाना अनवर अली, तहमीना मर्चेन्ट, गुल बानो वज़ीर हसन, नूरा पीर हसन, मासूमा—वह सब जुदा हो गईं। वह ज़िन्दा हैं। मासूमा मर गई और अब वह उसको क़ब्र से खेंचकर नहीं निकाल सकती। सफ़ेद-सफ़ेद हिलते हुए कीड़ों ने अब ख़ाक भी नहीं छोड़ी। नहीं उसे मत छेड़ो। वरना ये ख़्वाब भी बिखर जाएगा। उसकी दोशीज़गी[4] को न मसलो।

मगर राजा साहब ज़िद्द करने लगे :

"नीलोफ़र कुछ रंडियों जैसा नाम लगता है। तुम इस बारीकी को नहीं समझोगी। पोज़ीशन गिर जाती है। नाम ही से मालूम होता है, कोई साली टखियाई है। यह समझने वाले ही समझ पाते हैं।"

"क्या समझ पाते हैं।"

"पुलिस ऐक्शन के बाद बहुत-सी रंडियों ने कहना शुरू कर दिया कि वह फ़ुलाँ[5] जंग या फ़ुलाँ ओहदेदार की बहू, बेटी या रिश्तेदार हैं, मियाँ छोड़कर पाकिस्तान चला गया है। यूँ टखियाइयाँ भी शरीफ़ज़ादियों के भाव बिकने लगीं।"

---

1. क़ुरान शरीफ़ तीस पारों का ग्रंथ है, 2. जब क़ुरान शरीफ़ ख़त्म होता है तो ख़ुशी मनाते हैं, 3. सहपाठी, 4. कुमारपन, 5. अमुक।

"मगर इससे फ़र्क़ ही क्या पड़ता है?"

"बहुत फ़र्क़ पड़ता है। लेबल का फ़र्क़ हो, ख़्वाह बोतल में एक ही चीज़ हो। यही चाट-पकौड़े सड़क पर खड़े होकर खाने की बजाए किसी शानदार रेस्तराँ में खाकर और ही लुत्फ़ आता है।"

"अच्छा एक बात पूछूँ?"

"पूछो मेरी जान, एक नहीं हज़ार बातें पूछो।"

"कारोबार के सिलसिले में...मेरा मतलब है, क्या इससे काम चल जाता है?"

"मैं समझा नहीं।"

"लड़कियाँ और दावतें।"

"नहीं जानम, तौबा करो। ये तो बस यूँ समझो कि हार-फूल की तरह हुईं। दावतें-पार्टियाँ तो सब ऊपरी बातें हैं। ज़रा मुर्ग़ी गलाने के लिए।"

"मुर्ग़ी?"

"हाँ, गलाने के लिए, तुम नहीं जानतीं दुनिया में कैसा-कैसा गधा पड़ा है। दो-चार दावतें दो, अव्वल दर्जे की शराब हो, हसीन छोकरियाँ हों तो इनसान ज़रा खुल जाता है। राहो-रस्म[1] बढ़ती है, जो गहरी दोस्ती की सूरत इख़्तियार कर लेती है। और फिर जब याराना हो जाए तो काम भी बना समझो। दो-चार दावतों के बाद बक़ौल-कसे[2] मुर्ग़ी गल जाती है।"

"हमने तो सुना है रिश्वतें देनी पड़ती हैं।"

"हाँ भई, मगर रिश्वतें देने की भी तो पहुँच होना चाहिए। कोई रास्ता चाहिए, यूँ जाकर पैसे पकड़वा देने से काम नहीं चलता। बड़े-बड़े चक्कर चलना पड़ते हैं। किस को किस सूरत में रक़म पहुँचाई जाए! कुछ ऐसे हैं जो तकल्लुफ़ करते हैं, ख़ुद नहीं लेते। कह देते हैं, भई मेरी बेवा बहन है, बेटियों की शादियाँ करनी हैं। आप जानते हैं मेरी आमदनी महदूद[3] है। बस इतना इशारा काफ़ी है। हम उनकी बेवा बहन के पास कपड़ों के थान, ज़ेवरात के सेट, मोटर गाड़ी, जिसकी भी वह भूले से फ़रमाइश कर दें, पहुँचा देते हैं।"

"और जिसकी बेवा बहन न हो?"

"ऐसा कोई हमें तो मिला नहीं जिसके ख़ानदान में कोई बेवा या यतीम[4] न हो। बल्कि आजकल तो ऐसा मालूम होता है, उन बारुसूख़ लोगों के यहाँ पलटनों की पलटनें यतीमों से भरी पड़ी हैं। शायद ख़ुद उनके बाल-बच्चे भी यतीम ही होते हैं।"

---

1. मेल-जोल, 2. किसी के कथनानुसार, 3. सीमित, 4. अनाथ।

"ये लोग पकड़े नहीं जाते?"

"कौन पकड़े?" ज़ानी[1] को पहला पत्थर मारने का हक़ तो वही रखता है जिसने कभी ख़ुद गुनाह न किया हो। वैसे हम ऐसा कच्चा खेल नहीं खेलते। लेने वाले भी कोई अनाड़ी नहीं। यूँ समझो कि हर बड़े शहर में जितने बेहतरीन होटल हैं वहाँ मेरा खाता खुला हुआ है। मसलन वहाँ कोई जाए और कहे : कमरा चाहिए। और अगर वह अपना नाम 'गुलाबचन्द' बताए तो मैनेजर बग़ैर पूछे उसे मेरे खाते में कमरा दे देगा। अब वह चाहे जिस बड़े बज़ाज़ या जौहरी को फ़ोन करे, वह हाज़िर हो जाएगा। न कोई बिल बनेगा, न रसीद ली जाएगी। अब पकड़े साला कोई माँ का लाल, गुलाबचन्द को।"

"कमाल है।" नीलोफ़र की आँखें फट गईं।

"इसके अलावा और भी तरीक़े हैं लेन-देन के। अरे भई जब दोस्ती ही ठहरी तो मैं चाहूँ तो उनकी बहू को मुँह दिखाई में मोटर दे दूँ। कोई मेरा क्या करेगा? राजा हूँ, कोई ऐसा-वैसा कंगाल तो हूँ नहीं कि एक हीरे का सेट न दे सकूँ। या शादी के इंतिज़ाम में हाथ न बटा सकूँ। डेरे-तम्बू लगवा दिए, लाइट का इंतिज़ाम करवा दिया, मोटरें सप्लाई कर दीं, हज़ार तरीक़े हैं। कोई क्या खाकर पकड़ेगा।"

"मगर बदले में क्या मिलता है?"

"जिस चीज़ की ज़रूरत हो। मसलन कोई ठेका है। डिस्पोज़ल का माल है। कोई ज़मीन चाहिए। पिछले दिनों एक ज़मीन पर बड़ा मुक़ाबला हो गया। वहाँ गर्ल्स स्कूल है। मैंने वह ज़मीन उसके मालिक से ख़रीद ली। अब वहाँ एयर कंडीशंड सिनेमा हॉल बनाने का इरादा है। स्कूल के ट्रस्टियों को तो मना लिया है, मगर वह दो कौड़ी की हैड मिस्ट्रेस फ़ैल मचा रही है।"

"फिर अब क्या करेंगे?"

"देखती जाओ क्या करेंगे। वह हैडमिस्ट्रेस क्रिश्चियन है। बीस बरस से स्कूल चला रही है कि वह किसी तरह रिटायर हो या निकाली जाए, सो मुम्किन नहीं।"

"क्यों?"

"अभी दस साल और काम कर सकती है। दूसरे उसने लड़कियों को मिला लिया है अपनी तरफ़। सीधी तरह अगर मिन्नत[2] करती तो शायद नर्म पड़ जाता, मगर वह तो अकड़ दिखाने लगी। मुझे भी ज़िद्द आ गई है। बम्बई चलकर ज़रा टटोलना पड़ेगा।"

---

1. व्यभिचारी, 2. विनय।

"कि मुर्ग़ी गली या नहीं?"

"हाँ।" राजा साहब हँसने लगे।

"अदरक-लहसुन अच्छी तरह लगाया है?"

"क्या?"

"मुर्ग़ी गलाने के लिए।"

"ओह! हाँ, इसकी तुम फ़िक्र न करो। बस बम्बई चलो। ज़रा एक ज़ोरदार पार्टी हो जाए। क्यों?" उन्होंने नीलोफ़र के कूल्हे पर धप् मार कर कहा।

"ऊई!" नीलोफ़र खिलखिलाने लगी। न जाने एकदम उसकी छाती का बोझ कहाँ ग़ायब हो गया। आप ही आप क़हक़हे उबलने लगे, जैसे इम्तिहानों का नतीजा आ गया हो कि वह अच्छे नम्बरों से पास हो गई है। दूसरों के तो उससे भी कम नम्बर थे और बड़ी-बड़ी डिग्रियाँ दबाए बैठे थे। वह इतनी बुरी भी नहीं।

इस बात पर उसने ख़ूब दिल खोलकर पी और बिज़नेस को भूलकर उसने राजा साहब को जी भरकर प्यार किया। ऐसे कि वह फ़िल्म, जिन्हें देखकर उसे क़ै हो गई थी, कुछ धुँधले पड़ गए।

राजा साहब की सुह्बत में नीलोफ़र ने दुनिया के नये-नये रूप देखे। हर रुप स्याही में एक-दूसरे से बढ़कर था। ठाठें मारते हुए गुनाह के समंदर में वह तो सिर्फ़ एक नन्ही-सी बूँद है। सब ही उससे कुछ कम, कुछ ज़्यादा मजबूर हैं। बड़ी मुस्तैदी[1] से ख़ुद अपने पैरों में ढाल-ढाल के बेड़ियाँ जकड़ रहे हैं। गुनाह जब ज़रूरते-ज़िन्दगी की सूरत इख़्तियार कर ले तो फिर गुनाह नहीं अक़ल-ओ-दानिश[2] का तक़ाज़ा बन जाता है। जिस हम्माम[3] में सब ही नंगे थे वहाँ उसे अपने बरह्नापन[4] से क्यों तकल्लुफ़ महसूस होता। चन्द ही महीनों में उसने अपनी क़ीमत कई बार दुगनी-तिगुनी अदा कर दी। कलकत्ता, बम्बई, मद्रास, देहली, ग़रज़ हर बड़े शहर में राजा साहब की दावतें, महफ़िलें कामयाब रहीं।

देहली में उसे मम्मी का ख़त मिला। वह जुबैदा के लिए लड़का देखने गई थीं। जुबैदा बी. ए. के आख़िरी साल में थी। उन्होंने कई लड़कों के लिए सिल्सिला-ए-जुंबानी[5] की। मुख़्तलिफ़ माँगें है उनकी। जैसा गधा वैसे दाम। जुबैदा की शादी के ज़िक्र से न जाने दिल के किस हस्सास[6] कोने में ठोकर लगी। मासूमा ने अभी दम नहीं तोड़ा था। अभी ज़िन्दगी की रमक़[7] बाक़ी थी। क्या वह अपनी बहन से जल रही थी? उसकी पाक-साफ़ ज़िन्दगी पर रश्क[8] आ रहा था। क़तई

1. तैयारी, तेज़ी, 2. बुद्धि, चतुरता, 3. स्नानगृह, 4. नग्नता, 5. किसी बात को उठाना, 6. संवेदनशील, 7. थोड़ा-सा अंश, 8. जलन।

नहीं। उसे ज़ुबैदा से हमेशा से मुहब्बत थी। वह भोंडी-सी थी। पढ़ने की शौक़ीन थी। उसे पढ़ा-लिखाकर नीलोफ़र को बड़ा इत्मीनान होता था। कुछ अपनी ज़िन्दगी की महरूमियों[1] की तलाफ़ी[2] हो जाती थी। उसने मम्मी को लिख दिया कि बेतकल्लुफ़ ऊँचे दामों का माल ज़ुबैदा के लिए तलाश करें। कोई कसर उठा रखने की ज़रूरत नहीं। ख़त लिखकर उसे बड़ा सुकून महसूस हुआ। उस रात उसने बड़े ऊँचे-ऊँचे क़हक़हे लगाए और बड़ा हँगामा किया। राजा साहब बार-बार उसे टहोके दे रहे थे, क्योंकि वह गौहरे-मक़्सूद[3] यानी एक निहायत की अहम हस्ती[4] पर तवज्जुह[5] देने की बजाए एक शायर साहब के पहलू में घुस रही थी, जो चुपके-चुपके उसके कानों में ग़लीज़[6] अश्आर[7] टपका रहे थे। उन्हें गौहरे-मक़्सूद की गंजी खोपड़ी और चिकने घिया जैसे लुंड-मुंड चेहरे से उबकाई आ रही थी। उसकी आँखें और नाक की फुनंग ऐसी सुर्ख़ हो रही थी जैसे वह अभी रोकर आया है या किसी को रोने जा रहा है। ''अरे भाई कर्नल साहब को ज़रा बोटी-कबाब चखाओ। देखो तो उनका गिलास ख़ाली पड़ा है। ज़रा कर्नल साहब को लतीफ़ा तो सुनाओ। वह बाथरुम का, जो तुमने उस दिन सुनाया था तो हँसते-हँसते पेटों में बल पड़ गए थे।'' वह बार-बार उसे घेर कर डरबे में ले जाने की कोशिश कर रहे थे। कर्नल साहब सख़्त टाइट हो रहे थे और उस पर पिले पड़ रहे थे। ज़बरदस्ती उल्टा उसकी ख़ातिर पर तुले हुए थे। उसके गिलास में बर्फ़ डालते हुए निशाना चूक गया और बर्फ़ की डली नीलोफ़र के कन्धों पर से ढलकते हुए गिरेबान में झोंक दी। नीलोफ़र के चीख़ने पर बौखला कर जो बर्फ़ पकड़ने के लिए हाथ डाला तो बर्फ़ तो फिसलकर नीचे से निकल गई। हाथ अँगारों पर पड़ गया। नशे में नीलोफ़र को याद नहीं उसने क्या किया। पूरी महफ़िल बर्फ़ के टुकड़ों की तलाश में हाथ सेंकने लगी।

सुबह जब आँख खुली तो किसी अजनबी होटल का कमरा था। पास ही तकिये पर सीमुर्ग़ का अंडा रखा था। मगर बीचोंबीच से तड़ख़ा हुआ था, जैसे अन्दर से बच्चे निकलने के लिए खुटकी लगाई हो। बड़ी देर तक उसकी समझ में न आया कि वह किस जंगल-बियाबान में है मगर इतने में अंडा घुमा और छिली हुई अरवी ने सोने मंढे दाँत निकोस दिए।

''ओह।'' उसने आँखों पर हाथ रख लिए।

''मिस जँग, मुझे बड़ा अफ़सोस है।''

---

1. निराशाओं, असफलताओं, 2. क्षतिपूर्ति, 3. इच्छा की मोती, 4. मुख्य व्यक्ति, 5. ध्यान, 6. गंदे, 7. शे'र का बहु.।

"आपने जान-बूझकर मुझे इतनी पिलाई थी।" उसने नाटक शुरू किया। हालाँकि बेचारे ने क़तई नहीं पिलाई थी। "आप...आप" वह हकला कर रह गए।

"आई वाँट टु डाई।"

"प्लीज़! डार्लिंग।"

"मुझे टैक्सी मँगवा दीजिए।"

"गाड़ी मौजूद है मगर..."

"आपने मुझे क्या समझा है?" उसने रान पर रेंगता हुआ हाथ दूर फेंका।

"ओ माई गॉड। लिसन प्लीज़।" हालाँकि कर्नल साहब समझते थे कि वह कौन है, मगर इसका एतिराफ़[1] करते हुए उन्हें हतक महसूस होती थी। कितनी तमानियत[2] थी इस एहसास में कि उन्होंने एक ऊँची सोसायटी की लड़की को ख़राब किया।

"आई एम ए स्वाइन!" उन्होंने फ़ख़्र से सीना फुला लिया।

वह औंधी पड़कर सिसकियों से रोने लगी। उसे ख़ुद तअज्जुब हो रहा था कि बग़ैर आँख में उँगली मारे आँसू ख़ुद-ब-ख़ुद निकल आए। वाक़ई हिचकी बँध गई। क्यों? उसे सख़्त हैरत हो रही थी। कर्नल साहब ने उसके पैरों पर सिर रख दिया, तब तो उसे हँसी आ जाना चाहिए थी, मगर कोई क़ाबू से बाहर, ज़बरदस्त ताक़त उसके वुजूद में रो रही थी। जब तूफ़ान रुक गया और बादल छट गए तो ताज़ा नींबू का रस पीते हुए उसे मालूम हुआ, वह अशोक होटल में है। "माई गॉड! क्या ग़ुस्सा है।" कर्नल साहब ने प्यार से सिर की चोट को सहलाते हुए कहा। मैदाने-जंग में उन्होंने बड़े-बड़े ज़ख़्म खाये थे। उनकी वर्दी तमग़ों से भरी पड़ी थी। इतना हसीन ज़ख़्म, इतनी हसीन महबूबा ने शायद इससे पहले उन्हें नहीं बख़्शा था। जब ही तो वह मीठी-मीठी आँखों से उसे तक रहे थे और बजाए रूठने के एहसानमन्द नज़र आ रहे थे। दूसरी जंगे-अज़ीम[3] में वह मेजर तो ज़रूर रहे होंगे, क्योंकि न सिर्फ़ उनकी खोपड़ी गंजी थी बल्कि गुद्दी पर बालों की झालर भी क़रीब-क़रीब सफ़ेद थी। गालों पर भी च्यूँटी के अण्डे फूट रहे थे।

न जाने क्यों नीलोफ़र उदास हो गई। उसके नसीब में ये उतरे हुए आम क्यों लिखे थे? क्या ज़िन्दगी में एक बार भी वह जवान बाँहों के हल्क़े में न झूम सकेगी? अहमद भाई से लेकर कर्नल साहब तक, सब ही उससे उम्र में दुगने या

---

1. स्वीकृति, 2. सन्तोष, 3. महायुद्ध।

ढाई गुने थे। एक दम उसे पूना का टैक्सी ड्राइवर याद आ गया। वह ज़रूर नौजवान होगा। काश वह इतनी मदहोश न होती!

वह नाश्ते पर ही थे कि राजा साहब आ गए।

''आदाब अर्ज़! कहिए हुज़ूर, मिज़ाज तो अच्छे हैं। आदाब अर्ज़।'' वह बिल्कुल छोटे देवर की तरह नीलोफ़र से छेड़छाड़ करने लगे, ''आप लोग तो पार्टी से ऐसे ग़ायब हुए कि हम ढूँढते ही रह गए। फिर तो पार्टी ही उखड़ गई। अच्छा हमें बेवक़ूफ़ बनाया।''

वह जाकर बाल्कनी में खड़ी हो गई और राजा साहब बातों में ग़र्क़ हो गए। कुछ मशीनों का ज़िक्र हो रहा था। नीलोफ़र को याद आया कि राजा साहब का एक कारख़ाना है जहाँ तालों के अलावा मोटरों के कुछ स्पेयर पार्ट, स्टोव, टिफ़िन कैरियर वग़ैरा बनते हैं। शायद किसी बड़े कान्ट्रेक्ट की ताक में हैं।

नीचे लॉन पर आयाएँ बच्चों को लिए टहल रही थीं। एक साँवली-सी बच्ची को देखकर न जाने क्यों उसे अपनी बेटी याद आ गई। क्या नाम था उसकी बेटी का? बिल्कुल ज़ेह्न से उतर गया। जब वह पैदा हुई थी तो उसने सेठ की बेटियों के वज़्न[1] पर उसका नाम ऊषा रानी रखना चाहा था। न जाने क्यों सेठ जी खिसयाने-से हो गए थे। वह इस बच्ची को शीलारानी, पुष्पारानी और इन्द्रारानी के सिलसिले की कड़ी बनाने को तैयार न थे।

अब तो उसका नाम फ़ीरोज़ा बानो रजिस्टर करवा दिया गया। फ़ीरोज़ा नाम की लड़की से उन्हें कमसिनी में इश्क़ हो गया था। लाहौर चली गई थी। अब तो शायद नायिका होगी ठस्से वाली।

नीलोफ़र का जी खट्टा हो गया था, इसलिए वह हमेशा उसका नाम भूल जाया करती थी। उस भोंडी-सी बच्ची पर तरस आया था जो बेकिराये के मेहमान की तरह नौ महीने ज़बरदस्ती उसकी कोख में रही थी। अगर बेटा होता तो शायद सेठ इतनी जल्दी न पत्ता काट देते। उसने सेठ को अपने दिल का एक कोना दिया था, मगर जब से वह ख़ाली हुआ था उजड़ा महल ढंडार पड़ा था, जैसे दिल की जगह सिर्फ़ ख़ला रह गया हो। नहीं, अब वह किसी को टूटा-फूटा कोना भी नहीं देगी।

''वैसे लोकल मार्केट तो नहीं के बराबर है। ऊपर से इन हरामज़ादों ने अपना जाल फैला रखा है।''

---

1. छंद।

राजा साहब कारोबारी बातें समझा रहे थे, ''घरों में छोटी-छोटी भट्टियाँ लगाली हैं।''

''मगर इससे आपके कारख़ाने पर क्या असर पड़ता होगा?''

''नहीं साहब, काफ़ी असर पड़ता है। ये काटेज इन्डस्ट्री अन्दर ही अन्दर घुन्न की तरह चाट जाती है। कितना मज़दूर खप जाता है, आप अंदाज़ा नहीं लगा सकते। छोटे-छोटे देसी औज़ारों से तालों के पुर्ज़े वग़ैरा घिसने का काम है, जो घरों में बैठने वाली औरतें भी दिन में घर के कामकाज से वक़्त निकालकर कर लेती हैं। इन भट्टियों में पुर्ज़े ढलते हैं, पालिश करने के लिए लोग ले जाते हैं। बड़ी कम मज़दूरी में काम चल जाता है। ज़रा ग़ौर कीजिये, कितना मज़दूर कट जाता है।''

''आपको क्या लेबर की कमी है?''

''ऐसी ख़ास आसानी भी नहीं है। क्योंकि घर बैठने वाली औरतें कारख़ाने में नहीं जा सकतीं, इसलिए वह तो वैसे ही हाथ से गईं। दूसरे ये छोटे कारख़ानों वाले उन्हें अपने क़ाबू में रखते हैं। हम से बाइकॉट करा रखा है। उल्टी-सीधी बातें कह कर डरा रखा है कि ये लोग तुमसे मुफ़्त में मेहनत लेंगे। तुम्हारी सुनवाई नहीं होगी। फिर वही पार्ट टाइम का लालच है। सारा दिन हाज़िरी देने की ज़रूरत नहीं। हम लेबर को आर्गेनाइज़ नहीं कर सकते। पाबन्दी से ये लोग भड़कते हैं। क्या बताऊँ आपको, ज़हर बहुत दूर तक फैला हुआ है। ये लोग फेरी वालों की तरह घर-घर लालटेनें, चूल्हे और ताले वग़ैरा बेचते फिरते हैं। सड़कों पर छोटी-छोटी दुकानें लगा लेते हैं। सारे मार्किट पर छाए हुए हैं। अब हम इन सालों का कैसे मुक़ाबला करें। कितनी दुकानें खोल सकते हैं। मुफ़्त की दर्दसरी है और फिर हमारी बड़ी दुकान पर मक्खियाँ भिनकती हैं। ये छोटी दुकान वाले, ज़ाहिर है, सस्ती चीज़ें बेचते हैं।

''ख़्वाह आपके मुक़ाबले में कूड़ा ही हों।''

''और क्या—इन लोगों में इतनी अक़्ल कहाँ कि महँगी और पाएदार चीज़ की क़द्र करें। दस बार ख़रीदना पड़े पर सस्ती हो। अजीब ज़ेह्नीयत[1] है। इसके अलावा जो एक फ़िरक़े[2] के दिल में दूसरे फ़िरक़े के ख़िलाफ़ बुग़्ज़[3] का बीज बोया जाता है, मुझे इस पर एतिराज़ है।''

''क्या रद्दी माल बेचने के जुर्म में इन लोगों को पकड़ा नहीं जा सकता?'' कर्नल साहब जम्हाई लेकर बोले। ''नहीं साहब यह भी करके देख लिया। इन

1. मनोवृत्ति, 2. सम्प्रदाय, 3. बैर।

लोगों को सरकारी लाइसेंस दे दिए गए हैं और माल भी इनका बुरा नहीं होता। दरअसल ये वही लोग हैं जो पहले कारख़ानों में मिस्त्री का काम कर चुके हैं।''

''ये कारख़ाना तो अर्से से बन्द पड़ा था।''

''जी हाँ, नवाब साहब से मैंने ख़रीद लिया। सब कूड़ा हो गया था। मैंने इतना सरमाया[1] झोंका कि कुछ अर्ज़[2] नहीं कर सकता। तमाम नई मशीनरी लगवाई। ट्रेडिंग स्टाफ़ रखा। साहब, आख़िर हमारे गुज़ारे का भी तो इन्तिज़ाम होना चाहिए। क्या हम से रियासतें छीनने के बाद रोज़ी भी हलक़ से निकाल लेने का इरादा है? हम जहाँ भी सरमाया लगाते हैं, मुश्किलें आन पड़ती हैं। बिल्कुल हाथ-पैर बाँध दिए हैं क़ानून ने। पुलिस भी इनका ही साथ देती है। और फिर कहते हैं, सरमाया नायाब है। हमारा क्या है साहब? हमारी बला से। हमारा रुपया लॉकर में पड़ा रहे, महफ़ूज़ रहेगा। मुल्क की उन्नति के लिए लगाओ तो इसके सिवा कोई चारा नहीं कि कंगाल हो जाओ। अगर कोई फ़ैसला न हुआ तो मैं यह कारख़ाना औने-पौने बेच के इंग्लैण्ड माइग्रेट कर जाऊँगा। बला से, दो निवालों का सहारा तो रह जाएगा।''

''अरे हाँ ख़ूब याद आया। वह जो आपने याट मँगवाया था, उसका क्या बना?''

''है। किसी दिन चलिए ना, जमना में सैर रहे, ज़रा देखिए तो, आपको पसन्द हो तो...''

''नहीं साहब मेरे पास इतने पैसे...''

''कैसी बातें करते हैं? आप मुझसे ऐसी ग़ैरियत[4] बरतते हैं भगवान् क़सम। मुझे तो उसका रंग पसन्द भी नहीं।''

''रंग तो बहुत ख़ूबसूरत है।''

''बस सब्ज़[5] रंग मुझे रास नहीं आता। वैसे आपका लकी स्टोन क्या है?''

''ज़ुमुर्रुद[6] है, उसके साथ हीरा भी चल जाता है।''

''ज़ुमुर्रुद! यानी कमाल है, सात पुश्तों से ज़ुमुर्रुद हमारे यहाँ रास नहीं आता। देखिए एक अर्ज़[7] है, अगर मेरी दिलशिकनी[8] मन्ज़ूर नहीं तो...''

''नहीं भई! यह क्या बात करते हैं आप?'' कर्नल साहब हँसने लगे।

''करनल साहब यह न समझिएगा कि मैं इन चीज़ों को भी हिसाब में लगा लूँगा। यह तो मेरी आपकी दोस्ती की बात है। वैसे साहब मैं लालची नहीं। क़ौम और मुल्क की ख़िदमत का शौक़ है। मुल्क इन्डस्ट्रियलाइज़ होगा तो क्या सिर्फ़

---

1. पूँजी, 2. कह, 3. सुरक्षित, 4. परायापन, 5. हरा, 6. पन्ना, 7. प्रार्थना, 8. दिल तोड़ना।

हमारा फ़ायदा होगा? मुल्क की मज्मूई[1] दौलत न बढ़ेगी? फिर क्या हम और आप ग़ैरमुल्की हैं? हमें भी गुज़ारे के लिए कुछ थोड़ा-बहुत मिलना चाहिए। आप जैसा शख़्स जिसने सारी ज़िन्दगी मुल्क पर निछावर कर दी, अपने ख़ून से इसे सींचा, क्या उसे कोई हक़ नहीं पहुँचता? आपकी क़ाबिलीयत का कोई दूसरा होता तो न जाने कहाँ पहुँचा होता। साले धुनिये-जुलाहे हैं, गवर्नर बनाए जा रहे हैं। क्या दोनों हाथों से लूट रहे हैं। लेकिन आपको क्या मिला? वही बँधी हुई तनख़्वाह! साहब आज कल किसी शरीफ़ इनसान को गुज़ारे के लायक़ तनख़्वाह मिलती है?''

नीलोफ़र दंग रह गई। राजा साहब को उसने ज़्यादातर हुक्म चलाते देखा था, मस्का लगाते आज देखा। कारख़ाने की तरफ़ से वाक़ई बड़े फ़िक्रमंद[2] नज़र आ रहे थे कुछ दिनों से। वादा किया था कि मेरा काम हो जाए तो कारख़ाने की आमदनी में से तुम्हें हीरे का सेट ख़रीद दूँगा। ज़ुबैदा के जहेज़ का कुछ तो इन्तिज़ाम करना पड़ेगा। दूल्हा को जोड़े-घोड़े के बीस हज़ार से क्या कम देने होंगे। पढ़ा-लिखा, ऊँचे ख़ानदान का लड़का इतने में महँगा नहीं।

उसका ख़याल था, अब राजा साहब उसे साथ लेते जाएँगे।

''ज़रा एक ज़रूरी काम से जाना है, तुम वापसी में चली चलना।'' उन्होंने आहिस्ता से बाल्कनी में झाँकने के बहाने पास आकर कहा।

''मेरे कपड़े सारे मसल गए।''

''मोटर में अटैची लेता आया हूँ, अभी बैरे के हाथ भेजता हूँ।''

अटैची में ज़रुरत की हर चीज़ सलीक़े से मौजूद थी।

''बड़ा बदसूरत है।'' नीलोफ़र ने शिकायतन् राजा साहब से कहा।

''इसमें मेरा कोई क़ुसूर नहीं जाने-मन। मैंने उसका इस पोज़ीशन पर तक़र्रुर[3] नहीं किया। और भई मेरा काम करवा दे तो मुझे हूर का बच्चा मालूम होने लगेगा।''

क़ुदरत के खेल देखिए कि एक दिन जिस मासूमा को पेट की ख़ातिर नीलोफ़र बनना पड़ा था वही नीलोफ़र फिर से चोला बदलकर मासूमा बन गई। काम न सही नाम तो बदला। उसे ऐसा महसूस हुआ जैसे कई सीढ़ियाँ वह वापस चढ़ आई और अगर हालात यूँ ही साज़गार[4] रहे तो वह बहुत जल्दी सचमुच दोशीज़ा[5] बन जाएगी। उसका फटा हुआ गिरेबान सिल जाएगा। आँखों में हया वापस लौट आएगी। कई पार्टियों में बड़े-बड़े लोगों के साथ उसकी तस्वीरें भी अख़बारों में छप चुकी थीं। सबके नामों

---

1. कुल मिलाकर, 2. चिंतित, 3. नियुक्ति, 4. अनुकूल, 5. कुमारी।

के साथ मासूमा जंग का नाम देखकर उसके दिल में उस नई हस्ती के लिए बड़ी इज़्ज़त पैदा हो गई थी। उस जैसी बहुत-सी सोसायटी की मुअज़्ज़ज़[1] ख़वातीन[2] हैं जिनके बारे में ऊट-पटांग क़िस्से उड़ते रहते हैं, मगर उससे उनके वक़ार[3] में कोई कमी नहीं आती। दर्मियाना तब्क़े[4] का छिछोरपन यहाँ असरअंदाज़[5] नहीं होता। अगर किसी ख़ातून[6] की दोस्ती है तो लोग इससे ख़ासा मरऊब[7] नज़र आते हैं। कर्नल साहब गो रिटायर हो चुके हैं, मगर उन्होंने अपना रिश्ता नहीं तोड़ा। बड़े और अहम ओहदेदारों से गहरे मरासिम हैं। कोई अहम पार्टी ऐसी नहीं होती जहाँ ये चन्द मुअज़्ज़ज़ अस्हाब[8] न हों। और उम्मीद है कि अगर इसी तरह वह सरकार की मुख़ालफ़त[9] में लेक्चर और बयान देते रहे तो जल्दी ही किसी यूनिवर्सिटी के वाइस चान्सलर या किसी मुल्क के सफ़ीर[10] बना दिए जाएँगे। पिछले इलेक्शन में भी वह खड़े हुए थे, मगर आख़िर में उन्होंने अपना नाम एक ज़बरदस्त और ऊँची हैसीयत की पार्टी के हक़ में वापस ले लिया था।

''मगर आप तो कहते हैं, इलेक्शन में बहुत रुपया ख़र्च करना होता है।'' उसने राजा साहब से पूछा।

''हाँ। मगर उन्हें सारा ख़र्च मिल गया, बल्कि ऊपर से फ़ायदा भी हो गया। वोट पकड़ने के लिए दो-चार आसामियाँ तो खड़ी करनी ही पड़ती हैं, फिर किसी भी पार्टी से मामला तय हो जाता है। बहुत लोगों का तो ज़रीआ-ए-आमदनी[11] ही यह है।''

''तो ये जो लड़के आपने बुलाए हैं, ये भी इलेक्शन के सिलसिले में बुलाए हैं?''

''हाँ। यही समझो।''

''इतने लोग ठहरेंगे कहाँ?''

''अपनी कोठी के अलावा दो और कोठियों का इन्तिज़ाम कर लिया है। खाने का इन्तिज़ाम डेरों में रहेगा। बर्तन वग़ैरा मँगवा लिए हैं?''

''जी हाँ, ग्लासों की कमी पड़ेगी।''

''मैंने उनका इन्तिज़ाम कर लिया है।''

नीलोफ़र एकदम कुछ सोचने लगी।

''क्या सोच रही हो?''

---

1. प्रतिष्ठित, 2. महिलाएँ, 3. मान-मर्यादा, 4. मध्यम वर्ग, 5. प्रभावित करनेवाला, 6. महिला, 7. रोब में आये हुए, 8. साहब का बहु., 9. विरोध, 10. राजदूत, 11. कमाई का साधन।

“यही कि कुछ गड़बड़ न हो जाए।”

“नहीं जी, गड़बड़ नहीं होगी। पुलिस का पक्का इन्तिज़ाम है।”

“हाँ...मगर...” वह चुप हो गई।

“तुम्हें तकलीफ़ हो रही हो तो बम्बई हो आओ। तुम्हारी बहन की शादी कब हो रही है?”

“दिसम्बर में।”

“तो चली जाओ, कुछ इन्तिज़ाम करना होगा।”

“नहीं-नहीं, भला ऐसे मौक़े पर कैसे जा सकती हूँ। यूँ ही मुझे ख़याल हुआ।” वह थोड़ी देर ख़ामोश रह कर बोली।

“क्या रसानियत से नहीं हो सकता?”

“सीधी उँगली घी निकलता तो इस हँगामे का क्या मुझे शौक़ है?”

“मगर कैसे गधे हैं ये लोग। इनकी समझ में ही नहीं आता। आप इन्हें अपने कारख़ाने में नौकरी देने को कहते हैं, फिर भी नहीं मानते। दिमाग़ ख़राब हुआ है कम्बख़्तों का।”

“तो फिर तुम्हारे लिए सीट रिज़र्व करवा दूँ।”

“क्यों? अरे नहीं, मैं तो...”

“क्यों? क्या कुछ हँगामे का डर है।”

“नहीं, नहीं। हंगामा होगा भी तो तुम्हारा बाल बाँका न होगा। मैं सोच रहा हूँ कि मैं भी चला चलूँ। क्यों मुंशीजी, आपको तकलीफ़ तो न होगी?”

“नहीं सरकार। आख़िर तीन पुश्तों से नमक जो खाया है। अगर मेरी खाल की जूतियाँ भी बनाकर हुज़ूर पहन लें तो मेरी ख़ुशक़िस्मती होगी।”

“फिर भी बाल-बच्चों वाले आदमी हो।”

“हुज़ूर मैंने सब को सीतापुर भेज दिया है। आप किसी क़िस्म की फ़िक्र न करें। इन सालों की बिसात ही क्या है? भूसा भर देंगे जी।”

“भई ख़ून-ख़राबे से डर लगता है। उन्हें समझाया नहीं जा सकता?”

“बहुत समझाया बाई जी। साले कहते हैं सब को नौकरियाँ दो।”

“क्या मतलब?”

“मतलब यह कि जितने कारीगर, जो मुस्तक़िल इनके साथ लगे हुए हैं, उन्हें भी नौकरी दो, और वह जो पार्ट टाइम काम करते हैं उन्हें भी। साले घुने-घुनाए बुड्ढे-बुढ़िया भी साथ में चिपके हुए हैं। कहते हैं इनकी रोज़ी मारी जाएगी। ये कहाँ जाएँगे। कहो, भई क्या हमने सारी दुनिया का ठेका लिया है। हमने

कारख़ाना खोला है, यतीमख़ाना[1] नहीं खोला। ज़रा सोचिए इस तरह मुल्क इंडस्ट्रियलाइज़ एरिया हो सकता है?"

"ये नेता लोग कुछ नहीं करते?" नीलोफ़र ने बड़ हाँकी।

"अरे भली चलाई इन नेताओं की। अपनी भट्टी झोंकने से फ़ुर्सत मिले तो दूसरों की मुश्किलात पर नज़र पड़े। अँधा बाँटे रेवड़ियाँ, अपनों ही अपनों को दे। सारी रिआयतें हैं तो पहले अपने कुनबे के लिए, फिर अपने सूबे वालों के लिए, बचता क्या ख़ाक है जो हमारे हाथ आए। फिर दुनिया भर में सुर्ख़रू[2] भी तो बनना है कि बड़ा जनता का पालन हो रहा है। सिवाय हमारे सब कूड़ा-करकट ज़िन्दा रहने का हक़ रखता है। कहो, हमें मारके तुम्हें क्या मिल गया और आइन्दा[3] क्या मिल जाएगा? कोई मनचला उठा, असेम्बली में दाग़ दिया कि काटेज इन्डस्ट्री को तरक़्क़ी दो।"

"कमाल है साहब!" मुंशी जी बोले।

"जी हाँ! उन्हें लोन देने की स्कीमें बन रही हैं। मतलब यह कि बजाए इसके कि घास बकरे को मिले, बकरा काटकर घास को खिला दिया जाए। मुंशी जी, आप टिकटों का इन्तिज़ाम कीजिए।"

नीलोफ़र की समझ में और कुछ नहीं मगर इतनी बात तो आ गई कि वह लोग, जो राजा साहब के कारख़ाने की तरक़्क़ी में हाइल[4] हैं, मुल्क और क़ौम की तरक़्क़ी के दुश्मन हैं, राजा साहब के दुश्मन नीलोफ़र के दुश्मन हैं, उस चन्दन हार के दुश्मन हैं जो कामयाबी और खुश-उसलूबी[5] से काम हो जाने की सूरत में राजा साहब उसे देने वाले हैं; वह चाहते हैं ज़ुबैदा को अच्छा बर मिले न मिले, वह भी नीलोफ़र की तरह बर्बाद हो, सारा ख़ानदान तबाही के ग़ार में डूब जाए!

"कोई कसर उठा न रखना।" उसने राजा साहब को अपने अमले को अह्कामात[6] जारी करते सुन कर इत्मीनान का साँस लिया।

अब ज़ुबैदा की शादी में कोई कसर न उठा रखी जाएगी। ताज में बूफ़े डिनर, स्टेडियम में रिसेप्शन—एक दफ़ा दूल्हा वालों की आँखें तो फटी की फटी रह जाएँगी।

"आप इत्मीनान से बम्बई पधारिए सरकार। मगर वह लोग कल तक पेमेन्ट करने को कहते हैं। फिर परसों बैंक बन्द होगा।"

---

1. अनाथालय, 2. सम्मानित, 3. भविष्य में, 4. बाधक, 5. अच्छे ढंग से, 6. हुक्म का बहु., आदेश।

"कल तमाम पेमेन्ट हो जाने चाहिएँ। ऐन वक़्त पर कोई अड़चन न पड़े। मामला नाज़ुक है, ज़रा-सी भी लापरवाही हो गई तो सब किए-धरे पर पानी फिर जाएगा।"

"दिल्ली मोटर से जाएँगे सरकार?"

"हाँ, मेरा यहाँ न रहना ही ठीक रहेगा। जो कुछ हो मेरी ग़ैरहाज़िरी में होना चाहिए।"

"जी हाँ सरकार। अगर आप होते तो मजाल थी जो कुछ हो जाता।" मुंशीजी शरारत से मुस्कुराए।

"रुपया लॉकर से आज ही निकलवा लेंगे। ऐसे मौक़ों पर कोई फ़ैक्ट्री के काम के लिए भी चैक नहीं तुड़ाना चाहिए। तफ़तीश के वक़्त ये लोग ज़रा-ज़रा-सी बातों पर परेशान करते हैं। वैसे मैंने सब ही को ख़ुश कर दिया है। हम अशोका में ठहरेंगे। अगर इधर-उधर कहीं दावत में हुए तो हमें इत्तिला पहुँच जाएगी।

"जी हाँ हुज़ूर, गुलाब की क़लमें फल गईं!" मुंशी जी मुस्कुराए।

"और अगर कुछ गड़बड़ हो जाए तो?"

" 'क़लमें सूख गईं।' हुज़ूर ज़रा भी ढील हो जाए तो जो चोर की सज़ा सो गुलाम की। आ...वह...मैं..." मुंशी जी मुअद्दब[1] अंदाज़ में फ़िक्रमन्द हो गए।"

"हाँ-हाँ, कहो। तुम्हारे घर का रुपया अदा हो गया?"

"जी वह तो आपकी इनायत[2] से हो गया। मेरे बाल-बच्चे हुज़ूर के इक़बाल[3] की दुआएँ देंगे सारी उम्र। वह आप की कनीज़ की रुख़सती है। बस दो मिनट के लिए तशरीफ़ ले आते तो मेरी इज़्ज़त को चार चाँद लग जाते।"

"तुम जानते हो कि इतनी जल्दी वापस नहीं लौट सकते। जौहरी साहब को हम दिल्ली से हिदायत दे देंगे, वह सेट भेज देंगे।"

"हुज़ूर हम ग़रीबों के यहाँ जहेज़ में वह सेट तो जैसे टाट में ज़रबफ़्त[4] का पैवंद मालूम होगा। वैसे शादी अगर धूमधाम से नहीं बस सीधी-सादी निमट जाए तो..."

"तुम कैश चाहते हो? अच्छा हो जाएगा इसका भी इन्तिज़ाम।"

जब मुंशी जी दुआएँ देते रुख़्सत हो गए तो राजा साहब बोले : "एक हरामी है।"

---

1. शिष्टतापूर्ण, 2. कृपा, 3. सौभाग्य, 4. सोने-चाँदी के तारों से बना हुआ कपड़ा।

“कौन?” नीलोफ़र चौंक पड़ी।

“यही मुंशी का बच्चा। कैश चाहिए। भरोसा नहीं हमारे ऊपर।”

“और आप हैं कि इसके ज़िम्मे इतना अहम काम सौंपे दे रहे हैं। निकाल बाहर क्यों नहीं करते सुअर को?”

“तुम नहीं समझतीं मासूमा बीबी। 'अहम' कामों के लिए हरामज़ादों ही की ज़रूरत पड़ती है। अच्छा आज ज़रा हो जाए। तुम अपना वह जोड़ा पहनो—वह बनफ़शई वाला। आज हम बड़े मज़े में हैं।”

उन्होंने कुछ इस अंदाज़ में कहा कि नीलोफ़र को मालूम हुआ कि वह एक रन्डी है।

“ऊँह, चूल्हे में जाए!” उसने सोचा, न जाने वह किसे चूल्हे में झोंक रही है। उन गुलाब की क़लमों को जो लगाई जाने वाली थीं, मासूमा बीबी को या सारी कायनात[1] को?

सारी रात क़व्वाली की महफ़िल जमी रही। शहर के अमाइदीन[2] जमा थे। पिछले कमरे में नावनोश[3] का भी इन्तिज़ाम था। बड़े-बड़े अफ़्सर, क़ौमी रहनुमा[4], शायर, अदीब[5] झूम-झूमकर दाद देते रहे। एक तरफ़ पर्दादार बीवियों के लिए चिक़ें पड़ी थीं। नीलोफ़र बनफ़शा के तरोताज़ा फूल की तरह अन्दर-बाहर होस्टेस बनी फिर रही थी। बीवियाँ आपस में खुसर-फुसर कर रही थीं।

“दिल्ली की नौबहार की बेटी है।”

“बम्बई में फ़िल्म एक्ट्रेस है।”

“नहीं जी, बड़े ऊँचे घराने की लड़की है, आवारा हो गई। राजा साहब पर दिल आ गया। घर-बार छोड़कर भाग आई।”

बीवियाँ खुसर-फुसर करतीं, मगर नीलोफ़र को क़रीब आता देखकर कहने लगतीं : “ऐ बहन, आप तो एकसाँ घूम रही हैं। बड़ी तकलीफ़ हुई आप को।”

नीलोफ़र चुना हुआ शिफ़ॉन का दुपट्टा एड़ियों से घकरती, कुहनियों तक ढीली कारगे की आस्तीनें सँभालती, दम भर को बहनों के जमघटे में बैठती, फिर उठ खड़ी होती।

“बहन ज़रा गिलौरियाँ भिजवा दूँ, अभी हाज़िर हुई।” और वह फिर महफ़िल में जा बैठती।

---

1. ब्रह्मांड, 2. प्रतिष्ठित लोग, 3. पीना-पिलाना, 4. नेता, 5. लेखक।

फ़ारसी और उर्दू की क़व्वालियों पर सामेईन[1] सिर धुन रहे थे। राजा साहब को शे'रो-अदब[2] से इश्क़ था। महफ़िल ख़त्म होते ही कार से रवाना होने वाले थे और बार-बार याद दिला रहे थे।

नीलोफ़र जो सोडा देखने पिछले कमरे में गई तो उसका कलेजा धक् से रह गया। पिछली तरफ़ लॉन पर कोई पचास-साठ मुस्टंडे, सामान के साथ लॉरियों से उतर रहे थे। मुंशी जी उन्हें छोलदारियों में ले जा रहे थे। मगर उनमें से ज़्यादातर इधर कमरे की तरफ़ मुतवज्जुह थे। "इधर आइए। आपके लिए इस छोलदारी में सारा इन्तिज़ाम है। वह उन्हें सबसे अलग छोलदारी में ले गए, जहाँ माली सोडे की बोतलों के बक्स ले जा रहा था।

"ये छोलदारियों में कौन लोग ठहराये जा रहे हैं?" उसने राजा साहब को क़िवाम की गोली देते हुए पूछा।

"विद्यार्थी हैं। आगरे से ताजमहल देखकर लौट रहे थे। मुंशी जी ने कहा, इन्हें एक रात ठहरने दिया जाए।"

"ऐ है, कम्बख़्त डाकू लग रहे हैं बिल्कुल।"

"और मैं कौन लग रहा हूँ? मैं भी तो हुस्न का डाकू हूँ। क़सम से आज ग़ज़ब का निखार है।" राजा साहब ने शरारत से उसकी छुंगली में चुटकी ली।

कोई ढाई-तीन बजे मेहमान रुख़सत हुए। अभी कुछ लोग जा ही रहे थे कि राजा साहब नीलोफ़र और चपड़ासी के साथ स्टेशन वैगन में सवार होकर रवाना हो गए ताकि सनद[3] रहे कि वह तो पहले ही चल दिए थे।

नीलोफ़र ने अपना थका हुआ सिर सीट की गद्दी पर टिका दिया और आँखें बन्द कर लीं।

"अरे भई सोने की शर्त नहीं।" राजा साहब ने बटन दबाया। सामने की सीट में छोटी-सी बार खुल गई।

"भई बहुत थक गए।" वह नीलोफ़र की गोद में नीम-दराज़[4] हो गए।

---

1. श्रोतागण, 2. कविता और साहित्य, 3. प्रमाण, 4. अध लेटे।

5

वह रो रही है। हौले-हौले ख़ामोशी से रो रही है। उसका चेहरा अँधेरे में खोया हुआ है। सिर झुका हुआ है और कोई नहीं जान सकता कि वह रो रही है, डर रही है। क्योंकि उसके रुख़्सारों[1] पर बहने वाले आँसुओं में सितारों की जोत नहीं, जो इतने काले, इतने दबीज़ अँधेरे में चमक सकें। कोई आ रहा है उसके पीछे दबे पाँव। कोई ग़ैर-मरई[2] हयूला[3]। बिजबिजाता हुआ उफ़ूनत[4] का ढीला-ढीला स्याह अँबार। अनदेखा, अनजाना। बस एक ही जस्त[5] में उसे दबोच लेगा। वह जा रही है, जा रही है। एक सुनसान सड़क पर अकेली रोती जा रही है। दरिन्दे के लम्बे-लम्बे धारदार दाँत ख़ून में लुथड़े हुए हैं। ये उन लोगों का ख़ून है जो इस राह पर नीलोफ़र की तरह तने-तन्हा गुज़रे हैं।

उसकी चीनी की गुड़िया टूट गई है। वह हिचकियों से रो रही है। चुपचाप अँधेरे में तन्हा रो रही है। फ़िज़ा में गले-सड़े गोश्त और दाग़दार चमड़े की बोझल बू है, जैसे गर्म तपते हुए लोहे को ताज़ा-ताज़ा ख़ून में बुझा दिया हो। काँच के ज़र्रे उसके नाख़ून से उतरते हुए दिल तक रेंग रहे हैं। दिमाग़ में बारीक-बारीक क़ैंचियाँ चल रही हैं, जैसे कोई अफ़्शाँ[6] कतर रहा हो, और अफ़्शाँ का हर ज़र्रा[7] नश्तर बन कर माँग में घुस रहा है। कोई दम में उसकी हस्ती किर्ची-किर्ची हो जाएगी। दरिन्दा चला आ रहा है। उसके पँजों के चटख़ने की आवाज़ दूर बदली में छिपे बादलों की तरह कड़क रही है। उसके पैर मन-मन भर के हो गए। टूटी हुई गुड़िया हथेलियों में चुभने लगी। आख़िरी सीढ़ी से आगे नामालूम[8] ख़ला बगूले की तरह उठे और उसे दबोचने लगे। अपने जी का ज़ोर लगा कर वह चीख़ी, मगर फ़िज़ा ख़ामोश रही।

उसने देखा कि वह एक ज़र्रीं[9] क़ब्र में बन्द है। आबनूस[10] का कफ़न उसे

1. गालों, 2. अदृश्य, 3. बेडौल शरीर, ढाँचा, 4. दुर्गंध, 5. छलाँग, 6. स्त्रियों के बालों पर छिड़कने का सुनहरा चूर्ण, 7. कण, 8. अज्ञात, 9. सोने की, 10. एक प्रसिद्ध काली लकड़ी।

अपने शिकन्जे में जकड़े आहिस्ता-आहिस्ता सुकड़ कर तंग होता जा रहा है। ज़रबफ़्त[1], कमख़्वाब[2] और शिफ़ॉन के थान उसके फेफड़ों में ठुँसते चले जा रहे हैं। जगमग करते जवाहरात उसके गोश्त में कनखजूरे की तरह हौले-हौले धँस रहे हैं। पुखराज पीप की तरह रिस रहा है। याक़ूत छिले ज़ख़्म की तरह बह रहे हैं। मोती सफ़ेद कीड़ों की तरह उसके जिस्म पर सरक रहे हैं।

साँस गई। अब लौट कर नहीं आएगी। यह आख़िरी साँस थी।

एक ज़ख़्मी सिसकी के साथ उसकी आँख खुल गई। मुँह खुला रह जाने की वजूह से उसका तालू ख़ुश्क हो गया था। ज़ुबान जूते के तले की तरह सुन्न और खुरदरी हो रही थी। जिस्म पसीने में डूबा हुआ था। मरीज़ कुतिया की तरह वह कराहती-काँखती उठ बैठी।

जब पुतलियाँ एक नुक़ते[3] पर पड़ीं तो उसने देखा, वह एक निहायत शानदार कमरे में डबल बेड पर पड़ी लरज़ रही है। पहलू का तकिया ख़ाली है, मगर किसी के सिर का निशान देखकर अंदाज़ा हुआ कि वह रात तन्हा नहीं रही। थोड़ी देर तक तो उसे याद न आया कि किस के सिर के बोझ से तकिया धँसा हुआ है। वह बिल्कुल भूल गई थी कि आज वह किसके साथ है। फिर इधर-उधर बिखरे हुए लिबास से उसे याद आया कि वह राजा साहब के साथ रात को मोटर में रवाना हुई थी। रास्ते में दोनों बदमस्त हो गए थे। न जाने कमरे तक वह क्यों कर पहुँची। राजा साहब ही लाये या उन्होंने किसी दोस्त को उसे उधार दे दिया या पूना की तरह ड्राइवर को बख़्श गए। एकदम अकेलेपन से वह डर कर काँपने लगी। गुस्लख़ाने में पानी गिरने की आवाज़ पर वह चौंकी और जल्दी से उठकर भागी।

पहले तो वह समझी, कोई पीले रंग का बड़ा मेंडक टब में कूद पड़ा है, मगर फ़ौरन ही वह राजा साहब को पहचान गई। और एकदम से तनी हुई तनाबें ढीली पड़ गईं। वह वहीं उकड़ूँ बैठकर हँसने लगी।

"अरे तुम जाग उठीं।"

वह हँसे गई, जैसे खोई हुई कुँजी मिल जाए। यह पीली-पीली हसीन दरवाज़े की कुँजी!

"अरे क्यों हँस रही हो?" राजा साहब हँसे।

"ओह!" वह पेट पकड़कर झुक गई।

---

1. सोने-चांदी के तारों से बना हुआ कपड़ा, 2. बहुमूल्य कपड़ा, 3. बिंदु।

"ज़रा हमारी पीठ मल दो।" पीठ मलते वक़्त उसने ज़िन्दगी में पहली बार राजा साहब को देखा। वह हमेशा इतना पिये होती थी कि ग़ौर ही नहीं किया कि उनके कंधे ढलके हुए हैं और टाँगे बहुत ठिगनी है। कपड़े पहनकर वह बिल्कुल बदल जाते हैं। इतने भोंडे नहीं लगते।

मगर इतने में राजा साहब को शरारत सूझी और उसे टब में गिरा लिया और दोनों बच्चों की तरह चुहलें करने लगे कि इतने में टेलीफ़ोन की घंटी बजी। हाथ बढ़ाकर राजा साहब ने टेलीफ़ोन उठा लिया।

"गुलाब की क़लमें लग गईं।" राजा साहब ने आहिस्ता से टेलीफ़ोन रख दिया और बड़े प्यार से नीलोफ़र के सिर पर साबुन मलने लगे। मज़े-मज़े से नहाकर दोनों ने कमरे में ही नाश्ता किया।

"तुम तैयार हो जाओ तो बाज़ार चलें।"

"थकन आ रही है, शाम को चलेंगे।"

"शाम को कहीं और जाना है। अच्छा कहो तो यहीं साड़ियाँ और ज़ेवरात मँगवा लें।"

"नहीं, वह पुरानी-सड़ी चीज़ें उठा लाऐंगे। अचकन के लिए कमख़्वाब भी देखना है। किस दुकान का ज़िक्र कर रहे थे आप?"

मगर नीलोफ़र ने देखा, वह कुछ सुन नहीं रहे हैं। बार-बार सिगरेट सुलगाते हैं और पूरी की पूरी एक कश लेकर फेंक देते हैं। वह यूँही अख़बार उठाने लगी ताकि देखे, शायद कोई नया इंगलिश फ़िल्म चल रहा हो, तो जल्दी से उन्होंने उसके हाथ से अख़बार ले लिया।

"बस जल्दी तैयार हो जाओ, ग्यारह बज चुके हैं।"

नीलोफ़र ने सेरीडोन की एक गोली हलक़ से उतारी और मरे दिल से तैयार होने लगी। शायद ख़्वाब की वजूह से दिल बुझा-बुझा-सा हो रहा था।

राजा साहब ने ख़ज़ाने का मुँह खोल दिया और उसने जी भर के साड़ियाँ ख़रीदीं। डिनर सेट, कट्लरी और चाय का सेट बराहे-रास्त बम्बई भिजवाने का आर्डर दिया।

"अरे साहब, अँधेर हो गया।" दुकानदार एकदम से राजा साहब से कहने लगा।

"कमख़्वाब के वह दोनों थान भी रख दीजिये। जो पसन्द आयेगा वह ले लिया जाएगा।" राजा साहब ने बात काटी।

"कैसा अँधेर?" नीलोफ़र ने पूछा।

“कुछ नहीं बेगम साहब। वह...वह टैक्स और बढ़ा दिया बनारसी कपड़े पर।” दुकानदार ने फ़ौरन बात पलटी।

नीलोफ़र एक आतशीं रंग की साड़ी पर ऐसी लट्टू हुई कि उसने राजा साहब और दुकानदार को क़तई फ़रामोश कर दिया और आईने में कँधे पर साड़ी फैलाकर देखने लगी।

“भई शाम को यही पहन के चलना।” राजा साहब मुस्कुराए।

“ऊँह! लानत! हम नहीं जाएँगे उस सुअर के हाँ।”

“अरे क्यों बेचारे को मारती हो बेमौत। सुबह से दो दफ़ा टेलीफ़ोन कर चुका है।”

“नफ़रत है उस कर्नल के बच्चे से।”

जौहरी के यहाँ जाते वक़्त उन्होंने रास्ते में सौ कम्बल, मिठाइयों के टोकरे, बिस्कुटों के पैकेट और फल वग़ैरा ख़रीदे।

“ये सामान क्यों ख़रीद रहे हैं?”

“अनाथ आश्रम में बाँटना है।” यह कहकर उन्होंने वहीं से पाँच-छह जगह टेतीफ़ोन किए।

अच्छा! जब ही राजा साहब मुसिर थे कि सादा मलमल की साड़ी पहनो। ख़ुद भी खद्दर का चूड़ीदार पाजामा और कुर्ता पहन रखा था।

यतीमख़ानों में अख़बारों के नुमाइन्दे[1] और फ़ोटोग्राफ़र मौजूद थे। बच्चे साफ़ कपड़ों में कठपुतलियों की तरह भौंचक्के खड़े हुए थे। राजा साहब ने बच्चों को मिठाइयाँ देते हुए, सिर पर हाथ फेरते हुए तस्वीरें खिंचवाईं। नीलोफ़र ने बड़े पोज़ मारकर कम्बल और स्वेटर दिए। उसे चारों तरफ़ से अख़बारचियों और फ़ोटोग्राफ़रों ने नर्ग़े[2] में लेकर सवालों की बौछार कर दी :

“बम्बई के किस इलाक़े में आप सोशल वर्क करती हैं?”

उसका जी चाहा कह दे, “ए. रोड पर!” मगर राजा साहब आड़े आ गए।

“कोई ख़ास इलाक़ा मख़सूस नहीं। बस जनरल वर्क कर लेती हैं।”

“आप वहाँ पेशेवर औरतों में काम क्यों नहीं करतीं?”

नीलोफ़र का जी चाहा, ज़ोर से क़हक़हा लगाए।

“वहीं तो काम करती हूँ।” उसने ढिटाई से कहा।

“जी हाँ, पवन पुल और फ़ारस रोड।” राजा साहब ने उसके बाज़ू में कुहनी

---

1. पत्रकार, 2. घेरे।

मारकर जल्दी से लगाम अपने हाथों में थाम ली।

''किस क़दर शर्म की बात है कि हम लोग आज़ाद हो गए लेकिन फिर भी इस बेशर्मी के पेशे का इंसिदाद[1] नहीं हुआ।'' उसने बड़ी संजीदगी से अख़बार का पढ़ा हुआ जुम्ला[2] दोहराया। अनाथ आश्रम के दो छोटे-छोटे बच्चों न हार-फूल पहनाये और मुहूतमिम[3] साहब ने राजा साहब की शान[4] में एक लम्बा-चौड़ा क़सीदा पढ़ा। उनकी फ़य्याज़ी[5], दरियादिली और कस्रेनफ़्सी[6] पर रौशनी डाली। फिर उनके वह तमाम एहसानात गिनाए जिनके बोझ से इन्सानियत की कमर दोहरी हो चुकी थी। नीलोफ़र से उन्होंने कहा :

''हमारे धन्य भाग्य हैं कि आप जैसी देवी के दर्शन प्राप्त हुए। हमारी क़ौम और मुल्क का आप ही जैसी महान् देवियाँ कल्याण कर सकती हैं।''

नीलोफ़र के हलक़ में क़हक़हा गुदगुदाने लगा। उसका जी चाहा कि कह दे :

''उल्लू के पट्ठे, क्या तेरी माँ बहन भी मुल्क की इसी तरह सेवा करती हैं?''

वापसी पर राजा साहब बहुत मगन थे।

''भई वाह जियो, तुमने तो ज़ोर बाँध दिया। यह सब इस सफ़ेद साड़ी का चमत्कार था। बिल्कुल देवदासी लग रही थीं। अरे तुम मुझसे लड़ो-झगड़ो नहीं तो सच कहता हूँ, चुनाव में खड़ा कर दूँ।''

''ऐ हटिये भी। मुझे तो वहशत हो रही थी।''

''अरे सब वहशत ख़त्म हो जाएगी हौले-हौले।''

''आज कर्नल की दावत गोल कर जाएँ?'' उसने राजा साहब का मूड देखकर कहा।

''नहीं जी, ख़्वाहमख़्वाह अकड़ जाएगा। बड़ा बद है मनहूस।''

''मगर आप तो कह रहे थे ख़ून-ख़राबा नहीं होगा।'' नीलोफ़र ने क़रीब-क़रीब चीख़ कर कहा और अख़बार को दोनों हाथों से खसोटने लगी।

''मेरा तो सारा प्लान लोट-पोट हो गया।''

''झूट!'' वह अख़बार मेज़ पर बिछाकर, उस पर दोनों मुट्ठियाँ मारकर चीख़ी : ''यह देखिए।''

''अच्छा ज़्यादा बक-बक न करो। उठो तैयार हो जाओ। वही गुलाबी साड़ी पहनना, तुम पर ख़ूब खिलती है।''

---

1. निवारण, 2. वाक्य, 3. संचालक, 4. प्रशंसा, 5. दानशीलता, 6. नम्रता।

"ख़ाक पड़े कपड़ों पर।"

"तो क्या मतलब है तुम्हारा? क्या गुंडे मेरे कारख़ाने को आग लगा देते तब ही तुम्हें ख़ुशी होती?

"कौन से गुंडे?"

"वही जो मेरे दुश्मन हैं, जिनकी वजूह से मेरा कारख़ाना बैठा जा रहा है।"

"वह मुए दो कौड़ी के मिस्त्री, भला उनकी इतनी बिसात थी कि आप का कुछ बिगाड़ लेते?"

"क्या अक़्लमन्द हो जी। तुम्हें नहीं मालूम, वह मेरे कारख़ाने के लिए मौत का सन्देसा बने हुए थे। उनके बनाये हुए पुर्ज़े सस्ते होते थे और बेहतर भी होते थे। वही लोग तो आग लगाने चढ़ दौड़े थे। क्या मर्ज़ी है तुम्हारी, मुंशी उन्हें कारख़ाना भस्म कर लेने देता?"

"तो फिर ये कॉलेज के लड़के क्यों लपेट में आ गए?"

"ऊँह, ये लड़के तो बदमाश होते ही हैं। सुनते हैं कि कॉलेज के किसी लड़के को चार-पाँच स्टूडेन्ट्स ने पीट दिया। दूसरे फ़िर्क़े[1] के विद्यार्थियों को जो ख़बर मिली तो वह भी भिन्ना उठे। आख़िर वह अपने साथियों को पिटता देख कर कैसे ख़ामोश रहते? बस इतनी-सी बात को लेकर उछाल रहे हैं ये अख़बार वाले।"

"और पुलिस?"

"बस ज़रा देर से पहुँची। इतनी देर में लोग आग लगा चुके थे। मामला क़ाबू से बाहर हो गया। ये सब इन कॉलेज के लौंडों की बदज़ाती का नतीजा है। माफ़ करना, ये लोग तो बात-बात पर गुंडागर्दी पर तुल जाते हैं। इनकी ज़ेह्नीयत ही दंगे-फ़साद की है।"

"नहीं यह बात नहीं। बाज़ार में लोग कह रहे थे कि बाहर से गुंडे बुलाकर अम्दन[2] बलवा कराया गया है। पहले से सारी तैयारियाँ कर ली थीं। चाक़ुओं और ऐसिड के बमों से हमला किया गया।'

"क्या बकवास बाज़ार से सुन आईं और मेरा भेजा चाट रही हो।"

"मगर वह जो रात को लॉरियों में से उतर रहे थे, मुझे तो गुंडे लग रहे थे।"

"तुम्हारा मतलब है दस-पन्द्रह गुंडों ने यह तूफ़ान जोत दिया।"

"पचास से कम नहीं थे। बाद में और लॉरियाँ भी आईं।"

"चलो वह पचास ही होंगे, मगर वह लोग तो कह रहे थे कि पाँच हज़ार का

---

1. वर्ग, 2. जान-बूझकर।

मज्मा[1] धावा बोलने आया था। इसी से अंदाज़ा लगा लो कि ये लोग राई का पर्बत बना रहे हैं।

''आग लगाने को चिंगारी भी काफ़ी होती है।''

''तुम्हारा मतलब है ये बलवे मैं कराया करता हूँ?''

''आप नहीं तो आप ही जैसे कोई दूसरे होंगे। वरना यह बताइये कि अगर ये कॉलेज के लड़कों की लड़ाई थी तो ज़्यादातर वह ग़रीब मिस्त्री क्यों तबाह हुए जो आप के कारख़ाने के लिए ख़तरा बने हुए थे? उन्हीं की झोंपड़ियाँ और दुकानें जलीं जो आप से हट कर काम कर रहे थे।''

चन्द सेकन्ड के लिए होटल के कमरे में मौत का-सा सन्नाटा छाया रहा। नीलोफ़र को ऐसा लगा जैसे सदियाँ ख़ामोशी से बीत गईं—और फिर तूफ़ान टूट पड़ा :

''दो टके की रन्डी और हमारे मुँह आए। कोई नया यार ढूँढ लिया है क्या? मैं जितनी तरह[2] दे रहा हूँ उतना ही पैर पसार रही है। कितनी बार कहा कि ये बातें तुम्हारी समझ से बाहर हैं। या क़ादिर भाई से मामला चल रहा है। उसी ने कान भरे होंगे तुम्हारे। ग़द्दार ज़माने भर का। पोल खोल दूँ तो लेने के देने पड़ जाएँ। साले ने ब्लैक मार्केट का रुपया खिला-खिलाकर हिमायती जमा कर लिए हैं। उन्हीं के बल-बूते पर अकड़ता है। तुम मुझे फ़िर्क़ापरस्त कह रही हो? तुम्हें मैंने कंगालनी से एकदम रानी बनाकर बिठा दिया। मेरे दोस्तों में हर फ़िर्क़े के लोग हैं।''

नीलोफ़र के भेजे में तूफ़ान उबलने लगे। वह भी ग़ुस्से की पूरी थी।

''मैंने आपको फ़िर्क़ापरस्त नहीं कहा।'' वह बड़े ज़ब्त से बोली।

''फिर क्या कहा?''

''मैंने तो...मैंने कुछ नहीं कहा।'' वह फूट-फूट कर रोने लगी।

''तुमने मुझे ख़ूनी कहा—पाखंडी कहा—और क्या कहना चाहती हो? जाओ और भरे बाज़ार में कहती फिरो, देखेंगे हम भी कि कौन सुनता है तुम्हारी? अपने को समझा क्या है तुमने? क़सम से मैं भी अपनी-सी पर आजाऊँ तो बम्बई में जीना दूभर हो जाएगा। फ़ारस रोड पर सड़ के मरोगी। कोई शरीफ़ आदमी जनम में थूकेगा भी नहीं। यह साला फ़्लैट चार दिन में नीलाम कराके फ़ुटपाथ पर डलवा दूँगा।''

नीलोफ़र सिर झुकाए आँसू बहाती रही।

---

1. भीड़, 2. टालना, 3. सांप्रदायवादी।

राजा साहब मोम के न सही, नमक के बने हुए ज़रूर थे, जल्दी ही बहने लगे।

''अच्छी मेरी दोस्त बनती हो। अपनी आँखों से देख चुकी हो कि कारख़ाने में घाटा ही घाटा है। एक-एक बूँद के लिए घुटने टेक देने पड़ते हैं। अगर ढील देता चला जाऊँ तो दो दिन में दिवाला पिट जाए। एक से एक बढ़के मगरमच्छ मुँह फाड़े हुए हैं। तुम इन बातों को नहीं समझतीं। कहाँ तक तुम्हारे दिमाग़ में कोई ठूँसे। हम लोगों की मुश्किलों का कोई ठिकाना है? उधर बिज़नेस में बनिया तम्बू फैलाए पड़ा है। जागीरें छिन गईं। गवर्नमेन्ट कोई हिफ़ाज़ती क़दम नहीं उठाती, अपना बचाव ख़ुद ही करना पड़ता है। चलो मान लिया कि मैंने अपने कारोबार की हिफ़ाज़त के लिए ज़रा सख़्ती से काम लिया, तो इसका यह कैसे मतलब हुआ कि बलवा मैंने करा दिया। ये इतने शहरों में जो ख़ून-ख़राबा हो रहा है, क्या वह भी मैंने करा दिया है? मुझे क्या नफ़ा हुआ इन झगड़ों से? वहाँ तो मेरा कोई कारोबार भी नहीं। ये लोग तो दीवाने कुत्तों की तरह लड़ा ही करते हैं। नीची क़ौम के लोग ही मरते, कटते हैं, शरीफ़ तो हर तरह मिल-जुलकर ही रहते हैं।

नीलोफ़र चुपचाप भाषण सुनकर पलँग पर औंधे मुँह पड़ गई।

''अब ये रो-रोकर आँखें सुजाने से फ़ायदा?'' उन्होंने उसका शाना हिलाया।

''भाड़ में जाएँ ये सब।'' नीलोफ़र ने ठंडे दिल से सोचा। ''बक़ौल कसे, दो पैसे की टखियाई हूँ, कोई क़ौम की लीडर तो नहीं। न जाने कौन झूठा है और कौन सच्चा। कौन मारता है और कौन मरता है। सब कुछ ख़ुदा की मर्ज़ी ही से होता है, वह सब से बड़ा मुंसिफ़[1] है। वह हर मुजरिम को ख़ुद ही सज़ा देगा। जिसे चाहेगा इज़्ज़त देगा, जिसे चाहेगा ज़िल्लत देगा। ये चन्दन हार, बनारसी जोड़े, ज़ुबैदा के दुल्हा का जोड़ा—अगर ज़ुबैदा की शादी में ख़ुदा न करे, कोई खंडत पड़ गई तो क्या ये मुर्दे जी उठेंगे? इनकी जली हुई दुकानें और झोंपड़ियाँ फिर से बन जाएँगी? जब मासूमा नीलोफ़र बनी तो दुनिया वाले कहाँ थे? किसने सिर पर हाथ धरा? यहाँ तो बस अपनी डफ़ली अपना राग! अपनी बला से कोई जिये या मरे।''

''ए जी, मैं कहता हूँ अब उठोगी या पड़ी सोग मनाती रहोगी।'' राजा साहब उससे भिड़कर लेट गए।

---

1. इन्साफ़ करने वाला।

''जाइए हमसे बात न कीजिए।'' दम भर के लिए गुमराह होने वाली रन्डी जाग उठी।

''अच्छा ज़रा हमारी तरफ़ मुँह करो।''

''रहने दीजिए। ज़रा भी कोई बात करूँ तो काट खाने को दौड़ते हैं। मेरे दिल में कोई शुब्ह हो तो आप से न कहूँ तो क्या चौराहे पर पूछती फिरूँ? उस मर्दूद[1] क़ादिर भाई से जाकर पूछूँ? कैसी जली-कटी सुनाता है जब मिलता है तो।''

''क्या जली-कटी सुनाता है?''

''कि शरीफ़ ख़ानदान की लड़की ऐसे लोगों के चक्कर में क्यों फँसी?''

''फिर तुमने क्या जवाब दिया?''

''मैंने कह दिया ये लोग मेरे फ़ैमिली फ्रेन्ड हैं। मैं तो अपनी बहन का जहेज़ ख़रीदने आई हूँ। ज़ुबैदा के ससुराल वालों का नाम सुनकर इतना-सा मुँह निकल आया।''

''फिर?''

''फिर फ़साद के बारे में कहने लगा कि सब पहले से तैयारियाँ हो चुकी थीं।''

''और तुमने यक़ीन करके मेरा भेजा चाटना शुरू कर दिया—अच्छा उसने यह भी बताया कि उन लोगों ने मेरे कारख़ाने में आग लगाने की कोशिश की थी।''

''क़ादिर भाई कह रहे थे कि यूँ ही झूठ-मूठ बाहर से लोगों को बुलाकर चौकीदार की कोठरी में ख़ुद ही आग लगवा दी।''

''और फाटक जो तोड़ डाला, वह भी मैंने ख़ुद तुड़वा दिया? तमाम खिड़कियों के शीशे चकनाचूर कर दिए। उस हरामज़ादे की बातें सुनकर तुमने यक़ीन कर लिया।''

''कम्बख़्तों ने बेचारे चौकीदार की कोठरी क्यों जला दी?''

''वह दूसरी बन जाएगी। मैंने मुंशी से कह दिया है कि उसे अपनी कोठी के शागिर्दपेशे[2] में जगह दे दें और पक्की कोठरी जल्दी से जल्दी बनवा दें। मुझसे तो जो कुछ भी हो सकता है, इन ग़रीबों के लिए करता ही रहता हूँ। अच्छा अब उठो भी। तैयार हो जाओ, फिर किया था फ़ोन उसने।''

''ऊँ—हमारा जी नहीं चाहता।''

''बुरा मान जाएगा भई।''

''मानने दो मुर्दे को। आपका काम तो पूरा हो गया अब।''

---

1. नौकरों के रहने की जगह, 2. तिरस्कृत।

"अरे नहीं भई। असूल काम तो अब पड़ेगा साले से। तुम क्या समझती हो, एक से एक हरामी भरा पड़ा है। अभी तो झगड़े उठाए जाएँगे, इन्क्वाइरी होगी, रिपोर्टें तैयार होंगी।"

"फिर?"

"फिर ये कि कर्नल बड़ा बारुसूख़ आदमी है। बड़ा लुच्चा है। उससे मामला तय हुआ था–अब अगर मैं अपनी बात से फिर कर ग़च्चा दे जाऊँ तो मेरी जान का दुश्मन हो जाएगा। क़ादिर भाई की पार्टी से मिलकर बहुत हलकान[1] करेगा। कमेटी पर उस का नाम ज़रुर होगा। किसी न किसी तरह मेरा यार हर जगह घुस ही जाता है इसलिए सहना पड़ते हैं उसके नख़रे।"

"मर जाए कम्बख़्त।"

"तुम्हारे मुँह में घी-शक्कर। मगर ये झगड़ा ख़त्म हो जाए एक दफ़ा, फिर मैं भी साले को वह मज़ा चखाऊँगा कि याद ही करेगा। वैसे भई तुम पर तो बुरी तरह लट्टू हो गया है बेचारा। मेरे पीछे पड़ा है कई दिन से। कहता है कि मिडिल ईस्ट तुम्हें साथ न ले जाऊँ।"

"क्यों?"

"वह यहाँ तुम्हारी जुदाई में स्वर्गवास हो जाएगा।"

"हो जाए कुत्ता, मेरी जूती से।"

"अच्छा तो तुम ज़रा बाल बनवा आओ। वही मूसल की वज़ा का जूड़ा बनवाना, उस पर वह लम्बे बुन्दे, जो आज ख़रीदे हैं, ठीक रहेंगे।"

"वह तो ज़ुबैदा के हैं।"

"ज़ुबैदा के लिए कोई दूसरे ले लेंगे।"

जब नीलोफ़र आतशीं साड़ी पहनकर, मूसल की वज़ा का जूड़ा बाँधे, लम्बे-लम्बे आवेज़े झुलाती बन-ठनकर तैयार हुई तो राजा साहब ने पीछे से जाकर उससे भिड़ते हुए कहा : "आँखें मीचो।"

"क्यों?" वह ठिनक कर बोली।

"मीचो आँखें।"

नीलोफ़र ने आँखें मीच लीं। खोलीं तो जड़ाऊ चन्दन हार किरणों के जाल की तरह उसके रुपहले सीने पर थिरक रहा था। एकदम उसे ऐसा लगा जैसे किसी ने उसके नंगे जिस्म पर पिघला हुआ सोना उंडेल दिया। उसका तालू ख़ुश्क हो

---

1. परेशान।

गया और बेइख़्तियार उसके दोनों हाथ हार को नोचने के लिए उठ गए। मगर हार में जैसे कोई मक़नातीसी[1] ताक़त छिपी हुई थी कि उसके हाथ वहीं चिपक कर रह गए। राजा साहब ने शाने पकड़कर उसे अपनी तरफ़ मोड़ा और वह उनके हाथों में कमान की तरह खिंच गई।

कर्नल साहब की पार्टी बड़ी जीती-जागती और हँगामा-ख़ेज़ थी। ग़ौर से देखने से पता चलता था कि ज़्यादातर लोग पचास से पचपन के सिन के होंगे। औरतें कमसिन और चुलबुली थीं। किसी की कम-अज़-कम पहली बीवी तो वहाँ मौजूद नहीं होगी। सब नीलोफ़र की उम्र की या उससे छोटी ही थीं। ख़वातीन की तादाद[2] चूँकि कम थी, लिहाज़ा मिल बाँट के लोग हँस-बोल रहे थे। नीलोफ़र और राजा साहब ज़रा देर से पहुँचे। होटल से एक-एक पैग लगा लिया था, मगर वह लोग तो पाँच बजे से डटे हुए थे।

''अख़्ख़ाह, आदाब अर्ज़ है।'' उसे राजा साहब से अलग देखते ही क़ादिर भाई ने आ दबोचा। वह टालकर चलने लगी तो क़ादिर भाई हँसा।

''तो हमारा अंदाज़ा ठीक था।''

''क्या मतलब?'' वह रुक गई।

''डाँट पड़ी?''

''कैसी डाँट?''

''हमसे न अड़िये—हम उड़ती चिड़िया के पर गिन लिया करते हैं।''

''भई हमसे पहेलियाँ न बुझवाइए।'' उसे हर मर्द से तुतलाकर बोलने की आदत पड़ चुकी थी।

''हम से बात करने को मना किया गया है। अब देखिए, मुकरने से कोई फ़ायदा नहीं।''

''मुकरने की क्या ज़रूरत है साहब। कोई तो बात होगी जो मना किया।''

''बात ये है कि राजा साहब की इस नाचीज़ से फूँक सरकती है।''

''अच्छा?'' नीलोफ़र जल गई।

''जी हाँ, इसलिए कि हम उसका सारा कच्चा चिट्ठा जानते हैं। बड़ा बदनसीब है बेचारा।''

''वह कैसे?''

---

1. चुम्बकीय, 2. संख्या।

"कोई लौंडिया टिकती ही नहीं बेचारे के पास। यार लोग ले उड़ते हैं। घुना हुआ माल है न, जभी तो नख़रे बर्दाश्त कर लेता है।"

"आप को राजा साहब से ख़ुदा वास्ते का बैर है।"

"नहीं, यह बात नहीं। हमारा वह क्या बिगाड़ सकता है? उससे ज़्यादा हमारा इन्फ़्लूऐन्स है। उससे ज़्यादा हमारे पास पैसा है। वह दो कौड़ी का ज़मींदार राजा बन बैठा है, हम दो सौ बरस से बिज़नेस में हैं। तो अगर जलता है तो वह हमसे जलता है और डरता भी है। अब यह जो उसने गड़बड़ की है तो हमसे दबना पड़ेगा उसे।"

"क्यों?"

"हमारा प्रेस में बड़ा इन्फ़्लूऐन्स है। हम साले की धज्जियाँ बिखेर देंगे।"

"तो आप ये बातें मुझसे क्यों कह रहे हैं? उन्हीं से कहिये ना।"

"हम तुमसे इसलिए कह रहे हैं कि तुम उससे कहो कि बरेली में जो उसका सिनेमा है वह हमारे हाथ बेच दे।"

"क्या करेंगे आप उस सिनेमा का? ऐसी क्या मार पड़ी है?"

"बस है हमें ज़रूरत।"

नीलोफ़र ने जब राजा साहब से ज़िक्र किया तो उन्होंने बड़ी मोटी-मोटी गालियाँ दीं।

"ऐ है, आख़िर क्या सुर्ख़ाब के पर लगे हैं उस सिनेमा में?" नीलोफ़र चिढ़ गई।

"बात ये है कि वह हिस्सा टाउन प्लानिंग के हल्क़े में आनेवाला है। आदमी का रुसूख़ हो तो सरकार से बहुत अच्छे दाम मिलेंगे। मुझसे औने-पौने ख़रीदकर वह उसकी डबल क़ीमत वुसूल कर लेगा।"

"मगर उसका इतना असर क्यों है?"

"बस उसने रग दाब ली है। अपने फ़िरक़े का लीडर है, गुल मचाने लगता है। उसे ख़ामोश करने के लिए मुँह भरना पड़ता है।"

"यानी अगर उसको मुनाफ़ा हो जाए तो उसके फ़िरक़े के लोगों की शिकायतें दूर हो जाती हैं।"

"कम-अज़-कम यह उनका ज़िक्र तो जलसों में नहीं करता। अख़बारों में चिकने-चुपड़े बयानात दे देता है। वैसे बिल्कुल चमगादड़ समान है, कभी इस पार्टी में तो कभी उस पार्टी में। दूसरे तुम नहीं जानतीं, अपने सबसे बड़े दुश्मन हम ख़ुद हैं। यहाँ एक की चोटी दूसरे के जूते तले दबी हुई है। हाँ तो

तुम इस सुअर के बच्चे से कह देना कि सिनेमा मिल जाएगा। मेरे कारिन्दे से जा कर मिल ले!"

"मत दीजिये ना।"

"नहीं जी। इस वक़्त अगर उसने उल्टी-सीधी कमेटियाँ मेरे पीछे लगा दीं, तहकीक़ात[1] शुरू करा दीं तो बेकार की सिरदर्दी होगी।"

"जब आपने कुछ किया ही नहीं तो फिर आप की जूती डरती है तहक़ीक़ात कमेटियों से।"

"औरत का भेजा सच्ची में पाव रत्ती का होता है। अरी पगली यह दुनिया है। तुमने देखा होगा, इससे पहले कि जानवर ज़मीन पर गिरे, गिद्ध मँडलाना शुरू कर देते हैं और इधर लड़खड़ाया कि बस टूट पड़े। न जाने कितने लोग जले बैठे हैं। बहाना मिल जाए तो कच्चा चबा जाएँ। इसके अलावा क़ादिर भाई सात पुश्त का बनिया सही, मगर सिर पकड़ के न रोये तो नाम पलट देना।" राजा साहब ने क़हक़हा लगाया।

"क्या मतलब? मैं समझी नहीं।"

"न समझो रानी, यही अच्छा है। क़सम से आज तो अप्सरा लग रही हो।"

"हटिए। सिर पकड़ कर रोने की क्या बात है?"

"कुछ लोग ऊपर ही ऊपर प्लान बना रहे हैं। अगर ऐसा हुआ तो सारा टाउन प्लानिंग का नक़्शा ही बदल जाएगा और तब साले को पता चलेगा तो बिलबिला कर रह जाएगा।"

"ऐ है, तब तो बड़ा मज़ा आयेगा।"

"हाँ बड़ा सटपटाएगा। उधर बड़े ज़ोरों से झगड़ा चल रहा है। उसके पुरखों को भी ख़बर नहीं कि मामला अभी ज़ेरे-ग़ौर[2] है, यानी खटाई में पड़ा है। मैं चाह रहा हूँ कि मेरी खारी कुइयाँ वाली ज़मीन हलक़े में आ जाए। बड़ी नाकारा चीज़ है मगर अच्छे दाम मिल जाएँगे।"

"कैसा झगड़ा चल रहा है?"

"अरे भई सब ही अपनी-अपनी ज़मीनों को भिड़ाने की फ़िक्र में है। वह तो जिसकी आवाज़ ऊँची होगी, उसी का काम बन जाएगा। सब ही ज़ोर लगा रहे हैं।"

पार्टी शबाब पर थी। हर फ़िर्क़े और मज़हब के नुमाइन्दे मौजूद थे। लोग दो-दो चार-चार की टुकड़ियों में हाथों में गिलास थामे, एक-दूसरे की बदगोइयों[3]

---

1. सरकारी जाँच-पड़ताल, 2. विचाराधीन, 3. निंदा।

में मसरूफ़ थे। ब्योपार, सियासत[1] और फ़ल्सफ़ा-ए-ज़िंदगी[2] के मौजू[3] से लेकर मस्नूई[4] और ग़ैर-मस्नूई[5] जिस्मानी साख़्त[6] तक—हर रंगीन और भदमैले टॉपिक पर तबादला-ए-ख़यालात[7] हो रहा था। कर्नल साहब का चेहरा फ़र्ते-मसर्रत[8] से या शराब की गर्मी से चुक़न्दर हो रहा था। वह मुसलसल नीलोफ़र के गिर्द मन्डला रहे थे। बार-बार उसके पीछे आकर खड़े हो जाते और गर्म-गर्म भापें उसकी गर्दन पर छोड़ने लगते। उनकी तोन्द उससे पहले नीलोफ़र से लिपट जाती और वह बेइख़्तियार खिलखिला कर हँस पड़ती।

क़ादिर भाई मिस भारती के पहलू से ऐसे चस्पां[9] हो रहे थे जैसे दोनों के जिस्म में एक ही ढाँचा पिरोया हुआ हो। मिस्टर इन्जीनियर मिसेज़ मार्टन से ज़रूरत से ज़्यादा बेतकल्लुफ़ होते जा रहे थे। मेहमान मुख़्तसर-तरीन[10] जत्थों में तक़्सीम हो रहे थे। किस क़दर शानदार यकजहती[11] का मुज़ाहिरा हो रहा था। मुख़्तलिफ़[12] सूबों और फ़िर्क़ों के लोग आपस में यूँ एक-दूसरे पर क़ुर्बान हो रहे थे कि शुब्ह भी नहीं होता था कि कहीं इन्हीं दो फ़िर्क़ों के इनसान एक-दूसरे के ख़ून से होली खेल रहे थे और झोंपड़ियाँ जला रहे थे। अगर ख़ुश-उस्लूबी और होशियारी से तबक़ाती कशमकश के धारे को मोड़कर उसे फ़िर्क़ावारीयत[13] का रंग दे दिया जाए तो इन मरने-मारने वालों से किसी को हमदर्दी नहीं रहती। उन मिस्त्रियों में, जो राजा साहब के कारख़ाने के लिए ख़तरा बन गए थे, दोनों फ़िर्क़ों के लोग थे। अपने असली दुश्मन की तरफ़ उनका ध्यान भी न गया। वह बड़ी मुस्तैदी से उनके मन्सूबे को कामयाब बना रहे थे।

रात गहरी हो गई, बूफ़े डिनर का इन्तिज़ाम था। बीसियों क़िस्म के खाने चुने हुए थे। खाने वाले खा रहे थे, मगर ज़्यादातर मर्द और चन्द ख़वातीन अभी तक पीने पर जुटे हुए थे। नीलोफ़र बड़ी तरंग में आई हुई थी। कर्नल साहब उसकी प्लेट में मुर्ग़ की आठवीं टाँग लाद रहे थे। एक तरफ़ एक साहब ख़ामोश सबसे अलग-थलग कुर्सी पर बैठे थे। ऐसा मालूम होता था कि अगर ज़रा-सी ठेस लग गई तो सारी छलक जाएगी। एक निहायत हरदिलअज़ीज़[14] शायर साहब ने सोफ़े पर बैठे-बैठे निहायत बेतकल्लुफ़ी से अपना पाजामा तर[15] कर लिया था। उनके अशआर पर सिर धुनने वाली ख़वातीन उनसे दूर खड़ी नफ़रत से नाक सुकेड़ रही थीं। मर्द निहायत ख़ुश थे। शायर साहब मर्द जाति के रुहानी रक़ीबे-रूसियाह[16]

---

1. राजनीति, 2. जीवन दर्शन, 3. विषय, 4. अप्राकृतिक, 5. प्राकृतिक, 6. शारीरिक बनावट, 7. विचार-विमर्श, 8. आनंद की प्रचुरता, 9. चिपका हुआ, 10. छोटे-छोटे, 11. एकता, 12. विभिन्न, 13. सांप्रदायिकता, 14. लोकप्रिय, 15. गीला, 16. पापी संस्पर्धी।

थे और उनकी इस दुरगति से ज़रा उनकी क़ीमत गिर जाने की उम्मीद हो रही थी। बड़ी मुश्किल से दोनों नौकरों ने उन्हें बहला-फुसलाकर उठाया ताकि रिक्शा में भर कर माल वापस कर आएँ। मगर वह बहुत बिगड़ रहे थे कि अभी तो उनकी बारी नहीं आई, हसीनतरीन अशआर तो अभी सुनाए ही नहीं मगर लोग उनकी इस क़दर फ़िलबदीह[1] शायराना हरकतों से काफ़ी सेर हो चुके थे इसलिए उनकी सुनवाई न हुई। बैरे उन्हें ज़बर्दस्ती खींचते हुए ले गए। नीलोफ़र से हाथ मिलाकर रुख़सत होने के अरमान में मौसूफ़ बिलबिलाते ही चले गए।

एक साहब न जाने किस बात की बार-बार माज़िरत[2] चाहे जा रहे थे। हज़ार बार "कोई बात नहीं" कहने के बाद भी वह माफ़ी माँगने पर जुटे हुए थे। एक मुहतरमा बार-बार अपना पर्स और रूमाल न जाने कहाँ रख कर भूली जा रही थीं। लोग बड़ी ख़ंदापेशानी[3] और फ़ख़्र से बार-बार सरक कर उन्हें बटुवा तलाश करने में मदद दे रहे थे। उनके ताज़ातरीन ऐडमायरर ऐसे परेशान थे गोया रूमाल नहीं कोहिनूर हीरा खो गया है। उन्हें उन लोगों पर तैश आ रहा था जो रूमाल की गुमशुदगी से क़तई हैबत-ज़दा[4] नहीं थे। सबको उठकर नंगा झाड़ा देना पड़ता तब उनका रूमाल उनके ब्लाउज़ या आस्तीन से निकलता। तब बड़ी शद्दो-मद[5] से लोग उनकी मदद करते और वह गुदगुदी से बेताब होकर सोफ़े पर लोट जातीं। किसी का उनकी इस हरकत पर क़तई जी नहीं जल रहा था।

नीलोफ़र ख़ाली पेट मुस्तक़िल पीने में मशगूल थी। बूफ़े की मेज़ की तरफ़ देखते ही उसे उबकाई आने लगती। नशे में जब एक बात की धुन हो जाए, तो फिर नहीं उतरती। न जाने क्यों नीलोफ़र को शुब्ह हो गया था कि गोश्त ज़रूर कुत्ते का है। सुना था कानपुर में एक गिरोह पकड़ा गया था जो छोटे-छोटे बच्चों को पकड़-पकड़कर उनके कबाब बनाकर बेचा करता था। वह बार-बार आँखें चुंधी करके गोश्त की चीज़ों को देखे जा रही थी। एक दफ़ा तो उसने एक नन्ही-सी उँगली भी शोरबे में तैरती देखी। लाख सबने समझाया कि दुम की हड्डी है, मगर वह किसी तरह न मानी। और जब हँसते हुए राजा साहब ने हड्डी मुँह में डालकर कुटर-कुटर चबा डाली तो वह उबकाई रोकती प्लेट फेंककर भागी। तरकारी तक में उसे इन्सानी आँखें और दाँत नज़र आ रहे थे। राजा साहब उसे बार-बार रोक रहे थे कि ज़्यादा पीना मुनासिब नहीं, मगर कर्नल साहब की पॉलिसी के मुताबिक़ उसे ज़्यादा से ज़्यादा पिलाने की कोशिश की जा रही थी।

---

1. पूर्व कल्पना बिना, 2. क्षमा, 3. सुशीलता, 4. भयभीत, 5. ज़ोर-शोर।

एकदम नीलोफ़र को महसूस हुआ कि वह बिल्कुल अकेली दूर कहीं एक बंजर चट्टान पर खड़ी है। चारों तरफ़ सन्नाटा गरज रहा है। मौत की-सी ख़ामोशी रो रही है। अगर पैदा होने से पहले किसी ने उससे पूछ लिया होता तो वह जान बूझकर तो दुनिया में न आती। बेइख़्तियार उसे ज़िन्दगी की बेबसी पर रोना आने लगा। और वह राजा साहब से लिपट कर फूट पड़ी। वह उसे बिल्कुल अब्बा जी मालूम हो रहे थे और वह ख़ुद नीलोफ़र नहीं जैसे उनकी नौजवान बीवी थी, जिसकी ख़ातिर उन्होंने घर-बार, बाल-बच्चे तज दिए थे। काश कोई उससे भी ऐसी बेताबी से प्यार करे। उसके लिए अपना ख़ानदान छोड़ दे। किसी मज़बूत बाँहों वाले रखवाले की आग़ोश में छुप जाए, फिर ये अनजाने ख़ौफ़ उसे नहीं सताएँगे।

आख़िर किसी को उसकी पाकदामनी[1] और निस्वानियत[2] की फ़िक्र क्यों नहीं? क्या वह औरत नहीं? उसका दिल भी तो लाखों प्यारी-प्यारी बातों के लिए धड़कता है। काश वह भी किसी को इतनी अज़ीज़ हो जाए कि वह कर्नल साहब को उसके पीछे खड़े होकर भापें छोड़ने से रोके। उसने राजा साहब के गिरेबान में झूलकर आँसू बहाने शुरू कर दिए। प्रोग्राम के मुताबिक़ आज वह कर्नल साहब की मेहमान थी। इसलिए वह उसे सँभालने लपके, मगर वह ज़िद्दी बच्चे की तरह राजा साहब से चिमट गई। राजा साहब और कर्नल साहब में बहस होने लगी। न जाने कौन जीता, कौन हारा, किसने उसे सँभाला।

''अब्बा जानी! अब्बा जानी! मुझे ले लो। अब्बा जानी!'' वह सिसकियाँ लेती नींद जैसी मदहोशी में डूब गई।

उस रात उसने फिर वही नामुराद ख़्वाब देखा। वह अकेली चली जा रही है। उसी जानी-पहचानी अनजान सड़क पर। वह सड़क जो अज़दहे की तरह हाँप रही है। जिसके ख़ातिमे[3] पर महीब[4] दहाना है। उसके गले में सिसकियाँ मुंजमिद हो चुकी हैं और आँसू ख़ुश्क हैं।

हमेशा की तरह चीख़ मारकर वह भाग पड़ी। कमरे की घुटी हुई रौशनी में राजा साहब का तुहफ़ा 'चन्दन हार' उसके सीने पर जगमगा रहा था। फिर उसने आँखें झुकाकर देखा। चन्दन हार क़हक़हा मार कर हँस पड़ा। मोती जगर-जगर मुस्कुराने लगे। लाल-लाल ख़ून में लुथड़े हुए मिस्त्रियों के सिर और नन्हे-नन्हे

---

1. सतीत्व, 2. नारीत्व, 3. अंत, 4. डरावना, 5. जमी हुई।

बच्चों की खोपड़ियाँ उसके नंगे सीने पर क़हक़हा मारकर हँसने लगीं। वह चीख़ मारकर पलँग से नीचे गिर पड़ी और चन्दन हार को दोनों हाथों से नोचने लगी। कर्नल साहब ने उसे बहुत चुमकारा, कलेजे से लगाया, मगर उसे जैसे जाड़ा बुख़ार चढ़ रहा था। उसको घिन्न आ रही थी, मगर डर के मारे घिग्घी बँधी हुई थी। उस वक़्त कर्नल साहब का वुजूद ही ग़नीमत था। वह सुबह तक आहो-ज़ारी[1] करती रही, कराहती रही।

दुल्हन की जेठानियाँ और ननदें चीज़ों की बड़ी मुस्तैदी से फ़ेहरिस्त बना रही थी। ख़ास तौर पर चन्दन हार की तारीफ़ों में तो बीवियों की ज़ुबानें सूखी जा रही थीं। मगर नीलोफ़र डर के मारे अब तक चन्दन हार की तरफ़ नहीं देख पा रही थी कि कहीं कम्बख़्त ठट्ठा मार कर हँस न पड़े। क्या ग़रीब भाग-भाग कर मेहमानों की ख़ातिर-मुदारात[2] कर रही थी।

रुख़सत के वक़्त वह बहन को कलेजे से लगाकर इस बुरी तरह बिलख कर रोई कि दुश्मनों की भी आँखें भीग गईं। मेरे पास खड़ी एक बीवी ने कान में फुसफुसाया :

''ज़ुबैदा नीलोफ़र की नाजाइज़[3] बच्ची है।''

जी चाहा पूछ लूँ : ''और आप?''

शादी के हँगामे में नीलोफ़र ने नशे को हाथ भी न लगाया। जब सच्चे मोती जैसी पाक और आबदार बहन ब्याह कर चली गई तो अपने मेहमानों के रुख़सत होने का भी इन्तिज़ार न किया। अपने कमरे में बन्द होकर इतनी शराब पी कि दूसरे दिन शाम तक बेसुध पड़ी रही। कभी-कभी कमरे में से आहों और सिसकियों की आवाज़ आती फिर क़ब्र की-सी मुदर्नी छा जाती।

''अच्छी हूँ अम्मी जान।'' वह बेगम के पै-दर-पै[4] खटखटाने पर कहती। उन्हें बड़ी कोफ़्त हो रही थी। लोग आ-आकर लौटे जा रहे थे और नवाबज़ादी की मैयत कमरे में बन्द पड़ी थी।

बेगम ने तीसरे दिन घबराकर सफ़े-मातम बिछा दी। दरवाज़ा खुलवाकर छोड़ा। हाथ-पैर जोड़कर उसे डॉक्टर के पास चलने पर राज़ी किया। एक हफ़्ते तक नीलोफ़र ग़ायब रही।

लोगों ने कहा : ''हमल गिराने हस्पताल गई है।''

कुछ दिनों के लिए न जाने वह कहाँ ग़ायब हो गई। फिर जो आई तो

1. रोती रही, 2. आवभगत, 3. अवैध, 4. लगातार।

दोनों-दोनों हाथों से ज़िन्दगी को लुटाने लगी। उसके क़हक़हे पहले से ज़्यादा खनकदार हो गए। चेहरे की फिटकार छिपाने के लिए मेकअप की मिक़दार[1] इतनी बढ़ा दी कि मैं अपनी बाल्कनी से उसकी मस्नूई पलकें गिन सकती थी। फिर लम्बी-लम्बी कारें उसके फ़्लैट के सामने रैन-बसेरा लेने लगीं।

अब शराब के अलावा उसे और सारे नशों की लत पड़ गई है। पीना तो अहमद भाई सिखा गए थे। धतूरे के सिगरेट उसने सूरजमल जी से सीखे। कोकीन के इन्जेक्शन का तुह्फ़ा राजा साहब ने दिया। संखिया एक मनचले प्रोड्यूसर ने चखा दी। ग़रज़ हर आशिक़ उसे कोई न कोई सहारा देता, ताकि ज़िन्दगी की कड़वाहट कुछ कम हो जाए।

एहसान साहब अब भी पुराने ज़ख़्म की खरोंच की तरह मौजूद हैं। वह इस ख़ानदान की जान को एक मुस्तक़िल अज़ाबे-इलाही[2] की तरह लग गए हैं। अब तो वह इतने क़ल्लाश[3] हो गए हैं कि उनके जाल में कोई गाउदी सेठ तो क्या मक्खी भी नहीं फँसती। वतन में उनकी बीवी और बच्चे फ़ाक़े कर रहे हैं इसलिए अब वहाँ भी नहीं जाते। अब उन्हें ये भी पता चल गया है कि इतनी बड़ी दुनिया है, अगर वह एक वक़्त का खाना एक शख़्स के यहाँ खा लें तो कोई कंगाल नहीं हो जाएगा, इसलिए वह भरे-पुरे दस्तरख़ान की ताक में रहते हैं। अब भी कोई उल्लू फँस जाए तो अपने मंसूबों का गट्ठर खोलकर बैठ जाते हैं।

"राजेन्द्रकुमार के पास तो डेट्स नहीं। दिलीप अक्तूबर से पहले एक दिन भी नहीं दे सकता। इसके बाद तो कहता है कि एहसान साहब जितने दिन चाहे लगातार शूटिंग कर लीजियेगा। तीन लाख पेशगी का तो इन्तिज़ाम हो गया है। बस नौशाद साहब महाबलेश्वर से लौटें तो गाने रिकॉर्ड करवा लूँगा।"

मगर अब तो लोगों ने चिढ़ना भी छोड़ दिया है। उनकी बातों पर न हँसी आती है न रोना। नीलोफ़र के घर में तो बस अब वह ऊपर के काम के रह गए हैं। शराब-कबाब का इन्तिज़ाम करना, सोडे की बोतलों और बर्फ़ की देखभाल, बच्चों की फ़ीस याद कर के वक़्त पर भिजवाना, बैंक की दौड़-धूप करना, लॉन्ड्री से कपड़े लाना, ले जाना और बेगम के साथ सिनेमा वग़ैरा जाना।

ज़ुबैदा की शादी पर नीलोफ़र ने सबका कहा-सुना माफ़ कर दिया। सूरजमलजी को हाथ-पैर जोड़कर मना लाई। रौशनी का सारा इन्तिज़ाम उन्हीं

1. मात्रा, 2. पापों का दंड, यातना, 3. कंगाल।

के सुपुर्द था। अहमद भाई के यहाँ ख़ुद शादी का रुक्क़ा लेकर गई।

''भाभी ज़रुर आइएगा।'' उसने उनकी बीवी से इसूरार किया।

राजा साहब कभी बम्बई आएँ तो उससे मिले बग़ैर नहीं जाते। लोग कहते हैं, उसके पास जादू की बूटी है या अलादीन का चिराग़, कोई उसके दर[1] से नामुराद नहीं जाता। वह ख़ुद नहीं तो अपनी किसी सहेली को फ़राहम कर देती है। हलीमा के पास न इल्म है न हुस्न, दूल्हा का भाव दिन-ब-दिन बढ़ता जा रहा है। जोड़ा-घोड़ा और विलायत जाने का ख़र्चा लेकर भी नाक-भौं चढ़ाते हैं। हलीमा के कुँआरपने का सारा इल्ज़ाम नीलोफ़र की जान पर है। अगर वह बदकार न होती तो कोई शरीफ़ज़ादा मुफ़्त में ब्याह कर ले जाता।

सलीम को लोग रन्डी का भाई कहकर चिढ़ाते हैं तो वह ख़ामोश सिर झुकाकर आँसू बहाता है। तब नीलोफ़र का कलेजा कटने लगता है और वह उसे मोटर साइकिल दिलाकर बहला देती है। जुबैदा का मियाँ उसे बहन की बदकारियों का ताना देता है और वह आठ-आठ आँसू रोती है, तब नीलोफ़र सच्चे मोतियों की लड़ियों से उसके आँसू पोंछती है। अभी पिछली ईद पर उसने रूठे हुए बहनोई को मनाने के लिए उसे नई मोटर ले कर दी। तब कहीं जा कर वह सलाम करने दो घड़ी के लिए आता।

यह ए. रोड है। शरीफ़ों का मुहल्ला। यहाँ साधु-संत रहते हैं। जिन्होंने अपने तप के ज़ोर से सट्टा बाज़ार से लेकर उक़्बा[2] तक जीत लिया है। कुछ दीनो-दुनिया के ठेकेदार चोर बाज़ार की दौलत से ऊँची इमारतों को और ऊँचा कर रहे हैं। रिश्वत और ग़बन के बल पर शानदार रेस्तराँ खोल रहे हैं। उन्हें नीलोफ़र के चालचलन पर सख़्त एतिराज़ है और अगर दोस्तों का मामला न होता तो कब के उसे शरीफ़ों की बस्ती से निकालने की योजनाएँ बना डालते—क्योंकि नीलोफ़र बदकार है।

लेकिन सूरजमल जी तो देश सेवक हैं। आए दिन यतीमख़ानों और विधवा आश्रमों का उद्‌घाटन करते रहते हैं। जहाँ उनके गले में लम्बे-लम्बे हार पड़ते हैं और हाथों में गुलदस्ते दिए जाते हैं। क्योंकि वह बदकार नहीं।

अहमद भाई क़ौमी इदारों[3] में इन्सानियत और शराफ़त पर लेक्चर झाड़ते हैं। लड़कियों के स्कूल में इनूआमात तक़सीम करते वक़्त वह बड़े चाव से प्यारी-प्यारी बच्चियों के सिर पर हाथ फेरते हैं। शायद यह मालूम करने के लिए कि इसमें

1. द्वार, 2. परलोक, 3. राष्ट्रीय संस्थाओं।

से कौन इस क़ाबिल है जिन्हें नीलोफ़र बनाया जाए—इसलिए वह बदकार नहीं।

राजा साहब मुल्क को इन्डस्ट्रीयलाइज़ कर रहे हैं। अब उनका कारख़ाना बड़े ज़ोर-शोर से तरक़्क़ी कर रहा है। वह चुनाव में खड़े हो रहे हैं। असेम्बली में बैठकर जनता की भलाई के लिए बड़े-बड़े काम करेंगे। तमाम दीवार पर चिपके हुए उनके पोस्टरों में उनकी क़ौमी ख़िदमात की लम्बी-चौड़ी फ़ेहरिस्त मौजूद है। मगर कहीं उन गुमनाम मिस्त्रियों का ज़िक्र नहीं जो लापता हो गए, जिनके बाल-बच्चे सड़कों पर रुल गए। और न नीलोफ़र के चन्दनहार का कहीं हवाला दिया है—क्योंकि राजा साहब बदकार नहीं! और वह दुनिया, जो मासूमा को नीलोफ़र बनाती है, बदकार नहीं! सिर्फ़ नीलोफ़र बदकार है! वह नीलोफ़र जो अपने ख़ानदान की पालनहार है। उन बच्चों की नाजाइज़ माँ है। उनकी अन्नदाता है। वह बदकार है!

मासूमा—नीलोफ़र! नीलोफ़र—मासूमा!

जैसे चक्की के उन दो पाटों के बीच पिसने वाली शै इनसान नहीं, घुना हुआ गेहूँ का एक दाना है, जिसने अहमद भाई को झेल लिया, राजा साहब और सूरजमल को सह लिया, ज़िन्दा मौत से समझौता कर लिया, सँखिया और धतूरे से समझौता कर लिया, अपने सारे कुनबे की ज़िन्दगियों का ज़हर मथकर ग़टाग़ट पी लिया।

कभी शाम को जब उसके फ़्लैट में धमा-चौकड़ी मची होती है तो वह बाल्कनी में आकर चुपचाप खड़ी हो जाती है और अपनी ख़ाली-ख़ाली आँखों से डूबते हुए सूरज की सुर्ख़ी के उस पार—दूर कहीं ख़्वाबों के देस में—अपनी उस कुँआरी दुनिया को ढूँढ रही होती है जो लुट गई। वह मेहँदी जो सूखकर रेत में बिखर गई। वह शहनाइयाँ जिनके सिर फट गए और शहाना जोड़ा जो कफ़न बन गया!

मेरी सोलह बरस की जीती-जागती बेटी
नौउम्र सहेलियों के साथ रस्सी कूद रही है
ऐ काश मैं वापस उसे अपनी कोख में छुपा सकती!

●●●